Tiefseeschwärze

© privat

Celina Balzer wurde 1995 in Koblenz geboren.

Es bereitete ihr schon immer große Freude, sich Geschichten auszudenken. Im Alter von fünfzehn Jahren begann sie »Meeresfunkeln«, den ersten Roman der Reihe um Jane, zu schreiben. Für ihr Studium der Musik zog es sie nach Großbritannien.

In ihrer Freizeit macht und hört sie am liebsten Musik, trifft Freunde, geht zu Konzerten und ins Theater, liest und schreibt.

Neben »Tiefseeschwärze« sind auch »Meeresfunkeln« und »Seesternenhimmel«— erster und dritter Teil der Reihe — von Celina Balzer erschienen.

Celina Balzer

TIEFSEE-SCHWÄRZE

2., überarbeitete Auflage

Bibliografische Information der Deutschen Nationalbibliothek:
Die Deutsche Nationalbibliothek verzeichnet diese Publikation in der
Deutschen Nationalbibliografie; detaillierte bibliografische Daten
sind im Internet über dnb.dnb.de abrufbar.

Herstellung und Verlag:
BoD – Books on Demand, Norderstedt

ISBN: 9783754352021

Für alle, die dunkle Zeiten erfahren, meistern und überstehen.

Siebzehn

Ich lag wach in meinem Bett und starrte die Wand über mir an. Das Klingeln des Weckers ertönte, ich stand auf und lief die Treppe hinunter. Mum wartete bereits unten auf mich.

»Alles Gute zum Geburtstag!«, rief sie mir entgegen und schnitt den Kuchen an, der auf dem Tisch stand.

»Danke.«, gab ich kaum hörbar von mir und setzte mich. Mum schob mir zwei Päckchen herüber, die sie wunderschön verpackt hatte. Ich öffnete vorsichtig die Schleifen, faltete das Papier auf und entdeckte zwei wirklich schöne Pullover.

»Danke, die sind echt toll.«, meinte ich und lächelte. Ich aß noch ein Stück Kuchen, zog dann meine Jacke an und verabschiedete mich von Mum.

Es schellte an der Haustür. Ich öffnete und sah in zwei strahlende Gesichter.

»Happy Birthday!«, sagten beide.

Tiffany umarmte mich und Rob gab mir einen zärtlichen Kuss.

»Wir müssen los!«

Wir gingen nach draußen. Es war ein ein recht milder Septembertag.

»Das Geschenk musst du später aufmachen.«, meinte Rob und hielt es mir hin. Es war eine kleine Schachtel und ich war wirklich gespannt.

Auch Josie hatte an meinen Geburtstag gedacht und schenkte mir einen selbst gestrickten Schal. Ich versuchte zu verbergen, dass ich mich eigentlich gar nicht richtig freute, wie es alle anderen vielleicht annahmen. Ich war nicht wirklich glücklich. Ich dachte die ganze Zeit über daran, dass ich nur noch ein Jahr hatte. Dann würde ich mich äußerlich verändern und nie wieder sichtbar altern. Das bedeutete, dass ich nur noch ein Jahr das Leben eines normalen Teenagers führen konnte, obwohl mein Leben auch jetzt alles andere als völlig normal war.

»Willst du es nicht aufmachen?«, fragte mich Josie, weil ich Robs Geschenk noch immer nicht geöffnet hatte.

»Doch, ich bin noch nicht dazugekommen und er will dabei sein.«

»Du kannst dich so glücklich schätzen.«, sagte Josie. Dabei wirkte sie irgendwie traurig, auch wenn ich mir nicht erklären konnte, weshalb.

»Ich bin auch glücklich, eine so gute Freundin wie dich zu haben.«, entgegnete ich mit einem Zwinkern und wir gingen zurück zum Unterricht.

Am Nachmittag kam Rob vorbei und ich öffnete das Geschenk. Es war eine wunderschöne goldene Kette mit einem Herzanhänger, in welchem unsere Initialen eingraviert waren.

»Ich dachte, damit sind wir verbunden, egal wo du bist.«, sagte er.

»Danke. Es ist wunderschön.«, flüsterte ich und küsste ihn.

In der Nacht brachte mich Mum an den Hafen. Meine Familie hatte mich eingeladen, um mit ihnen meinen Geburtstag zu feiern.

»Die Kette, die Rob dir geschenkt hat, ist einfach wunderschön.«, stellte Mum während der Fahrt noch einmal fest.

Meine Hand fuhr an meine Brust und ich spürte, dass ich die Kette noch immer trug. Vorsichtig nahm ich sie ab. Ich hatte meiner Familie noch nicht erzählt, dass ich mit Rob zusammen war. Und ich hatte erst recht nicht erzählt, dass er das Kind einer Muse war, die dem obersten Stand angehörte, und die ich jetzt zu meinen Freunden zählte.

Meine Familie wartete bereits auf mich. Leslie, Caroline, Isabella und Sofie waren auch da. Sie schenkten mir Sirenenkleidung und einen weiteren Gegenstand, den ich noch nie in meinem Leben gesehen hatte. Es sah für mich aus wie ein kleiner, glänzender schwarzer Würfel.

»Weißt du, was das ist?«, fragte mich Linda. »Das ist ein *Nessim*.«

Sie nahm meine Hand und streckte sie vor mir aus. Sie drehte sie so, dass meine Handfläche geöffnet nach oben zeigte. Dann platzierte sie den schwarzen kleinen Würfel unterhalb meines Handgelenks. Sofort änderte sich seine Farbe von schwarz zu weiß und er fing an zu leuchten. Caroline grinste.

»Keine Sorge, das gehört so.«, meinte sie und berührte ganz sanft den kleinen Würfel.

Auf meiner Handfläche erschienen gut leserlich schwarze Buchstaben, die sich zu Worten anordneten und so einen Text ergaben. Ich wollte gerade zu lesen anfangen, als ich feststellte, dass der Text in der mir noch unbekannten Sprache der Sirenen verfasst war.

»Damit du zu unserer Sprache zurückfindest... Du wirst mit der Zeit immer mehr verstehen, du brauchst bloß etwas Geduld. Ich bin mir sicher, wenn du dich ihr öffnest und dir Texte durchliest, wirst du schon bald viel mehr verstehen.«, sagte Casy und zwinkerte mir zu, denn er wusste, dass Geduld nicht gerade eine meiner Stärken war.

Linda drehte den kleinen Gegenstand ganz vorsichtig nach links und ein neuer Text erschien.

»Du kannst ganz viele Schriften auf dieses *Nessim* übertragen und sie so mit an Land nehmen und dort lesen. Je nachdem in welche Richtung du das *Nessim* drehst, kannst du zu den anderen Texten gelangen oder im Text vor- und zurückspringen.«

Ich sah Linda etwas ungläubig an.

»Das ist fantastisch! Vielen, vielen Dank!«

Da es Freitag war, konnte ich an diesem Abend bei meiner Familie bleiben. Auf meinen Wunsch hin versprachen sie mir, dass ich am darauffolgenden Morgen die nahegelegene Stadt besuchen dürfte, natürlich nur in Begleitung von Linda.

Schon früh morgens wurde ich wach. Ich freute mich wie ein kleines Kind auf den bevorstehenden Tag, denn die Stadt zu erkunden, bedeutete für mich auch, mehr über Sirenen und somit mehr über mich zu erfahren. Bei dieser Gelegenheit wollte ich auch unbedingt die Bibliothek der Stadt aufsuchen.

Sobald wir am nächsten Morgen die Bibliothek erreicht hatten, war Linda plötzlich verschwunden. Entweder hatte sie bei ihrer Suche nach einer ganz bestimmten Schrift, von der sie mir schon auf unserem Hinweg erzählt hatte, mich einfach alleine gelassen oder ich hatte in meiner Faszination einfach nicht mitbekommen, wo Linda hingeschwommen war. Ich entschied mich, alte Schriften zu finden, um so viel wie möglich über Sirenen zu erfahren und mein Wissen zu erweitern. Ich erkundigte mich, wo ich danach suchen musste und schließlich fand ich alte Schriften, wusste aber nicht, wovon sie handelten.

Ich war mir darüber im Klaren, dass ich sie nicht selbst übersetzten konnte. Und damit war auch das *Nessim*, von dem ich so fasziniert war, für mich noch nicht wirklich nutzbar, denn es konnte die Texte ebenfalls nicht übersetzen. Aber Linda oder Caroline würden das sicher für mich übernehmen.

Gerade, als ich nach Linda suchen wollte, da ich mich etwas verloren fühlte und ihre Hilfe brauchte, um mich besser zurechtzufinden, traf ich *ihn* zum ersten Mal. Er schwamm auf mich zu und lächelte.

»Kann ich dir weiterhelfen?«, fragte er.

»Ja.«, entgegnete ich und sah in die blauen Augen eines Unbekannten.

»Ich suche alte Schriften, mit deren Hilfe ich so viel wie möglich über die Geschichte der Sirenen erfahren kann.«

»Oh.«, entgegnete er. »Dafür interessiere ich mich auch.«

Er zeigte auf das Gefäß in seiner Hand, das einen alten Text beinhaltete.

»Weißt du was? Nimm du es einfach. Das müsste genau das Richtige für dich sein.«

»Bist du sicher?«

»Absolut.«, erwiderte er mit einem Lächeln.

»Danke, das ist wirklich sehr nett.«, entgegnete ich und lächelte ihn an.

»Gern geschehen, Amarilla.«, antwortete er.

»Woher kennst du meinen Namen?«, fragte ich verwundert.

»Na ja, ein paar Dinge weiß jeder über die Wächterin des *Zeichens des Wassers*.«, antwortete er.

11

»Wirklich? Was denn für Dinge?«

»Dass du entführt wurdest, weiß jeder. Das wüsste vermutlich auch dann jeder, wenn du nicht die Auserwählte wärst. Aber man weiß zum Beispiel auch, wie du zu uns zurückgefunden hast.«, erwiderte er.

»Aha.«, antwortete ich. »Du weißt, wie ich heiße, aber ich kenne deinen Namen noch immer nicht.«, sagte ich fast ein wenig beleidigt.

»Verzeihung. Ich bin Paul.«, antwortete er und strich durch sein aschblondes Haar.

Er lächelte mich an und verabschiedete sich anschließend. Ich blickte erneut auf die Schrift, die Paul mir überlassen hatte und war gespannt, welche Informationen diese beinhalten würde.

Nachdem ich eher zufällig Linda wiedergefunden hatte, beschlossen wir, zurück nach Hause zu schwimmen. Ich besuchte noch kurz meine Begleiterinnen und bat Caroline darum, mir das, was ich aus der Bibliothek mitgenommen hatte, zu übersetzen.

Mum holte mich später an Land mit dem Auto ab und fragte mich, was ich im Meer unternommen hatte. Ich erzählte ihr von meinem Aufenthalt in der Bibliothek und den Geschenken meiner Familie und Begleiterinnen.

Zuhause angekommen, legte ich mich in mein Bett und platzierte das *Nessim* auf meinen rechten Unterarm, weil ich noch überhaupt nicht müde war. Ich versuchte, ein wenig zu lesen, ohne auch nur das Geringste zu verstehen. Ich entschied mich aber dann doch dafür, zu schlafen.

Ich träumte in dieser Nacht von all den mir fremden Wörtern, die ich zuvor aufgenommen hatte, und es war mir, als könnte ich ganz klar ihre Bedeutung vor meinem inneren Auge sehen. Vielleicht würde es mir doch schon bald gelingen, sie zu verstehen und vielleicht sogar zu sprechen.

Ich hatte das Gefühl, die Worte in mir zu hören, sie zu verstehen und Sätze bilden zu können. Natürlich glaubte ich nicht wirklich daran, so schnell eine Sprache sprechen zu lernen, obwohl ich mich immer sehr für Sprachen interessiert hatte, weil sie es möglich machten, mit Menschen überall auf der Welt zu kommunizieren. Manchmal, wenn ich aufgrund meiner Bauchschmerzen für längere Zeit nicht zur Schule hatte gehen können, hatte Mum mir ein Buch zum Erlernen einer Sprache mitgebracht. Und ich lernte schnell. Nicht, dass ich viele Sprachen hätte fließend sprechen können, aber ich konnte mich zumindest begrenzt mitteilen und das machte mich durchaus stolz.

Der nächste Morgen war ein Sonntag. Mum hatte frei und machte mir Frühstück, während ich ihr von meinem merkwürdigen Traum berichtete.

»Sie haben mir gesagt, dass ich zu ihrer, *meiner* Muttersprache zurückfinden würde. Sie glauben, es wird viel einfacher sein, als ich annehme.«

Das Telefon klingelte und Rob fragte mich, ob ich Zeit hätte, mit ihm spazieren zu gehen. Ich aß zu Ende, machte mich fertig und hörte dann das Klingeln an der Tür. Mum öffnete und ich ging mit Rob. Er sah, dass ich die Kette, sein Geschenk an mich, trug und er lächelte mir zu.

»Rob, es tut mir leid, dass ich es ihnen noch immer nicht erzählt habe.«, sagte ich, weil mich das schlechte Gewissen plagte.

Ich hatte mir eigentlich vorgenommen, nie wieder unehrlich zu sein, weil ich Rob so lange verschwiegen hatte, dass ich eine Sirene war und ihn sogar angelogen hatte, aber mit meiner Familie war das anders. Ich war die Wächterin des *Zeichens des Wassers*. Ich fürchtete ihre Reaktion, wenn ich ihnen erzählen würde, dass ich mit einem Menschen zusammen war, der auch noch eine Muse als Mutter hatte. Vielleicht würden sie mir dann nicht mehr vertrauen. Es schien unmöglich, die drei Gattungen zu verbinden, auch wenn ich hoffte, dass es gerade mir gelingen könnte. Doch im Moment würde ich mit meiner Beichte zu viel Chaos verursachen. Ich konnte es ihnen einfach noch nicht sagen.

»Das ist schon okay. Von mir aus muss niemand von uns wissen. Das ist nicht das, was zählt. Ich will, dass es dir gut geht und ich verstehe, dass es schwierig ist, aber nicht unmöglich. Versprich mir bloß, dass du mir nie wieder etwas verheimlichen wirst. Egal, was es ist und wie sehr es dich belastet, sag es mir. Ich könnte es nicht ertragen, wenn du versuchtest, mich zu beschützen. Das ist nicht deine Aufgabe. Ich möchte wissen, wenn du vor irgendetwas Angst hast, wenn du dich sorgst oder in Gefahr bist...«, entgegnete Rob und sah mich eindringlich an.
Ich wendete meinen Blick ab. Alles, was mich ängstigte, war Rob zu verlieren und ich würde immer Angst davor haben. Aber mehr Angst als davor, ihn zu verlieren, hatte ich davor, dass ihm etwas zustoßen könnte. Ich wollte, dass er glücklich war. Auch wenn er das nicht immer verstehen könnte. Ich würde immer versuchen, ihn zu schützen.
Ich nickte.
»Sieh mich an, Jane. Versprich es mir.«

Ich sah ihn an und versuchte dennoch zu vermeiden, dass er mir ganz tief in die Augen und damit in mein Innerstes blicken konnte, denn er kannte mich wie niemand anderes. Und dann versprach ich ihm, was ich vielleicht nicht halten könnte.

Nachts war ich wieder im Meer. Ich schwamm zu meiner Familie und war äußerst verwundert, einen jungen Meermann dort anzutreffen.
Sajara begrüßte mich.
»Wer ist das?«, fragte ich sie leise.
»Eadoin. Er ist Lindas Freund. Heute ist er zum ersten Mal zu Gast bei uns. Er ist sehr freundlich. Komm, ich stell ihn dir vor.«
Sajara machte mich mit Eadoin bekannt. Er war wirklich sehr sympathisch und ich verstand mich auf Anhieb gut mit ihm. Er wusste, dass ich die Wächterin war. Linda hatte es ihm erzählt, aber erst, als sie sich bereits länger kannten.

Linda strahlte. Warum hatte sie ihn nur so lange verschwiegen? Wir aßen zusammen, dann verabschiedete er sich. Ich blickte zu Linda herüber. Sie wich meinem Blick verlegen aus. Aber ich ließ nicht locker, denn sie musste mir unbedingt erzählen, wie sie ihn kennengelernt hatte und warum sie nie ein Wort darüber verloren hatte, dass sie einen Freund hatte, der auch noch so sympathisch war. Dass er gut aussah, war ja nicht wirklich eine Besonderheit. Ich hatte noch nie eine Sirene getroffen, von der ich etwas anderes hätte behaupten können.

Ich setzte mich neben Linda. Sie sah mich auf eine merkwürdige Art und Weise an.

»Was ist?«, fragte sie und lächelte.

»Erzähl mir alles!«, rief ich und lachte.

»Da gibt es nichts zu erzählen.«, erwiderte sie.

»Nein, natürlich nicht...« Ich verdrehte die Augen. »Erzähl mir, wo du ihn kennengelernt hast.«

»Er hat mich angesprochen, völlig unerwartet und als ich in seine Augen sah, wusste ich, dass ich ihn unbedingt näher kennenlernen muss und dann haben wir uns unterhalten und uns danach noch viel öfter unterhalten und schließlich ineinander verliebt. Wir sind seit einem Monat ein Paar.«, meinte sie und sah mich an.

Ich lächelte und hörte ihr aufmerksam zu.

»Glaub mir, du wirst auch jemanden finden. Jemanden zu haben, den man liebt und der einen auch liebt: Das ist etwas Wunderbares.«

Ja, das wusste ich nur zu gut. Wie würde ich ihr erklären, dass ich niemanden mehr finden musste und dass ich sogar schon länger als sie so unendlich verliebt war? Alles, was ich wusste, war, dass ich es ihr heute nicht mehr erzählen würde, mehr aber auch nicht. Ich würde es so lange, wie es mir irgendwie möglich war, geheim halten.

Später holte mich Mum wie immer ab. Ich war müde und wollte nur noch in mein Bett. Morgen würde ich Rob erzählen, was ich erfahren hatte und irgendwann würde ich auch ihn meinen Eltern vorstellen.

Ich war froh, dass Linda so glücklich war. Sie war die erste aus meiner Familie, die ich getroffen hatte und war von Anfang an für mich da gewesen. Sie war jemand ganz Besonderes — sie war meine Schwester und gleichzeitig auch eine sehr gute Freundin. Ich hatte nie eine Schwester gehabt und dann hatte ich ganz plötzliche eine ältere Schwester.

Auch Rob freute sich über Lindas Glück, aber ich spürte, dass es ihn auch irgendwie traurig machte, dass ich im Gegensatz zu Linda, ihn nicht Sajara und Casy vorstellen konnte. Ich wusste, dass er sich manchmal Gedanken darüber machte, nicht in mein Leben zu passen und glaubte, es mir unnötig schwer zu machen. Er wusste, was ich davon hielt und dass ich früher genauso gedacht hatte in Hinblick auf sein Leben, aber ich liebte ihn und er mich. Es spielte keine Rolle, egal wie unterschiedlich wir waren. Ich hätte ihn selbst dann geliebt, wäre auch er zur Muse geworden. Zum Glück gab es aber keine männlichen Musen, das hätte alles um ein Vielfaches erschwert. Wir hätten uns immer schrecklich eigenartig in der Gegenwart des Anderen gefühlt. Aber auch das hätte uns niemals trennen können.

Am Montag in der Schule schien es Josie wirklich nicht gut zu gehen. Sie wirkte die meiste Zeit über abwesend und traurig. Ich wollte unbedingt für sie da sein. Sie war meine Freundin, im Gegensatz zu Emma, die sich irgendwann nicht mehr gemeldet hatte. Ich wollte sie noch nicht verlieren, wo ich doch wusste, dass uns nur noch wenig Zeit blieb. Nur noch ein Jahr, bis ich sie nie wieder sehen dürfte. Gerade, weil sie mir so viel bedeutete. Ich mochte es gerne in ihrer Nähe zu sein, vielleicht auch gerade, weil sie der einzige Mensch war, der mir nahe stand und nicht wusste, wer ich wirklich war. Für sie war ich Jane, niemand sonst. Das war etwas Besonderes für mich.

»Was ist, Josie?«, fragte ich sie.
»Nichts.«, antwortete sie und wandte den Kopf ab.

»Ich merke doch, dass dich etwas bedrückt. Sag mir, was los ist. Ich bin deine Freundin, ich bin für dich da und ich will dir helfen, damit es dir besser geht.«, sagte ich zu ihr, woraufhin sie anfing, zu weinen.

Ich nahm sie in den Arm und wartete geduldig, bis sie wieder sprechen konnte.

»Es ist eigentlich nichts, was dich interessieren würde.«, meinte sie und wischte sich die Tränen ab, die ihr Gesicht hinunter liefen.

»Natürlich interessiert es mich.«, entgegnete ich und sah sie an.

Sie war jemand ganz Besonderes, jemand, den man in meinen Augen einfach mögen musste und trotzdem war sie eine Art Außenseiterin, genau wie ich, da ich kaum Kontakt zu den anderen Mitschülern hatte. Meine Situation war allerdings anders. Ich wollte nicht noch mehr Menschen kennenlernen, die ich später verlassen und nie wiedersehen würde. Dabei ging es mir nicht um den Schmerz, den es in mir auslösen würde. Ich wollte bloß keinen Platz im Leben eines Menschen einnehmen und später durch mein plötzliches Verschwinden eine Leere hinterlassen. Ich wollte den Kreis der Menschen, die ich verlassen würde, so klein wie möglich halten.

»Mein Vater verlässt meine Mutter wegen seiner Sekretärin, sie heißt Anna.«, sagte Josie plötzlich. »Meine Eltern wollen sich jetzt trennen. Ich war so blind. Sie wirkten immer so glücklich und dabei ging es meiner Mutter schon lange schlecht. Sie liebt meinen Vater. Und er betrügt sie. Sie wusste es, verstehst du? Sie hat nichts gesagt! Ich hätte für sie da sein sollen, ihr besser zuhören sollen. Irgendwie hätte ich es doch merken müssen, aber ich habe nichts bemerkt und sie hat gelitten.«, weinte Josie.

Sie war so davon überzeugt, dass sie etwas falsch gemacht hatte, obwohl sie nicht für ihre Mutter verantwortlich war.

»Ich glaube, deine Mutter wollte dich nicht belasten und das ist auch richtig! Glaubst du, sie will dich so sehen? Gerade du nimmst dir alles zu Herzen. Du hättest ihr nicht helfen können und wenn sie gewusst hätte, dass dich ihre Sorgen so sehr belasten, dann wäre sie noch unglücklicher gewesen.«

Josie sah mich an. »Glaubst du?«

»Ja, ich bin mir sicher.«, antwortete ich und umarmte sie noch einmal.

Josie machte sich immer so viele Gedanken und die Zeit, die ich noch mit ihr verbringen konnte, wollte ich nutzen, um für sie da zu sein. Sie brauchte das. Ich war ihre beste Freundin und ich wusste, dass echte Freunde für einander da waren, dass man sich um eine gute Freundschaft bemühen muss und sie ein Geschenk ist. Und Josie war ein Geschenk. Durch sie fühlte ich mich in meinem chaotischen Leben irgendwie normal. So, als wäre ich ein siebzehnjähriges menschliches Mädchen. Ich war ihr dafür unendlich dankbar. Das gab sie mir und es war mir wichtig, ihr auch etwas zurückzugeben.

Als ich am Abend bei meiner Familie war, gab mir Caroline den Text, den sie für mich übersetzt hatte. Ich schien einen Volltreffer gelandet zu haben. Der Text handelte unter anderem von Wächtern und Wächterinnen und ihre Aufgaben.

Ich war ganz aufgeregt, noch mehr darüber zu erfahren, was es bedeutete, Wächterin zu sein, was mich nun mein ganzes Leben lang begleiten würde. Ich wollte so viel darüber wissen, wie auch die Wächter und Wächterinnen vor mir. Ich wollte nicht unerfahrener oder schwächer sein als sie, auch wenn mir meine Eltern immer wieder bestätigten, dass ich alles richtig machte.

Es war ein sehr alter Text und er bedeutete mir viel. Vor Jahrhunderten hatten Sirenen bereits festgehalten, was die Rolle eines Wächters oder einer Wächterin ausmachte und was ihnen in Bezug auf ihr sich dadurch verändertes Leben aufgefallen war. Das *Zeichen des Wassers* machte sie etwas weniger verletzlich, aber es ließ sie nicht mehr los.

Ich las die ersten Zeilen und Caroline erklärte mir alles, was ich nicht verstand. Das *Zeichen des Wassers* hatte unglaubliche Kräfte. Es war mitunter in der Lage, die Menschen in meinem direkten Umfeld zu beeinflussen. Und in manchen Fällen könnte ich seine Kräfte sogar kontrollieren. Aber auch das *Zeichen des Wassers* konnte manchmal von anderen Sirenen beeinflusst werden, weshalb ich immer vorsichtig sein musste, was ich auch war. Wer Wächter oder Wächterin des *Zeichen des Wassers* war, hatte große Macht. Das *Zeichen des Wassers* verlieh sie ihm oder ihr. Die Wächter hatten sie immer nur zum Positiven eingesetzt.

Ich wunderte mich für einen Augenblick, dass mir noch nie in den Sinn gekommen war, mir das *Zeichen des Wassers* für bestimmte Zwecke zu Nutze zu machen. Mir war es aber auch recht, es einfach nur zu behüten. Ich wollte kein Chaos anrichten. Aber ich hatte mir ja auch genau deswegen den Text übersetzten lassen, weil ich mehr über das *Zeichen des Wassers* und seine Eigenschaften erfahren wollte und vielleicht würde auch ich irgendwann seine Kraft einmal nutzen können.

Dann las ich, dass, wenn ein Wächter oder eine Wächterin ein eheähnliches Bündnis eingeht, sich automatisch die Aufgabe, das *Zeichen des Wassers* zu beschützen, auch auf den Partner überträgt. Ich konnte das nicht richtig nachvollziehen. Weshalb sollte sich jene Aufgabe des oder der Auserwählten auf jemand anderes übertragen?

»Caroline, warum überträgt sich die Aufgabe auch auf den Partner eines Wächters?«, fragte ich sie.

Sie lächelte.

»Ich weiß nicht alles. Und du fragst mich wirklich schwierige Dinge. Das *Zeichen des Wassers* alleine bereitet mir schon Kopfzerbrechen. Warum existiert es? Ich werde womöglich niemals eine Antwort darauf finden.«, entgegnete sie. »Aber wenn du willst, kann ich dir sagen, was ich und viele andere Sirenen vermuten: Es dient dazu, den Wächter zu entlasten. Das ist, was ich für am wahrscheinlichsten halte. Gerade, wenn das Paar Kinder hat, ist es sinnvoll, wenn die schwere Aufgabe des Wächterseins geteilt wird. Natürlich bleibt weiterhin der Wächter der primäre Hüter des *Zeichen des Wassers*, aber der Partner kann das *Zeichen des Wassers* als Einziger an sich nehmen, ohne dass der Wächter damit ein Problem hat.«, meinte Caroline und lächelte.

Das schien mir einleuchtend. Ich nahm das *Zeichen des Wassers* in meine Hand. Ich spürte erneut, wie sehr wir miteinander verwoben waren. Es war unmöglich dieses Gefühl in Worte zu fassen. Ich spürte es seit dem ersten Moment, in dem ich es berührt hatte. Als könnten wir nie wieder ohne einander sein. Dieses Gefühl war unglaublich stark und so, wie ich das *Zeichen des Wassers* brauchte, um zu leben, erinnerte es mich an die stärkste Form von Liebe. Wenn es plötzlich jemanden gibt, der dir mehr bedeutet als alles zuvor, der dein ganzes Leben verändert und den du so sehr liebst, dass du weißt, dass dir nie wieder etwas mehr Schmerzen bereiten könnte, als diese Person leiden zu sehen.

Die Kräfte, die das *Zeichen des Wassers* auf mich ausübte, waren vergleichbar mit einer Art von Besessenheit und ich wollte mich nicht so abhängig von ihm machen, aber dagegen anzukämpfen war unglaublich schwierig. Vor allem war es schwer, klar zu denken, wenn ich glaubte, dass es in Gefahr war. Ich schämte mich noch immer dafür, wie ich beim ersten Aufeinandertreffen mit dem *Zeichen des Wassers* mit meiner Familie gesprochen hatte. Ich war nur fixiert auf das *Zeichen des Wassers* gewesen. Und es beeinflusste mich noch immer, was ich allein dadurch spürte, dass ich nicht wirklich Angst davor hatte, völlig von ihm eingenommen zu sein.

Es hätte mich schlimmer treffen können. Ich weiß nicht, was gewesen wäre, wenn ich aufgrund der Macht die von ihm ausging, nie wieder zurück an Land gekonnt hätte.

Ich spürte einen Stich in meinem Bauch und wusste, dass es wieder so weit war. Es würden wieder schmerzvolle Tage folgen. Ich bat Caroline, noch bevor ich wieder an Land ging, darum, das alte Dokument noch ein paar Tage für mich aufzubewahren. Ich wollte es selbst zurück in die Bibliothek bringen. Natürlich mit dem Hintergedanken, wieder dorthin zu können, um weitere alte Schriften auszuleihen. Ich konnte es beinahe nicht erwarten, aber in den nächsten Tagen würde ich erst mal nicht wieder ins Meer können. Ich hatte zu große Bauchschmerzen und es war Neumond, wovor ich mich noch viel zu sehr fürchtete, als es wieder mitzuerleben. Damals hatte ich förmlich um diese Erfahrung gebettelt. Ich hatte nicht gewollt, dass die anderen etwas erleben, was ich noch nicht kannte. Ich weiß nicht, warum ich so dickköpfig gewesen war und meine Familie überredet hatte, denn noch während meines ersten Neumonds hatte ich mir geschworen, es so schnell nicht wieder mitzuerleben.

Pflichten

Rob besuchte mich in den nächsten Tagen häufig. Von alldem, was ich durch Carolines Übersetzungen erfahren hatte, erzählte ich ihm nichts.

Vor allem das mit der Hochzeit und der Übertragung der Pflicht, immer das *Zeichen des Wassers* zu schützen, wollte ich ihm nicht berichten. Ich wusste, dass ich irgendwann nicht mehr als Mensch an Land leben oder gar Rob besuchen könnte. Ich würde durch und durch eine Sirene sein, weil die Tabletten niemals in der Lage sein würden, meine Verwandlung an meinem 18. Geburtstag aufzuhalten. Ich würde nur als Gestaltenwandlerin ab und zu an Land kommen können und das machte ein gemeinsames Leben an ein und demselben Ort unmöglich. Ich hatte wirklich große Angst davor, denn es schien hoffnungslos. Rob konnte nicht mit mir im Meer leben, er war ein Mensch, und ich könnte nie wieder als Mensch leben, was vielleicht sogar zur Folge haben würde, dass wir unsere Beziehung aufgeben müssten. Bei dem Gedanken daran zog sich alles in mir zusammen.

Ich verdrängte die Gedanken, um die Zeit mit ihm zu genießen. Er hatte die gleichen Sorgen. Ich wollte also nicht auf Hochzeiten zwischen Sirenen zu sprechen kommen.

Nachdem Rob gegangen war, kam Mum nach Hause. Sie hatte Phil besucht. Ich hatte alles mögliche dafür getan, dass sie ihn wenigstens besuchen durfte. Es bedeutete ihr so unglaublich viel. Mum hatte mir erzählt, dass sie, als ich noch klein war, oft tauchen gegangen war und versucht hatte, ihn irgendwie zu finden, aber es war ihr nie gelungen. Deshalb war es ihr auch so schwer gefallen, ihn zu vergessen, denn er war niemals tot gewesen, er hatte immer gelebt. Zwar hatte Mum das nicht sicher gewusst, aber sie hatte es immer gehofft und auch irgendwie gespürt.

Sie war immer überglücklich, wenn sie von einem Besuch bei ihm wiederkam. Sie liebte ihn noch wie früher. Zumindest für sie schien es ein Happy End zu geben, denn ich ging davon aus, dass sie ihn schon irgendwann wieder frei lassen würden.

»Na, geht es dir besser?«, fragte Mum.

»Nein, nicht wirklich.«, antwortete ich und trank einen Schluck Wasser.

Mum sah mich plötzlich ganz eigenartig an und kam auf mich zu. Sie strich mir die Haare aus dem Gesicht.

»Jane, es würde mir vermutlich das Herz brechen, aber, wenn du möchtest, dann kannst du aufhören diese verdammten Tabletten einzunehmen, hörst du?«, bot sie mir an. »Du brauchst sie nicht. Ich habe dir schon genug angetan und ich kann nicht mehr ertragen zu sehen, wie sehr du leidest.«

»Mum!«, rief ich. »Ich kann nicht aufhören damit. Ich habe nur noch ein Jahr, das hast du mir selbst damals erzählt. Ich werde die schöne Zeit mit Rob nicht aufgeben wegen Schmerzen, die ich schon immer hatte. Es wird so oder so unglaublich schwer für uns. Aber die Zeit, die mir bleibt, möchte ich nutzen.«, entgegnete ich und fing an zu weinen.

Mum nahm mich in den Arm.

»Du hättest etwas Besseres verdient als ein Leben mit einer Frau, die so egoistisch war und ihre Bedürfnisse denen eines kleinen Kindes überordnete. Es tut mir leid, Jane. Ich werde dich vermissen!«

Ich glaubte immer schon daran, dass alles einen Sinn haben musste. Wäre ich, wie für mich vorbestimmt, immer Sirene gewesen, wäre ich Rob nie begegnet. Deshalb war ich meinen Eltern immer auch ein Stück weit dankbar. Natürlich war es keineswegs richtig, was sie damals getan hatten, aber, wenn es nicht so gewesen wäre, wäre ich nicht ich. Ich hätte keine für mich wichtigen Freundschaften geschlossen. Ich hätte nicht Rob und er nicht mich gefunden und ich hätte keine Freundschaft mit Musen schließen können.

Ich drückte Mum ganz fest und dachte die ganze Zeit daran, dass ich eigentlich glücklich war. Vielleicht würde es mir gelingen trotz meines Lebens als Sirene mit Rob zusammen zu sein. Unsere Liebe war dazu stark genug, ich wusste es. Und über das *Zeichen des Wassers* war erst wenig bekannt. Vielleicht hatte es noch nicht alle seine Fähigkeiten offenbart. Vielleicht konnte es mir helfen.

Glücklich schloss ich am Abend die Augen und hielt das *Zeichen des Wassers* fest in meinen Händen.

Am darauffolgenden Tag spürte ich schon keine Bauchschmerzen mehr. Neumond war auch vorbei und ich wollte wieder zurück ins Meer. Ich war gespannt, ob ich noch ein paar weitere Schriften finden würde.

Als ich zum Aufenthaltsort meiner vier Begleiterinnen kam, bat ich Caroline, mir das alte Dokument zu geben, denn ich wollte zur Bibliothek, um ein paar neue auszuleihen und dann könnte ich dieses abgeben.

»Ich kann dich aber leider nicht begleiten und Leslie, Sofie und Isabella sind nicht hier. Fühlst du dich sicher genug, die Bibliothek alleine aufzusuchen?«, fragte Caroline mich, nachdem sie mir das Dokument überreicht hatte.

Ich hoffte, dass ich es auch alleine schaffen würde. Ich wollte ja auch eigenständig sein, schließlich war ich die Wächterin, die mächtigste Sirene von allen. Mir war es unangenehm, immer Hilfe zu benötigen, weil ich eigentlich ein sehr selbstständiger Mensch war, was daran lag, dass ich bereits als kleines Kind viel Zeit alleine verbracht hatte. Ich hoffte nun, auch alleine etwas Brauchbares zu finden.

Als ich die Bibliothek erreichte, wusste ich gar nicht genau, wonach ich suchen sollte. Es war aber alles so spannend und faszinierend für mich. Ich sah mich etwas hilflos um. Diese Bibliothek war anders als die, die ich aus meinem Leben als Mensch kannte. Es gab niemanden, den ich hätte fragen können, was mich verwunderte. Sirenen schienen einander großes Vertrauen entgegenzubringen, denn es gab nicht einmal eine Aufsicht. Es waren ein paar junge Sirenen anwesend, die konzentriert Texte lasen. Ich hörte, wie einige Sirenen Sprachen der Menschen lernten und es schien so, als gäbe es keine Sprache, die sie nicht lernen konnten. Ich fragte mich, wie es für sie möglich war und was es für einen Sinn für sie machte, so viele Sprachen zu lernen, wo sie doch kaum mit Menschen in Kontakt traten.

Ich entschied mich, nach Schriften über Gestaltenwandler und ihre wichtige Rolle im Leben der Sirenen zu suchen. Planlos durchstöberte ich die Bibliothek, aber ich konnte einfach ihre Sprache noch nicht verstehen und somit war ich nicht in der Lage, auch nur einen Titel eines Schriftstückes zu entschlüsseln.

»Brauchst du Hilfe?«, hörte ich jemanden hinter mir. Ich drehte mich um und sah Paul. Er sah mich freundlich an.

»Oh ja. Gibt es irgendwelche Schriften über Gestaltenwandler und ihre Aufgaben?«, fragte ich und war heilfroh, dass Paul in der Bibliothek war.

»Ich denke schon, lass uns danach suchen.«, meinte er und schwamm mir voraus.

»Bist du oft hier?«, fragte ich.

»Ja. Meine Familie hat diese Sammlung an Schriften vor vielen Jahren nach und nach zusammengetragen und stetig erweitert. Es ist für mich ein ganz besonderer Ort und ich versuche, so viel Zeit wie möglich hier zu verbringen.«, antwortete er.

»Ich mag Bibliotheken auch sehr gern. Ich liebe die Ruhe dort.«, sagte ich und folgte ihm in einen der vielen Abschnitte der Bibliothek.

»Dort oben!«, sagte Paul und zeigte auf eine Reihe von Schriften, die sich hoch über unseren Köpfen befanden. Ich schwamm hinauf und er übersetzte mir ihre Titel und ich entschied mich für eine Sammlung von Texten, die über viele Jahre gesammelt worden waren und alle von Gestaltenwandlern handelten.

»Woher weißt du so viel über den Inhalt der Schriften?«, fragte ich ihn, denn mir war aufgefallen, dass Paul über alle Schriften etwas sagen konnte.

»Ich habe alles, was sich hier befindet, gelesen.«, sagte er und sah mich verwundert an. »Lesen Menschen nicht so viel?«

Wie hatte er alle Bücher lesen können? Es war die größte Bibliothek, die ich je gesehen hatte.

»Ich glaube nicht. Wie hast du das geschafft? Es ist so unheimlich viel zu lesen. Ein Mensch bräuchte die ganze Zeit seines Lebens dafür, um alles zu lesen, was in dieser Bibliothek an Schriften vorhanden ist, wenn nicht länger.«

»Amarilla, die Sache ist ganz einfach: Ich bin kein Mensch. Ich bin eine Sirene. Wir unterscheiden uns von Menschen nicht nur in Hinblick auf Äußerlichkeiten. Wir lesen sehr schnell. Wahrscheinlich ist es das.«, entgegnete Paul.

Er sah mich an. Ich war noch immer völlig verwundert. Ich konnte mir dieses riesige Ausmaß an Worten nicht vorstellen. Ich las Bücher gern, aber ich würde nie in der Lage sein, so viel zu lesen.

»Du wirst es auch irgendwann können, keine Sorge. Unsere Sprache ist ganz anders als eure und daran liegt es vielleicht auch. Jede Sirene beherrscht diese Fähigkeit. Es würde mich doch sehr wundern, wenn du es nicht könntest. Es gibt weitaus schwierigere Sachen im Leben einer Sirene.«

Ich war mir nicht ganz sicher, ob er recht behalten würde. Wenn ich an mein Geburtstagsgeschenk dachte und daran, wie ich mir immer wieder Texte darauf durchlas, aber nichts davon auch nur ansatzweise verstehen konnte, kamen große Zweifel in mir auf, dass ich jemals die Sprache der Sirenen beherrschen würde.

Es wurde Zeit für mich, die Bibliothek wieder zu verlassen.

»Kommst du mich bald wieder besuchen?«, fragte Paul.

»Muss ich ja wohl.«, antwortete ich mit einem Lächeln und zeigte auf die Textsammlung, die ich mir ausleihen wollte.

»Ich freue mich. Vielleicht kann ich dir ja dann noch ein

paar andere Texte empfehlen.«.

Ich machte mich auf den Weg zu Caroline.

»Und hast du etwas gefunden?«, fragte sie mich, als sie mich sah.

»Ich glaube schon. Hilfst du mir?«, fragte ich und überreichte ihr die Schriften.

»Natürlich. Dafür bin ich doch da.«, lachte sie.

Ich mochte es nicht, dass sich meine Begleiterinnen, wie sie sich nannten, obwohl sie meine besten Freundinnen waren, mir unterlegen fühlten. Für sie stand seit ihrer Geburt fest, dass sie meine Begleiterinnen sein würden. Sie kannten es nicht anders.

»Ich finde das nicht selbstverständlich.«

»Ach, Jane. Was redest du denn da? Als du noch nicht wirklich Teil unseres Lebens warst, fühlten wir uns sehr oft nicht wohl, eben weil du nicht da warst. Es ist unser Leben, dir zu helfen. Du kannst es nicht verstehen. Ich fühle mich unvollständig ohne meine Aufgabe, dir zu helfen. Ich bin so geboren.«, erklärte Caroline.

»Ich will nicht, dass du so abhängig von mir bi...«

»Jane!«, unterbrach Caroline mich und warf mir einen wütenden Blick zu. Dann verflog die Wut in ihren Augen und sie sah mich freundlich an. »Willst du nun, dass ich dir helfe oder nicht?«

Ich nickte und gab auf.

Caroline überflog die Texte in Windeseile, legte sie beiseite und schrieb die Übersetzungen auf eine gepresste Wasserpflanze, die mich an Papier erinnerte. Ich weiß nicht genau, was es war, aber ich konnte alles lesen und Caroline versicherte mir, dass ich die Texte im Wasser und an Land lesen könnte. Nach nur zehn Minuten gab sie mir eine vollständige Übersetzung.

»Glaubst du, ich werde das auch noch erlernen, dieses blitzartige Lesen und Schreiben?«, fragte ich Caroline ohne große Hoffnung.

»Ich weiß nicht. Schnelles Schreiben ist für uns nicht schwer, aber ich schreibe noch etwas schneller als andere. Das ist mein persönliches Talent.«

Und ich wusste auch genau, warum sie es besaß, genauso wie ihre Intelligenz. Ich fragte mich wieder, wann ich endlich in der Lage sein würde, fließend meine Muttersprache zu sprechen. Und je öfter ich sie hörte, desto mehr erinnerte ich mich daran, dass ich sie nie ganz vergessen hatte. Manchmal war ich als kleines Mädchen nachts aufgewacht, weil ich schlecht geträumt hatte. Es waren Träume, die ich nicht verstand. Dunkel, kalt, blau und in einer anderen Sprache. Ich hielt es für gewöhnlich, dass man manchmal eben solche Träume hatte. Je älter ich wurde, desto seltener wurden aber jene Träume und ich hatte ihnen sowieso nie eine besondere Bedeutung zugeschrieben. Jetzt wusste ich, dass mein Unterbewusstsein die Sprache der Sirenen nie ganz verdrängt hatte. Einmal hatte ich Linda gefragt, wie sie ihre Sprache nannten. Sie hatte gelacht und mich angesehen.

»Ich weiß schon. Ihr Menschen habt viele unterschiedliche Sprachen. Wir sind anders. Wir haben nur eine Sprache. Findest du das nicht sinnvoller?«, meinte sie dann.

Ich nickte. Ich war heilfroh, Englisch zu beherrschen. Damit verstand man mich fast überall. Auf der anderen Seite war es bestimmt etwas Besonderes, von Niemandem aus anderen Ländern verstanden zu werden.

Sirenen kannten nicht einmal verschiedene Dialekte. Ich wusste nicht, wie sie das machten. Sie sprachen auch alle perfektes Englisch. Auch die Sirenen, die ich in der Karibik kennengelernt hatte.

Sie waren freundlich gewesen. Sehr freundlich. Ich hatte viel Zeit mit ihnen verbracht. Vor meinem ersten Gang ins Wasser war ich sehr nervös gewesen, weil ich nicht sicher war, wie Rob reagieren würde. Ich hatte vermutet, dass er es doch unangenehm finden könnte, einen *Fisch* zur Freundin zu haben. Aber er fand es sehr interessant und großartig. Ich verstand nicht genau, warum, aber auch sein Vater und Tiffany waren begeistert. Sie hatten mich im Wasser oft beobachtet und mir unzählige Fragen gestellt. Ich hatte jeden Tag versucht, besser zu schwimmen als noch am Tag davor und bald war ich fast genauso gut geworden wie die anderen Sirenen.

Die Sirenen der Karibik waren dennoch anders. Sie liebten das Sonnenlicht. Sie fürchteten Neumond auch nicht so stark und schienen optimistischer, was vielleicht auch an ihren ausgiebigen Sonnenbädern lag. Ihre Haare waren fast alle blond und ihre Haut war bräunlicher durch die Sonne. Auch das Meer an sich war ganz anders. Weniger bedrückend und dunkel. Es war faszinierend gewesen, so viele bunte Fische zu beobachten. Die Sirenen hatten mir angeboten, bei ihnen zu bleiben, aber ich konnte natürlich nicht. Ich versprach ihnen aber, wieder zu kommen. Sie wussten, dass ich die Wächterin war, wie auch immer sie an diese Information gelangt waren. Ich erzählte ihnen auch, dass ich als Mensch gelebt hatte, obwohl sie das bereits wussten. Meinen bösen, falschen Vater kannte auch dort jeder. Ich hatte Phil aber häufig besucht und mochte ihn inzwischen wirklich gerne. Er war sehr nett und bereute, was er getan hatte. Damals war er noch jünger, hatte er mir gesagt, und fasziniert vom Meer und wollte so viel wie möglich darüber erfahren.

Als er dann die Sirenen getroffen hatte, ging für ihn ein Traum in Erfüllung. Er konnte es nicht glauben. Er konnte nicht verstehen, warum es ausgerechnet ihm vergönnt war, diese für ihn neuartige Lebensform zu entdecken, obwohl die Sirenen die Menschen schon viel früher entdeckt hatten, wie Leslie immer betonte.

Und dann entführte er mich. Es fiel ihm nicht leicht, aber es sollte ihm jeder glauben. Aber dass ich die Wächterin des *Zeichen des Wassers* war, hatte er nicht gewusst.

»Letztendlich habe ich die gerechte Strafe für das erhalten, was ich Casy, Sajara und Linda und dem ganzen Volk der Sirenen angetan habe.«, hatte er zu mir gesagt, als ich mich endlich überwunden hatte, ihn zu treffen. Es war ein eigenartiges Gefühl gewesen, aber ich war froh, es getan zu haben.

Isabella kam zu mir geschwommen und umarmte mich.

»Caroline hat mir erzählt, dass du dir noch mehr Wissen aneignen willst.«

»Ja, ich soll Wächterin sein und weiß fast nichts über das Leben einer Sirene. Das finde ich nicht gut und ich würde an euer aller Stelle von einer Wächterin erwarten, zu wissen, für wen sie eine so große Verantwortung übernimmt, also habe ich mich in der Bibliothek umgesehen.«

»Du bist eine gute Wächterin. Mach dir keine Sorgen deswegen. Du hast bisher alles richtig gemacht. Hab Vertrauen.«, versicherte mir Isabella sanft.

»Es geht mir gut. Du musst dich nicht um mich sorgen.«, sagte ich.

Isabella und Caroline wechselten einen vielsagenden Blick.

»Du glaubst, dass ich das nur tue, weil es meine Pflicht ist, oder, weil ich so geboren bin, Jane, aber das ist nicht wahr. Ich würde immer für dich da sein wollen. Du bist wie eine Schwester für mich. Du scheinst unser Leben als Sirenen noch nicht wirklich zu begreifen. Wenn du mehr über uns lernen möchtest, solltest du anfangen zu akzeptieren, dass wir anders sind. Es stimmt, dass es meine Aufgabe ist, für dich da zu sein, aber ich mache es gerne.«

»Wie kannst du dir da so sicher sein? Vielleicht hast du nur diese tiefe Bindung zu mir, weil es deine 'Aufgabe' ist, mir zu helfen. Vielleicht würdest du mich nicht mögen, wenn du nicht meine Begleiterin wärst. Versteht ihr nicht, dass ich mir für euch wünsche, dass ihr frei seid? Gerade, weil ich euch so sehr mag? Ihr sollt nicht abhängig von mir sein.«

»Jane?«, erwiderte Isabella und hob meinen Kopf an, so dass ich in ihr wunderschönes Gesicht blicken konnte. »Ich würde dich immer mögen. Glaub mir. Du bist jemand ganz Besonders. Ich mag so vieles an dir. Du bist klug, humorvoll, stark, wissbegierig, liebevoll, immer nett zu uns und du sorgst dich um uns. Ich würde dich immer mögen, das verspreche ich dir. Und jetzt versprich mir, dass du aufhörst zu glauben, dass wir nur nett zu dir sind, weil es unter anderem auch unsere Pflicht ist, dir zu helfen.«

»Ich verspreche es.«, sagte ich und umarmte Isabella.

Die Geschichte
der Musen

Als ich nach Hause kam, legte ich die Übersetzungen auf mein Bett und ruhte mich ein wenig aus. Ich hatte auch noch Hausaufgaben für die Schule zu erledigen. Es war nicht immer einfach gewesen, nicht den Anschluss zu verlieren, aber ich schaffte es doch immer noch irgendwie. Manchmal half mir auch Josie, obwohl sie nicht verstand, weshalb ich nicht richtig mitkam. Ich war eine der Besten in meinem Jahr gewesen, bevor ich mit Mum nach Edinburgh gezogen war.

Mein Handy klingelte am nächsten Morgen. Ich hob ab und es legte sich mir augenblicklich ein Lächeln auf die Lippen, als ich Robs Stimme hörte.

»Hi. Wie geht es dir?«, fragte er.

»Gut.«

»Meine Mum hat mich gebeten dich anzurufen.«, meinte er dann.

»Jane?«, fragte er, nachdem ich weiter nichts sagte, weil ich überlegte, ob irgendetwas zwischen den Sirenen und Musen vorgefallen war. »Mach dir keine Gedanken.«, sagte er dann in einem beruhigenden Ton, als hätte er meine Gedanken gelesen. »Sie möchte dich einfach bloß treffen und mit dir spazieren gehen oder so.«

Ich war noch immer etwas misstrauisch. Sirenen und Musen verbrachten in der Regel nicht einfach so Zeit miteinander und gingen erst recht nicht freiwillig miteinander spazieren.

»Okay.«, entgegnete ich nicht ganz überzeugt. »Klingt gut.« Dennoch war ich fürs Erste beruhigt und atmete erleichtert aus. Rob lachte.

»Wann soll ich kommen?«, fragte ich.

»Sie kommt dich abholen. Heute Nachmittag.«

»Sehen wir uns danach noch?«, fragte ich sehnsüchtig.

»Ja, ich freue mich schon auf dich.«, sagte er und legte auf.

Obwohl mir Rob versichert hatte, dass es um keine Angelegenheit zwischen Sirenen und Musen ging, war ich nervös. Schließlich konnte er ja nicht alles wissen und Rose hatte ihm ja auch lange verschwiegen, wer sie wirklich war. Rose und ich waren trotz der Feindschaft unserer Gattungen Freundinnen geworden. Es war nicht einfach. Wir konnten uns nicht allzu oft sehen. Wir stießen einander ab, wie gleiche Pole zweier Magneten und deshalb mieden wir, so traurig das auch war, meist die Gegenwart des Anderen. Wir versuchten, wann immer wir uns sahen, das Beste aus der Situation zu machen und zeigten einander so oft es ging, wie viel die jeweilig andere uns bedeutete. Rose wusste, dass ich ihren Sohn über alles liebte und ich ihm niemals etwas antun könnte. Und die Liebe zu Rob verband uns. Deshalb konnte ich ihr auch nicht böse sein, als sie versucht hatte, ihn zu schützen — vor mir.

Es klingelte an der Haustür. Ich schritt die Treppe hinunter und öffnete. Rose lächelte mich an und umarmte mich ganz vorsichtig. Ich weiß auch nicht, warum wir das taten. Es fühlte sich für uns alles andere als angenehm an.

»Ich habe mir gedacht, wir könnten heute etwas zusammen unternehmen. Nur wir beide.«

Ich nickte. Ich stieg in Roses Wagen und wir fuhren eine Weile. Rose stellte das Radio an. Ziemlich laut. Vielleicht versuchte sie, sich abzulenken, um nicht einfach anzuhalten und mich rauszuwerfen.

Für sie war es noch schwieriger als für mich. Ich war noch nicht vollkommen Sirene und deshalb fiel es mir auch nicht so schwer, in ihrer Nähe zu sein. Für sie hingegen, war es wirklich unangenehm, aber sie hatte mir versprochen, dass sie trotzdem meine Freundin sein wollte und dass sie sich unter Kontrolle hätte. Wir wechselten während der gesamten Fahrt dennoch kein Wort. Ich sah aus dem Fenster und fragte mich, wo sie hinfahren würde. Dann hielten wir an. Ich stieg aus und sah mich um. Um uns herum war nichts als Grün und ein paar Schafe.

»Hier können wir wunderbar spazieren und reden.«, meinte Rose und sah mich an.

Ich nickte ihr zu und lächelte. Es fiel mir schwer, mit ihr Schritt zu halten. Sie war unglaublich schnell. Manchmal kam es mir so vor, als würde sie rennen.

»Es tut mir leid.«, sagte sie leise. »Ich kann das nicht abstellen.«

Ich lächelte.

»Im Wasser würde ich dich locker abhängen.«

Rose musste lachten und nickte. Dann änderte sich ihr Gesichtsausdruck. Sie blickte in die Ferne und dann sah sie mir in die Augen. Sie streckte ihre Hand nach meiner aus, ließ sie dann aber doch Richtung Boden sinken.

»Jane, es tut mir leid, dass ich es dir anfangs so schwer gemacht habe. Ich hätte auf Robert hören sollen. Er hatte mir immer versichert, dass du wunderbar bist. Aber es fiel mir so schwer, das zu glauben. Ich hatte Angst um ihn.«, sagte sie etwas traurig.

»Das weiß ich doch, Rose. Es ist okay. Ich bin dir nicht böse.«, versicherte ich ihr, um sie von ihrer Reue zu befreien.

»Ich möchte, dass du weißt, dass du die Richtige für ihn bist, Jane. Niemand könnte besser sein, ich fühle es.«
Ich war wie erstarrt. Ich hätte alles erwartet, aber nicht das. Ich wandte den Blick ab.

»Nein.«, flüsterte ich beinahe lautlos.
Rose sah mich an. »Doch, Jane. Ich weiß es. Musen fühlen so etwas. Es ist nicht nur ein Bauchgefühl. Es ist ganz stark und ich täusche mich fast nie.«
Ich blickte in ihre Augen.

»Nur bei dir, da habe ich falsch gelegen, aber es war auch alles sehr verwirrend...«

»Diesmal liegst du auch daneben.«, sagte ich.
Ich konnte Roses Verwirrung förmlich spüren. Ihre Augen brannten sich in meine, so dass ich meine Augen von ihren abwandte.

»Wie meinst du das?«, fragte sie besorgt.

»Rose, ich liebe Rob. So sehr. Er ist meine große Liebe. Aber ich bin sicher nicht die Richtige für ihn. Ich müsste Mensch sein, um zu ihm zu passen. Ich müsste ein ganz normales Leben führen. Aber ich bin eine Sirene und wenn ich achtzehn werde, gibt es kein Zurück mehr. Ich werde mich verwandeln und bis zu meinem Tod so jung bleiben. Ich werde als Gestaltenwandlerin ab und zu an Land kommen können, aber es wird nie wieder so sein, wie jetzt. Die Tabletten sind nicht stark genug, um diese mächtige Verwandlung zu unterdrücken. So sehr ich mir wünsche, dass es gut ausgeht, ich kann nicht daran glauben. Also sag mir, wie ich die Richtige für ihn sein kann? Du hast es so leicht als Muse. Du kannst mit den Menschen wunderbar leben, aber ich nicht. Ich beneide dich darum. Wir Sirenen sind nicht dafür gemacht, mit Menschen zusammen zu leben. Ich weiß, dass auch du so denkst, es stimmt ja schließlich. Ich werde alles dafür tun, mit Rob zusammenbleiben zu können. Ich wünsche mir, dass unsere Liebe stark genug ist, aber die Richtige für ihn bin ich sicher nicht.«

Rose hatte mir aufmerksam zugehört.

»Jane, ob du es glaubst oder nicht: Ich fühle trotzdem, dass ihr füreinander bestimmt seid. Im Grunde habe ich es von Anfang an gespürt, aber die Umstände haben dazu geführt, dass ich nicht darauf vertraut habe und es nicht glauben konnte. Wer sagt, was richtig und was falsch ist, Jane? Was zählt, ist die Liebe und sie ist allen Gattungen gemein.«, sagte sie dann. »Robert solltest du nicht unterschätzen. Er liebt dich mehr als du dir vorstellen kannst. Er ist stark und er hat nicht aufgehört dich zu lieben, als er erfahren hat, dass du eine Sirene bist. Er weiß, was er tut.«

Ich fühlte mich überhaupt nicht wohl und mir gingen tausend Fragen durch den Kopf. Ich atmete tief ein.

»Komm, wir gehen noch ein Stück.«, meinte Rose zu mir und ich folgte ihr stumm. »Wenn du möchtest, kann ich dir mehr über Musen erzählen und unsere Feindschaft zu euch Sirenen.«

Mich interessierte die Herkunft der Musen sehr. Ich hatte meine Eltern dazu befragt, aber sie sprachen nicht allzu gern über Musen. Casy hatte mir gesagt, dass es nicht so sei, als würden Sirenen Musen nicht akzeptieren. Einer Freundschaft stünde aus ihrer Sicht nichts im Wege, aber Musen würden Sirenen nun einmal hassen. Also bat ich Rose, mir mehr über Musen zu erzählen.

»Es gibt so viele Legenden über unsere Herkunft, aber ich werde dir die Wahrheit erzählen. Wir Musen sind Nachkommen von neun Nymphenschwestern. Diese neun Schwestern hießen Adelfa, Callidora, Gia, Isidora, Adala, Genia, Zibiah, Nova und Siofra. Eine war schöner als die andere. Sie lebten unter den Menschen und mit der Natur. Jedes Leben war in ihren Augen wertvoll und war es noch so klein. Zwar lebten sie mit den Menschen, doch sie blieben immer unter sich. Callidora verliebte sich eines Tages in einen Menschen, als sie ihn auf einem Spaziergang durch den Wald traf. Sie war schon über einhundert Jahre alt, hatte aber noch immer den Körper einer jungen Frau. Alle Schwestern waren sterblich, wie die Menschen, doch sie lebten viel länger und ihre Körper blieben bis zu ihrem Tod jung.«, erzählte Rose und blickte bei ihrem letzten Satz zu mir herüber.

»Callidora war völlig überwältigt. Nie zuvor hatte sie Liebe empfunden. Sie konnte es nicht fassen und verbrachte so viel Zeit wie möglich mit ihrem geliebten Menschen. Den anderen Schwestern fiel auf, dass Callidora immer weniger Zeit mit ihnen verbrachte. Sie machten sich große Sorgen um ihre Schwester. Dann irgendwann brachte Callidora den Menschen, in den sie sich so sehr verliebt hatte, an den Ort, an dem sie mit ihren Schwestern lebte. Diese erschraken und waren völlig außer sich. Für sie war es in all den Jahren nie in Frage gekommen, einen Menschen zu lieben, zumindest nicht auf diese Art und Weise. Callidora verkündete, dass sie heiraten und mit dem Menschen ein neues Leben be-

40

ginnen würde. Ihre Schwestern versuchten sie umzustimmen, aber es gelang ihnen nicht und so ließen sie Callidora gehen. Sie glaubten nicht daran, dass solch eine Liebe möglich sei und hielten es für gefährlich, aber sie liebten ihre Schwester und so mussten sie ihre Entscheidung akzeptieren. Callidora besuchte ihre Schwestern oft. Und einmal kam sie mit einer besonderen Botschaft, die auch ihr Sorgen bereitete. Sie war schwanger. Ihre Schwestern halfen ihr so gut es ging und machten sich ebenfalls Sorgen, doch keine von ihnen wusste, was mit dem Kind geschehen würde. Callidora fühlte, dass ihr Kind etwas Besonderes sein würde, aber keine Nymphe.«

Wir blieben stehen. Rose sah mich an. Ich konnte mir vorstellen, wie die Geschichte weitergehen würde und war sehr gespannt.

»Dann brachte sie an einem sonnigen Morgen ein Mädchen zur Welt. Es war wunderschön, wie seine Mutter, so dass die Nymphenschwestern, wie auch der menschliche Vater annahmen, dass es eine Nymphe sein würde. Das Kind wuchs prächtig heran und lebte wunderbar mit den Menschen. Es war einerseits Nymphe, aber es war auch sehr menschlich, weil es sehr viel Kontakt zu ihnen hatte. Das Mädchen namens Zena entwickelte besondere Fähigkeiten. Sie war wie ihre Mutter wunderschön, alterte nur sehr langsam und war unglaublich schnell. Aber sie konnte mehr. Sie war in der Lage, Menschen positiv zu beeinflussen und ihnen zu helfen. Sie war die erste *Muse*. Die anderen Nymphenschwestern sahen ein, dass es möglich war, mit Menschen zusammenzuleben und auch sie verliebten sich und gebaren Kinder. Alle Mädchen, die sie zur Welt brachten, waren wie Zena Musen, aber alle Jungen, die zur Welt kamen, hatten keinerlei besondere

Fähigkeiten. Sie waren Menschen. Einige von ihnen waren hochbegabt und ich will auch nicht sagen, dass sie nicht doch ein wenig anders waren als normale Menschen, aber es gab keine besonderen Fähigkeiten, die alle von ihnen aufgewiesen hätten. Wenn ein Partner einer Nymphe verstarb, starb auch sie bald darauf. Für sie machte ein fast ewiges Leben ohne ihre geliebten Partner keinen Sinn und so schien die Natur dafür zu sorgen, dass sie kurz nach dem Tod ihrer Partner ebenfalls verstarben. Ihre Töchter blieben auch Zeit ihres Lebens wunderschön, aber sie alterten. Wenn sie einmal das Erwachsenenalter erreicht hatten, jedoch äußerlich kaum noch erkennbar. Gebaren sie Töchter, waren auch diese Musen, gebaren sie Söhne waren es Menschen. Nach dem Tod ihrer Partner starben auch die Musen kurz darauf. Doch alle Lebensgefährten wurden sehr alt, da sie auch in der Lage waren, die Gesundheit der Menschen zu beeinflussen.«, erzählte Rose.

»Heißt das, du wirst sterben, wenn Harold stirbt?«, fragte ich sie, obwohl ich die Antwort schon kannte.

»Ja, so ist es. Ich habe auch schon vor Harold gelebt. Ich habe lange nach dem Richtigen gesucht und ihn in Harold gefunden.«, antwortete sie und lächelte. »Für eine Muse gibt es nichts Schöneres, als den Menschen zu finden, für den es sich lohnt, die eigene Ewigkeit aufzugeben. Was ist die Unsterblichkeit schon ohne einen einzigen Funken Liebe? Ich musste nicht einen Moment überlegen, als ich Harold traf. Selbst für einen einzigen Tag mit ihm, hätte ich mein Leben gelassen.«

»Ich wusste nicht, dass ihr so lange lebt. Die Sirenen haben mir gesagt, ihr würdet wie wir einfach nur langsamer altern.«, sagte ich verwundert.

»Ja, das nehmen sie wohl an, weil sie wissen, dass Musen, die unter Menschen leben, lange ihr jugendliches Aussehen erhalten und ihre Männer um nicht allzu lange Zeit überleben.«, meinte Rose und schien zum ersten Mal zu erfahren, wie Sirenen über die Sterblichkeit der Musen dachten.

»Möchtest du noch erfahren, wie es zu der Feindschaft zwischen Sirenen und Musen kam?«, fragte Rose mich dann.

Ich nickte, obwohl ich es mir denken konnte. Die Sirenen hatten mir schon geschildert, dass es darum ging, dass die Musen ein Problem damit hatten, dass Sirenen manchmal Menschen töteten, aber ich wollte es schließlich auch aus der Sicht der Musen hören.

»Die Musen verband sehr viel mit den Menschen, egal, ob sie mit einem von ihnen in einer Partnerschaft lebten oder nicht. Musen sind schließlich auch zu einem gewissen Teil menschlich. Ein großer Teil ihrer Verwandtschaft besteht aus Menschen. Auch ich hatte zwei jüngere Brüder.«, meinte Rose und sah gedankenverloren in die Ferne.

»Es tut mir leid.«

»Das brauch es nicht, Jane, das ist schon Ewigkeiten her und sie hatten alle ein erfülltes Leben. Nur jetzt, wo ich darauf zu sprechen komme, erinnere ich mich ganz stark an sie.«, entgegnete Rose und fuhr fort. »Irgendwann begannen die Musen festzustellen, dass manche Menschen ohne bestimmte Gründe verschwanden und später tot aus dem Meer geborgen wurden. Meist waren es Menschen, die gut schwimmen konnten und das Wasser mochten. Manche Musen verloren ihre Männer. Aber auch ganz normale Menschen verloren Verwandte. Die Musen verstanden nicht, was vor sich ging und wollten nichts mehr, als den Menschen helfen. Sie beobachteten von da an das Meer. Sie hielten sich, wann immer möglich, am Meer auf und an Neumond geschah es. Sie wurden Zeugen davon, wie Menschen, die sich in dieser Zeit — selbst bei Tag — am Meer aufhielten von fischartigen Wesen verführt und ins Meer gelockt wurden. Sie hatten diese Wesen nie zuvor angetroffen und waren völlig überrascht. Zugleich verspürten sie aber auch tiefen Hass diesen Gestalten gegenüber. Wir Musen sind sehr friedliebende Wesen und wollten nicht sofort gegen die Unbekannten kämpfen. Die Musen wollten sie zur Rede stellen, doch das erwies sich als kompliziert, denn unter Wasser konnten sie uns nicht verstehen und wir konnten uns nicht sicher sein, dass sie unsere Sprache sprechen würden. Die Musen konnten die unbekannten Wesen jedoch ausfindig machen und ihnen mitteilen, dass sie mit ihnen sprechen wollten. Die Wesen spürten sofort, dass wir keine Menschen waren. Wie auch immer sie das machten.« Rose sah mich an, als würde sie von mir eine Antwort erwarten.

»Diese Wesen baten einen von ihnen, einen Gestaltenwandler, den Musen an Land zu folgen und er erklärte ihnen, dass sie Sirenen seien. Die Musen baten die Sirenen darum, das Morden aufzugeben. Die Musen gingen nicht davon aus, dass die Sirenen Verständnis zeigen würden. Doch sie hatten Verständnis. Sie berichteten, dass es nicht in ihrer Hand läge, dass sie die Menschen gar nicht töten wollen und sogar immer versuchen würden, bereits Verletzte zu retten. Doch sie konnten den Musen nicht versprechen, es völlig zu unterbinden. Es sei für sie unmöglich. Und so entstand die Feindschaft zwischen den Musen und Sirenen, die nicht auf Gegenseitigkeit beruht. Sie hatten und haben nichts gegen uns, nicht wirklich. Aber wir hassen sie dafür, dass sie morden, auch wenn sie es nicht wollen. Weißt du, manche Musen haben ihre Kinder durch Sirenen verloren, was ihnen unerträgliche Schmerzen zufügte. Nur der Tod des geliebten Partners bedeutet auch einen verfrühten Tod der Muse. Deshalb können viele Musen nicht anders, als die Sirenen zu hassen.«

Ich konnte Verständnis für den Zorn der Musen aufbringen und war verärgert darüber, dass es scheinbar unmöglich war, den Konflikt zwischen den beiden Gattungen beizulegen.

»Wir wollten nicht gegen die Sirenen kämpfen und sie nicht gegen uns. Die Musen gründeten daraufhin den ersten Stand, mit dem ja auch du schon Bekanntschaft gemacht hast. Nur der oberste Stand ist für das verantwortlich, was in Bezug auf Sirenen von Seiten der Musen aus geschieht. Wir versuchen ihnen einfach aus dem Weg zu gehen, aber wenn ein Mitglied des obersten Standes sieht, wie ein Mensch von einer Sirene angegriffen wird, dann darf er versuchen, die Sirene zu überwältigen und, wenn alle Mitglieder des obersten Standes dafür sind, dass die Sirene getötet werden muss, dann wird sie getötet.«

Ich zuckte zusammen. Rose legte ihre Hand auf meine Schulter.

»Keine Angst. Das kommt nur ganz selten vor. Wir sind friedliebend, das habe ich ja bereits gesagt und wir sind meist noch nicht mal in der Lage dazu, eine Sirene zu überwältigen. Nur wenige von uns sind sehr gute Schwimmer und wir können unter Wasser nicht lange verharren. Aber wir sind schnell und stark. Sirenen sind aber im Wasser unglaublich flink und überhaupt können wir viel zu selten beobachten, wie ein Mensch von einer Sirene verführt wird.«

Ich erinnerte mich augenblicklich daran, wie Rose und die anderen Sirenen versucht hatten, mich zu töten.

»Es tut mir leid, Jane. Wirklich. Ich versichere dir, der erste Stand hat selten eine Sirene getötet.«

Ich sah in den Himmel, der grau über uns hing. Ich dachte daran, wie ich selbst dabei gewesen war und erlebt hatte, wie eine Sirene mit sich gekämpft hatte, um nicht zu töten. Und ich dachte daran, wie sie getötet würde, ohne dass sie irgendeine Schuld traf.

»Rose.«, sprach ich. »Die Sirenen können wirklich nichts dafür. Es ist wie ein Fluch, der auf ihnen liegt. Sie versuchen sich dagegen zu wehren, aber es gelingt ihnen in den seltensten Fällen. Diejenigen, die nicht davon betroffen sind, versuchen verletzte Menschen zu retten und die besessenen Sirenen aufzuhalten. Sie wollen es wirklich nicht.«

Rose sah mich eindringlich an.

»Das weiß ich doch.«, entgegnete sie und sah mich lange an. »Aber es ändert nichts.«

Schreckliche Gedanken

Rob wartete schon auf uns und öffnete die Tür, als Rose das Auto parkte. Ich stieg aus und er kam auf uns zu.

»Ist alles in Ordnung, war es schön?«, fragte er und wirkte etwas besorgt auf mich.

»Ja, das war es.«, antwortete ich und lachte.
Rob nahm meine Hand und wir gingen nach drinnen.

»Ihr wart lange weg. Ich hatte schon Angst, ich hätte Mum doch nicht trauen dürfen!«, sagte Rob und ich stieß ihm in die Seite.

»Nein, ganz im Gegenteil. Rose war sehr nett.«, entgegnete ich.

»Das will ich auch stark hoffen.«, erwiderte Rob und grinste.

Als ich später nach Hause kam, konnte ich lange nicht zur Ruhe kommen. Meine Gedanken kreisten um Musen und Sirenen. Ich konnte beide Seiten verstehen. Für die Musen war es nicht einfach zu sehen, wie Menschen, mit denen sie viel verband, ermordet wurden. Aber die Sirenen konnten auch die Musen nicht leiden, wenn diese Sirenen töteten, die eigentlich nichts für ihr Verbrechen konnten.

Ich hatte zum Glück alle Hausaufgaben erledigt, sodass ich mich auf mein Bett setzen und anfangen konnte, die Schriften über Gestaltenwandler zu lesen. Wie Rose mir erzählt hatte, war es ein Gestaltenwandler gewesen, der damals zwischen Sirenen und Musen vermittelt hatte.

Gestaltenwandler spielten wirklich eine große Rolle und ich war es theoretisch auch. Aber würde ich auch eine richtige Gestaltenwandlerin werden nach der endgültigen Verwandlung an meinem achtzehnten Geburtstag?

Ich nahm die Übersetzung und las. Manches kannte ich schon, weil es mir meine Familie erklärt hatte. Zum Beispiel wie Sirenen zu Gestaltenwandlern wurden. Doch ich erfuhr viel mehr. Gestaltenwandler waren für die Sirenen sehr wichtig. Nur durch ihre Hilfe verstanden sie mehr über das Leben an Land, das sie nie selbst kennenlernen konnten. Sirenen waren fasziniert von andere Lebensformen. Die Gestaltenwandler stellten aber große Unterschiede zwischen den scheinbar so ähnlich aussehenden Wesen fest. Es gab zwei Arten. Die eine Art war ihnen bereits bekannt. Sie hatten einige davon bereits getötet, wenn auch ungewollt. Die andere Form war wunderschön und stark. Die Gestaltenwandler stellten fest, dass zwischen diesen zwei Gruppen eine starke Bindung bestand. Sie beobachteten die unterschiedlichen Lebensformen an Land, blieben ihnen aber dennoch fern. Manchmal mischten sie sich unter sie und lernten somit ihre Sprachen und konnten sich manches von ihnen abschauen. Sie versuchten auch herauszufinden, warum sie ausgerechnet Menschen an den Tagen um Neumond töteten. Doch sie fanden keine Antworten.

Ich war völlig vertieft in den Text und kam an eine Stelle, die mir Rose bereits geschildert hatte: Die Sirenen sprachen zum ersten Mal mit den Musen. Es war genauso beschrieben, wie Rose es mir erzählt hatte.

Ich wurde wach und sah mich um. Ich war wohl während des Lesens eingeschlafen. Müde stand ich auf und machte mich für die Schule fertig. Mum saß bereits am Küchentisch und trank unten einen Kaffee.

»Jane, du bist schon wach?«, fragte sie und sah ungläubig auf ihre Uhr.

Ich nickte und setzte mich zu ihr.

»Du könntest noch eine halbe Stunde schlafen.«, meinte Mum und nahm mir einen Teller aus dem Schrank.

»Nein, ist schon ok.«, murmelte ich.

»Sollen wir heute nach der Schule etwas zusammen unternehmen? Ich hab frei.«, fragte Mum.

»Sehr gerne.«, antwortete ich und nahm Milch aus dem Kühlschrank.

Ich hatte wirklich Lust, wieder einmal etwas mit Mum zu unternehmen. In letzter Zeit hatte ich wenig Zeit mit ihr verbracht. Es erinnerte mich an früher, vor meiner Zeit als Sirene. Damals hatte ich mich immer gefreut, wenn Mum frei hatte und wir etwas unternahmen. Manchmal waren wir weggefahren, manchmal hatten wir es uns zu Hause einfach nur gemütlich gemacht und ferngesehen. Mir fiel auf, wie sehr ich es vermisst hatte.

»Soll ich dich heute zur Schule fahren?«, fragte Mum. Sie sah mich an. »Verstehe schon. Du gehst lieber mit Rob. Kein Problem.« Sie lächelte mich an. »Wozu hast du denn heute Lust? Möchtest du irgendwo hinfahren?«

»Kann ich das auch später entscheiden? Ich weiß es im Moment noch nicht.«, sagte ich und stand ruckartig auf.

»Ja, klar.«, entgegnete Mum.

Ich nahm meinen Rucksack und ging zur Tür.

»Bis nachher, Liebling.«, rief Mum mir nach.

Ich griff nach meinem Mantel und öffnete die Haustür.

»Bis später!«

Rob wartete auf mich. Er nahm meine Hand in seine. Ich erzählte ihm davon, dass ich heute nach einer gefühlten Ewigkeit wieder ein paar schöne Stunden mit Mum verbringen würde.

»Wie in alten Zeiten.«, sagte ich und Rob lächelte.

»Du hast es sehr vermisst.«, stellte er fest.

»Ja, zwar konnten wir auch früher nicht viel gemeinsam unternehmen, weil Mum immer so viel arbeitet, aber dann haben wir, wann immer sie frei hatte, den Tag im Kalender markiert und Pläne gemacht.«

»Hast du deiner Mutter eigentlich alles verziehen?«, fragte Rob dann.

Ich musste nicht überlegen.

»Ja, sie bereut es sehr, und auch wenn ich wünschte, ich könnte diese ganze Wut in mir an irgendetwas oder irgendjemandem auslassen, weiß ich, dass es keinen Sinn hat und Mum kann ich nicht wirklich böse sein.«, entgegnete ich und formte dann ein Lächeln mit meinen Lippen.

»Ich kann nicht anders, als ihr auch ein Stück weit dankbar zu sein.«, sagte Rob und sah mich an.

»Ich weiß, mir geht es auch so.«, gab ich zu und gab Rob einen Kuss.

In der Schule sah ich, dass Josie immer noch sehr traurig wirkte. Ich versuchte, sie aufzuheitern, aber es funktionierte nicht richtig. Sie machte sich große Sorgen um ihre Mutter und ich konnte sie ihr nicht abnehmen. Josie war ein sehr mitfühlender Mensch und sie tat mir leid. Sie konnte nichts für das falsche Verhalten ihres Vaters und glaubte dennoch, nun für ihre Mutter verantwortlich zu sein. Aber sie schien dabei sich selbst zu vergessen. Sie selbst war auch verletzt, aber sie verbarg ihren eigenen

Kummer vor ihrer Mutter, um für sie stark zu sein. Sie konnte nicht aufhören, immer wieder, wenn es scheinbar niemand sah, zu weinen.

»Josie, ist etwas passiert? Ist zwischen deinen Eltern noch etwas vorgefallen?«, fragte ich besorgt.

Sie sah mich völlig aufgelöst an.

»Mein Vater, er...« Josie fing wieder an zu weinen.

Ich fragte nicht weiter, sondern nahm sie in den Arm.

»Mein Vater, er und Anna kriegen ein Baby.«, schluchzte sie.

Ich brauchte einen Moment, um zu verarbeiten, was ich gerade gehört hatte.

»Ein Baby?«, fragte ich ungläubig.

»Ja. Sie werden eine glückliche Familie sein und er wird mich vergessen. Obwohl mir das auch recht ist. Ich möchte ihm gar nicht mehr begegnen. Er meinte, dass er geglaubt habe, ich würde mich freuen. Aber wieso sollte ich mich freuen? Dieses Kind wird mich immer daran erinnern, wie er unsere Familie zerstört hat. Jane, ich weiß nicht mehr weiter. Ich habe Angst. Ich werde Schwester und werde meinen Bruder oder meine Schwester vielleicht nie mögen. Schon alleine der Gedanke daran bereitet mir Kopfzerbrechen.«, sagte Josie.

Ich konnte nichts darauf antworten. Mir fiel nichts ein, was ich ihr hätte sagen können. Josie war unglaublich wütend. Ihre Familie hatte ihr immer Halt gegeben, so hatte ich es zumindest empfunden, und nun war sie zerbrochen. Sie wollte nicht wütend auf das Baby sein, aber sie konnte sich in diesem Moment einfach nicht darüber freuen, was sie wiederum traurig machte.

»Josie, ich bin für dich da.«, sagte ich leise. *Noch*, fügte ich in Gedanken hinzu.

In meinem Kopf drehte sich alles um Josie und ihre Traurigkeit. Ich konnte keinen klaren Gedanken fassen. Ich wollte so schnell es ging nach Hause.

Mum wartete schon auf mich. Sie hatte Spaghetti gekocht. Ich setzte mich an den Tisch, hatte aber keinen Appetit. Mum sah mich einen Augenblick lang eindringlich an.

»Ist etwas passiert, während du in der Schule warst?«, fragte sie.

»Nicht wirklich.«, antwortete ich und wollte einfach nicht darüber reden.

»Okay, ich frag nicht weiter.«
Mum nahm meinen Teller und räumte ihn weg. Sie sah mich immer wieder an, aber ich erkannte, dass sie nicht wusste, was mich beschäftigte.

»Ich hoffe, du hast immer noch Lust, heute etwas mit mir zu machen? Aber, wenn du nicht willst, wir müssen nicht...«

»Doch, doch.«
Ich versuchte zu lächeln. Ich wusste, wie viel es Mum bedeutete und wir beide hatten uns sehr auf die gemeinsame Zeit gefreut.

»Können wir heute spazieren gehen? Ich möchte an die frische Luft.«

»Ja, gute Idee.«, meinte Mum. »Sobald du mit deinen Hausaufgaben fertig bist, können wir los.«

Ich kam nicht wirklich gut mit den Hausaufgaben voran. Alles, was ich schrieb, strich ich wieder durch. Die ganze Zeit dachte ich an Josie und meine Freundschaft zu ihr. Irgendwann würde ich nicht mehr für sie da sein können. Ich würde sie nicht mehr trösten können, falls es ihr noch einmal schlecht gehen sollte. Ich fühlte mich traurig und hilflos. Ich würde ihr nicht mehr zur Seite stehen können, obwohl ich es so sehr wollte. Sie bedeutete mir viel und war meine beste Freundin.

Ich fragte mich, ob sie mich schnell vergessen würde. Ich wusste noch nicht einmal, wie ich verschwinden würde, wenn es soweit war. Ich würde ihr großes Leid zufügen und wie viel mehr davon könnte sie ertragen?

Ich schüttelte meinen Kopf als könnte ich damit die bösen Gedanken vertreiben. Meine Hausaufgaben konnte ich vorerst vergessen. Ich war nicht in der Lage, mich zu konzentrieren. Ich verschob sie auf später und ging die Treppe hinunter. Mum war in ihrem Arbeitszimmer.

»Komm rein!«, rief Mum, als sie mich in der Tür entdeckt hatte. »Bist du fertig? Ich komme sofort!«, sagte Mum und stapelte ein paar ihrer Unterlagen.

Wenig später saßen wir im Auto. Wir wollten ein bisschen am Meer spazieren gehen. Während der Fahrt wechselten wir kein Wort. Sie sah mich immer wieder an, als wollte sie herausfinden, was mit mir nicht stimmte, aber es gelang ihr nicht. Falten legten sich auf ihre Stirn, so angestrengt dachte sie nach. Ich sah aus dem Fenster. Der Himmel war grau und passte zu meiner Stimmung.

Mum war einer dieser Menschen, mit dem ich schweigend zusammen sein konnte. Es war eine angenehme Stille. Niemand hatte das Gefühl, unbedingt etwas sagen zu müssen. Ich fühlte keinen Druck. Ich konnte einfach schweigen und die Landschaft betrachten. Auch als wir ausstiegen, folgte ich ihr gedankenverloren. Ich betrachtete das Meer und blieb stehen. Es hatte alles verändert. Mein ganzes Leben und es würde auch Josies Leben verändern. Und es gab rein gar nichts, was ich dagegen tun konnte.

»Willst du mir nicht sagen, was los ist?«, fragte Mum und legte mir vorsichtig ihre Hand auf die Schulter.

Ich nickte. Ich musste es jemandem erzählen. Und Mum war die Einzige, die dafür in Frage kam.

»Es ist wegen Josie.«, sagte ich und sah Mum in die Augen.

»Was ist mit ihr?«

»Ihr Vater hat ihre Mutter betrogen.«

Mum schwieg.

»Das ist sicher nicht leicht für sie.«, sagte sie dann.

Nicht leicht — das klang so unpassend.

»Ihre Mutter ist völlig fertig und Josie gibt sich eine Mitschuld dafür. Sie glaubt, sie hätte es früher bemerken müssen. Sie glaubt, sie hätte ihr dann schon früher helfen können und dann wäre es jetzt nicht so schlimm für ihre Mum.«, erklärte ich und ging langsam weiter.

Mum überlegte einen Moment.

»Sie hat keine Schuld, sie ist doch noch ein Kind. Hast du ihr das gesagt?«

»Natürlich.«, entgegnete ich leise.

»Josie braucht Zeit. Sie wird einsehen, dass du recht hast, Jane. Es ist eine Angelegenheit zwischen ihren Eltern. Im Moment ist sie verwirrt und sie kann oder will dir vielleicht nicht glauben und sucht die Schuld bei sich, aber es wird wieder besser. Keine Sorge.«

»Das ist nicht alles.«, sprach ich. »Sie wird Schwester.«

»Oh! Damit hat sie sicher nicht gerechnet.«, sagte Mum und schien sich in Josie hineinzuversetzen. »Mit dieser neuen Situation muss sie erst umgehen lernen und das wird ihr sicher nicht leicht fallen. Aber sie kann die Dinge nun einmal nicht ändern. Sie muss es akzeptieren. Du konntest es dir nach deinem Sturz ins Wasser auch nicht aussuchen. Es hat sich so viel für dich verändert und du musstest es hinnehmen. Du hast es auch geschafft.«, meinte Mum.

»Das ist nicht fair.«, sagte ich.

Mum betrachtete mich eindringlich.

»Es geht gar nicht nur um Josie, hab ich recht?«, fragte sie und sah mich prüfend an.

»Mum, ich werde so viel verlieren. Ich werde Josie nicht mehr helfen können, wenn ich erst einmal Sirene bin. Und vielleicht werde ich Rob verlieren. Glaubst du, er wird Zeit seines Lebens mit einer Sirene zusammen sein wollen, die in einer anderen Welt leben wird als er?«

»Das weiß ich nicht, Jane. Ich weiß aber, dass er dich liebt und dass er ein wundervoller Mensch ist. Wahre Liebe ist stark, Jane.«

»Wie lange wird sie stark genug sein? Er wird ein nettes normales und menschliches Mädchen kennenlernen, das sich nicht unwohl fühlt, wenn es mit seiner Mutter und seiner Schwester zusammen ist. Eines, das mit ihm alt werden wird, wie es sich gehört. Ich werde immer achtzehn sein, bis ich sterbe. Wie soll da ein gemeinsames Leben funktionieren? Ich werde fast immer im Meer sein müssen und als Mensch nicht mehr existieren können.«

Ich war so sehr damit beschäftigt über das Leben nach meinem achtzehnten Geburtstag nachzudenken, dass ich die Tränen, die mir das Gesicht hinunterliefen, gar nicht bemerkte. Ich wusste einfach nicht weiter. Wie lange würde ich das nötige Gespräch mit Rob noch aufschieben können? Er kannte mich so gut, dass er es selbst merken würde.

Mum kam näher und umarmte mich. Ich vergrub mein Gesicht in ihrem Mantel. Eine Weile sagte sie nichts. Ich mochte das sehr an ihr. Mum war ein eher bedachter

Mensch und ich mochte keine Menschen, die immer versuchten irgendetwas zu sagen. Ich wusste, dass es für sie nicht möglich war, mich zu trösten und sie wusste es auch. Was hätte sie schon ausrichten können? Sie konnte nicht in die Zukunft sehen und mir versprechen, dass alles gut würde.

»Jane, du musst mit ihm sprechen.«, sagte sie dann.

»Ich weiß.«, entgegnete ich und löste mich sachte von ihr.

Ich wollte nicht mit ihm sprechen. Ich wollte mich gar nicht mit dem Gedanken an das, was kommen würde, beschäftigen. Noch war alles irgendwie perfekt. Vielleicht würde ich alles durch dieses Gespräch kaputt machen. Ich wusste, dass ich bereits dabei war, alles zu zerstören. Aber warum hatte mich Rob noch nicht darauf angesprochen? Ich kannte die Antwort tief in meinem Inneren: Er war überzeugt davon, dass es gut ausgehen würde. Er war so unglaublich optimistisch. Für ihn war völlig klar, dass wir bis an unser Lebensende zusammenbleiben würden. Ich fragte mich, warum ich nicht auch so denken konnte.

Mum holte mich aus meinen schrecklichen Gedanken.

»Sollen wir zurückfahren?«, fragte sie.

Ich nickte und wir gingen zurück zum Wagen.

Auf der Rückfahrt schloss ich die Augen und schlief, wenn auch nur kurz. Es war schön, den grausigen Gedanken zu entfliehen. Es war wie eine Erlösung, wenn auch nur für kurze Zeit.

Zuhause lief ich die Treppe hinauf in mein Zimmer und warf mich auf mein Bett. Vielleicht sollte ich mich wirklich zusammenreißen und daran glauben, dass alles gut werden würde. Ich hatte mich nicht umsonst in Rob verliebt. Er war der wundervollste Mensch, den ich je getroffen hatte. Das wundervollste Wesen, dem ich in meinem ganzen Leben begegnet war und ich würde ihn immer lieben. Ich hatte nie daran geglaubt, bereits mit sechzehn Jahren die Liebe meines Lebens zu finden. Die meisten Leute wechselten laufend ihre Partner und warteten nur darauf, endlich der großen Liebe zu begegnen.

Aber es war geschehen. Ich hatte solch unglaubliches Glück gehabt. Rob war perfekt für mich. Und ich wollte das auch für ihn sein, womit ich wieder bei meinem Problem war.

Rob war anders als alle anderen, denen ich zuvor begegnet war. Deshalb fand ich ihn von Anfang an so interessant und anziehend. Ihm allein gehörte mein Herz, mein Leben, meine Ewigkeit. Rob war meine große Liebe. Und in meinem Leben spielte er die Hauptrolle und war das wichtigste Element. Aber das bedeutete nicht, dass es für ihn nicht anders sein konnte. Vielleicht war ich nur als Nebenrolle in seinem Leben vorgesehen. Wenn ich zwischen einem einzigen Augenblick mit ihm und einem langen Leben ohne ihn hätte wählen müssen, wüsste ich immer, wofür ich mich entscheiden würde. Vielleicht war Rob meine Bestimmung, meine einzig wahre Liebe, aber ich nicht die seine. Vielleicht war für ihn noch so viel mehr vorgesehen und ich nur eine Liebe in seinem Leben.

Dieser Gedanke machte den Schmerz erträglicher, wenn ich ihn auch nicht so sehr mochte, denn natürlich hoffte ich, dass alles für uns gut ausgehen würde. Ich fühlte mich optimistischer. Aber ich beschloss trotzdem, Rob von meinen Sorgen erst einmal nichts zu erzählen. Was nach meinem achtzehnten Geburtstag mit uns geschehen würde, könnten wir dann immer noch besprechen. Die Zeit, die uns noch blieb und die wir als Menschen noch gemeinsam verbringen konnten, wollte ich genießen.

Ein wichtiges Gespräch

Ich verbrachte den Rest des Tages mit meinen Hausaufgaben. Ich war doch noch in der Lage gewesen, sie zu Ende zu bringen, weil meine Gedanken klarer wurden. Anschließend machte ich mich für meinen Gang ins Wasser bereit.

Leider konnte ich meiner Familie nicht von dem Gespräch mit Rose erzählen, obwohl es sicher sehr interessant für sie gewesen wäre, gerade weil Rose so erstaunt gewesen war, dass Sirenen doch nicht allzu viel über Musen wussten.

Ich sah mir noch ein paar Texte des *Nessim* an und als es spät genug war, ging ich nach unten. Mum schlief noch. Ich wartete einen Moment und hörte dann, wie sie ins Bad ging. Sie hatte sich angewöhnt, den Wecker zu stellen, wenn sie mich fahren musste, was nunmal häufig vorkam. Sie kam die Treppe hinunter und sah ziemlich verschlafen aus. Irgendwie tat sie mir leid, wie sie da stand. Aber schon in einem Jahr würde sie mich nicht mehr fahren. Ich lächelte und sie lächelte zurück und kurz darauf stiegen wir in den Wagen.

»Geht es dir wieder besser?«, fragte sie mich und schien immer noch besorgt. Sie hatte mich schon lange nicht mehr so aufgelöst gesehen, da war ich mir sicher.

»Ja, danke, Mum.«, sagte ich und schenkte ihr ein ehrliches Lächeln.

»Hey, wofür bin ich denn da?«

»Hi, Liebling!«, begrüßte mich Sajara und nahm mich in die Arme.

Als sich ihre Umarmung langsam löste, konnte ich erkennen, wie Linda, Casy und Eadoin sich unterhielten.

Ich schwamm auf sie zu und Linda streckte die Arme nach mir aus.

»Schön, dass du da bist.«, meinte sie.

Ich blickte ihr ins Gesicht und freute mich zu sehen, wie glücklich sie war.

Casy lächelte und ich umarmte auch ihn. Es fiel mir immer noch etwas schwer, meine Eltern als solche wahrzunehmen und nicht als gute Freunde, weil sie einfach so unglaublich jung aussahen. Sie waren ja — zumindest äußerlich — nur ein Jahr älter als ich, genau wie die meisten anderen Sirenen um mich herum. Dass Sajara und Linda Mutter und Tochter waren, war, wenn man sie sich betrachtete, überhaupt nicht zu erkennen. Allein durch ihr Verhalten konnte man darauf schließen, dass Sajara und Casy schon länger lebten und dadurch erfahrener waren als Linda.

Eadoin nickte mir freundlich zu. »Möchtest du lieber Jane oder Amarilla genannt werden?«, fragte er mich dann.

Das wusste ich leider selbst nicht so genau. Aber Jane war ich immer gewesen und Jane wollte ich eigentlich auch sein, für Rob und für Josie, aber irgendwann würde ich wohl Amarilla sein müssen. Doch auch das war nicht ganz richtig. Innerlich würde ich ja immer Jane bleiben. Meine Gefühle, meine Gedanken und meine Erinnerungen waren die von Jane.

»Jane ist mir lieber.«, entgegnete ich und sah ihn freundlich an.

»Gut, Jane!«, sagte Eadoin und grinste.

Ich schwamm zurück zu Sajara, die gerade irgendetwas zu Essen vorbereitete.

»Er gehört schon zur Familie?«, fragte ich.

»Ja, er ist wirklich wundervoll. Er passt perfekt zu Linda. Er verbringt viel Zeit hier. Sie liebt ihn über alles und er liebt sie auch. Allmählich können wir schon mit ihm über Gedanken kommunizieren. Das ist ein gutes Zeichen.«, antwortete sie.

Sajara, Casy und Linda konnten bereits seine Gedanken lesen und ich war immer noch nicht in der Lage, die meiner Familie zu lesen. Das störte mich irgendwie und ich spürte, wie ich neidisch wurde. Ich beherrschte immer noch nicht meine Muttersprache und nur das war der Schlüssel dazu, endlich mit meiner Familie über Gedanken kommunizieren zu können.

Zwar konnten sie mir teilweise in Gedanken etwas mitteilen, in Träumen hatte es schon funktioniert, aber ich konnte ihnen nichts sagen, zumindest nicht bewusst. Zum Glück war es einer jeden Sirene überlassen, zu entscheiden, ob sie jemandem etwas mitteilen wollte oder nicht und ob sie etwas von einer anderen Sirenen hören oder einfach ihre Ruhe haben wollte. Ich wäre glücklich gewesen, hätte ich auch nur den Hauch einer Ahnung gehabt, wie man das steuern konnte, aber ich hoffte einfach, ich würde es noch lernen.

Ich sah hinüber zu Casy, Linda und Eadoin, die sich jetzt mir zu Liebe in Englisch unterhielten. Eadoin hielt Lindas Hand und sah sie immer wieder an. Es machte mich glücklich, die beiden so verliebt zu sehen. Und Eadoin war wirklich perfekt für Linda. Ich sah die beiden an und es kam mir so vor, als wäre es schon immer so gewesen, als hätte Eadoin schon immer zur Familie gehört. Man musste sich in seiner Gegenwart einfach wohlfühlen.

Ich war etwas beschämt, dass ich ein Stück weit eifersüchtig auf ihn gewesen war, weil er bereits mit meiner Familie über Gedanken kommunizieren konnte. Er war völlig in Ordnung und ich musste ihn einfach mögen, wo er meine Schwester doch so glücklich machte.

Eadoin blieb die ganze Zeit. Ich unterhielt mich auch mit ihm und mein gutes Gefühl gegenüber ihm verstärkte sich. Er war wirklich toll.

Später wollte ich noch zu meinen Begleiterinnen. Leslie freute sich sehr, mich zu sehen. Sie lächelte und drückte mich ganz fest.

»Hey, ist ja gut. Ich freu mich auch dich zu sehen.«, sagte ich, woraufhin sie mich endlich aus ihrem Griff befreite.

»Ich bin wirklich froh, dass du da bist.« Sie strahlte.

»Willst du irgendetwas unternehmen?«, fragte sie und ich erkannte Vorfreude in ihren Augen.

»Wenn du mich so fragst, ja. Ich muss noch in die Bibliothek und die Schriften zurückbringen, die ich mir ausgeliehen habe.«

Die Aufregung in Leslies Augen erlosch augenblicklich.

»Hat Caroline das nicht gemacht?«, fragte sie.

Caroline hatte mir angeboten, die Schriftstücke zurück in die Bibliothek zu bringen, aber ich hatte es selbst tun wollen. Ich hatte die Schriften ausgeliehen, also musste ich sie auch wieder zurückbringen und außerdem mochte ich diesen Ort. Leslie sah mich eigenartig an.

»Stimmt ja. Caroline hat mir erzählt, dass du auf so einem komischen Trip bist.«, sagte sie und grinste mich an.

»Warum versteht mich denn keiner von euch?«

»Isabella versteht dich, aber das muss sie ja auch.«

Ich warf Leslie einen vernichtenden Blick zu.

»Kleiner Scherz.«, sagte Leslie und versuchte mich wieder gesellig zu stimmen.

»Jane!« ich drehte mich um und sah Sofie, die aus ihrem Zimmer auf mich zu kam und lächelte. »Na, wie geht's?«, fragte sie.

»Gut.«, erwiderte ich und musste, wie eigentlich immer, in ihre wunderschönen Augen sehen, die einfach nicht von dieser Welt waren.

»Was hast du heute noch vor?«

»Ich werde mit Leslie die Bibliothek aufsuchen.«, antwortete ich und sah Leslie einen Moment lang an. Leslie rümpfe die Nase.

»Muss das sein?«, fragte sie.

Sofie lachte. »Ich kann auch mit dir kommen, wenn du willst.«

»Na gut. Ich komme mit dir. Es wird zwar total langweilig, aber was soll's?«

Leslie hatte wirklich kein Interesse am Lesen. Ich fand die Bibliothek hingegen einfach großartig. Ich brachte die Texte zurück und sah mich noch ein wenig um.

»Können wir jetzt zurück?«, drängte Leslie und sah mich flehend an.

»In Ordnung.«, entgegnete ich und verdrehte demonstrativ die Augen.

Leslie konnte wirklich nervig sein, wenn ihr etwas nicht gefiel oder sie es nicht verstand, aber sie war trotzdem eine wunderbare Freundin.

»Hi, Jane!«, rief jemand hinter mir. Ich sah mich um und entdeckte Paul, der auf uns zuschwamm.

Leslie sah auf eine eigenartige Weise zu mir herüber. Ich achtete gar nicht weiter auf sie und begrüßte Paul. Er war wirklich nett und kannte sich gut mit Texten aus.

»Möchtest du dir noch etwas ausleihen?«, fragte er.

»Nein, wir wollen eigentlich schon wieder zurück.«, antwortete ich. Paul sah zu Leslie.

»Schön, dich kennen zu lernen.«

Leslie sah ihn an und nickte.

»Hallo.«

»Paul, das ist Leslie. Leslie, das ist Paul.«, stellte ich sie einander vor.

»Schade, dass du schon wieder weg musst. Komm doch bald wieder her!«, sagte Paul.

»Gerne. Ich werde, sobald ich kann, wiederkommen. Diese Bibliothek ist faszinierend, da scheine ich bloß die Einzige zu sein, die so denkt. Leslie liest zum Beispiel auch nicht gern.«

»Na ja, ich lese schon ganz gerne...«, widersprach Leslie und sah zu Boden.

Bis jetzt hatte sie mir immer gesagt, dass Lesen langweilig sei und vor wenigen Minuten hatte sie noch wie ein kleines Kind gejammert und mich gebeten, mit ihr die Bibliothek zu verlassen.

»Wie auch immer. Wir müssen dann jetzt los.«

Paul winkte uns zum Abschied zu und wir verließen die Bibliothek.

»So, was sollen wir jetzt machen?«, fragte Leslie und grinste.

»Ich muss nach Hause. Es ist spät und ich brauche etwas Schlaf, damit ich morgen in der Schule nicht wie ein Zombie aussehe.«

»Ein was?«

»Nicht wichtig. Richte Caroline und Isabella bitte schöne Grüße von mir aus, ja?«

»Das mache ich.«, versprach sie und umarmte mich noch einmal ganz fest.

***

»Wie war's?«, fragte Mum auf der Rückfahrt und gähnte.

»Schön.«, antwortete ich und legte den Kopf zurück. Ich war müde und wollte schlafen. Das war eine der Sachen, die sich definitiv zum Besseren verändern würden nach meiner Verwandlung. Ich würde nur noch ganz wenig Schlaf brauchen. Und Mum müsste nicht mehr nachts zweimal aufstehen. Ich schloss die Augen und versuchte, mich zu entspannen.

Mum weckte mich sanft, als wir zu Hause angekommen waren. Ich war eingeschlafen, obwohl die Strecke nur kurz war.

»Wenn du möchtest, kannst du morgen zu Hause bleiben. Du bist vollkommen übermüdet, Jane. Du hast in letzter Zeit so wenig geschlafen. Bleib morgen zu Hause und schlaf dich richtig aus.«

Ich schüttelte schlaftrunken den Kopf.

»Nein, ich muss in die Schule.«, murmelte ich und stieg aus dem Auto aus.

Ich hörte, wie Mum irgendetwas sagte, aber ich konnte es nicht verstehen und war viel zu müde, um nachzufragen.

Am nächsten Morgen wachte ich auf und verspürte die altbekannten Schmerzen. Ich stand auf, um duschen zu gehen. Der Wecker hatte noch nicht geklingelt und ich stellte ihn aus. Müde ging ich ins Bad. Ich sah wirklich unausgeschlafen aus und hätte durchaus ein paar Tage Zeit brauchen können, um mich auszuruhen, aber ich musste in die Schule gehen. Josie ging es noch schlechter als mir und deshalb wollte ich für sie da sein und ich würde ja auch nicht mehr lange zur Schule gehen können. Ich genoss es einfach, den Alltag eines normalen siebzehnjährigen Mädchens zu leben, so lange ich noch konnte.

Es klingelte an der Haustür und ich machte Rob und Tiffany auf. Rob sah irgendwie nicht so aus wie immer. Ich wusste nicht, was es war, aber es bereitete mir Sorgen. Er nahm meine Hand, als wir losgingen.

»Ich muss mit dir reden.«, sagte er leise.

Ich zuckte leicht zusammen. Was wollte er mir sagen? Und wollte ich es hören? Mir wurde ganz schlecht.

»Jetzt?«, fragte ich und traute mich nicht ihn anzusehen. Ich hatte zu große Angst, in seinen Augen das zu sehen, was ich befürchtete. Wollte er sich von mir trennen? War es ihm doch zu viel? Das Schlimmste war, dass ich es ihm nicht hätte übelnehmen können. Ich selbst war ja die ganze Zeit davon überzeugt gewesen, dass es so kommen würde und auch müsste, seinetwegen. Ich wollte sein Leben nicht zerstören. Er war mir zu wichtig. Er bedeutete mir so viel, dass ich glaubte, es verstehen zu können, wenn er nicht länger mit mir zusammen sein wollte.

»Nein, nicht jetzt.«, sagte er und sah mich an, aber ich wich seinem Blick aus.

»Sag es mir lieber jetzt.«, forderte ich. Meine Stimme war ganz zittrig, sodass ich nicht sicher war, ob er es verstanden hatte.

»Nein, die Zeit reicht nicht für das, was ich dir sagen möchte. Später nach der Schule, ich komme zu dir.«, erwiderte er ruhig.

Ich versuchte ruhig durchzuatmen. Was wollte er mir sagen, was er nicht auch jetzt sagen konnte? Warum hatte er es dann jetzt schon erwähnen müssen?

Ich fühlte mich unwohl. Wieso hielt er meine Hand so fest, wenn er mich vielleicht verlassen wollte? Ich war zu steif, um meine Hand von seiner zu lösen. Ich konnte nicht mehr richtig denken. Er musste mich beinahe ziehen.

»Alles okay?«, fragte er besorgt.

Ich nickte und versuchte wieder mit seinem Schritttempo mitzuhalten. Ich wollte ihm weder ein schlechtes Gewissen machen noch unnötigerweise Sorgen bereiten.

»Ich habe nur Bauchschmerzen.«

Josie ging es etwas besser. Während des Unterrichts beobachtete sie mich immer wieder. Ihr schien aufzufallen, dass es mir nicht sonderlich gut ging. Sie war immer wieder kurz davor, mich anzusprechen, aber ich lächelte sie dann einfach nett an und sie glaubte, sich zu irren. Ich konnte ihr unmöglich erzählen, was mich beschäftigte. Sie würde keinen Grund sehen, warum mich Rob verlassen sollte. Sie wusste ja schließlich nicht, dass ich Sirene war. Sie könnte mir nicht helfen und das wollte ich ja auch gar nicht. Ich wollte für sie da sein, wenn es mir auch schwer fiel.

Nach der Schule wollte ich nicht nach Hause. Ich wollte nicht mit Rob sprechen. Was wollte er mir denn sagen?

Es sah nicht danach aus, als ob es etwas Harmloses sein würde. Ich machte meine Hausaufgaben und lief dann in meinem Zimmer nervös auf und ab.

Es klingelte. Langsam ging ich zur Tür. Rob kam herein und sah mich liebevoll an. Augenblicklich wurde ich ruhiger. Vielleicht war es ja doch nicht so, wie ich dachte.

»Was willst du mir sagen?«, fragte ich aufgeregt, ehe er seine Jacke ausgezogen hatte.

»Jane, wieso hast du mir nichts gesagt?«

Ich sah ihn verwirrt an.

»Was meinst du?«

»Ich habe dich darum gebeten, dass du mir immer alles sagen sollst, was dich bedrückt.«

Ich nickte. »Ja, das hast du.«

Ich überlegte, was ich ihm verschwiegen hatte.

»Meine Mum hat mir etwas erzählt. Sie macht sich Sorgen um dich.«, meinte Rob und sah mich an.

»Ich verstehe nicht...«

»Du glaubst, dass du nicht die Richtige für mich bist?«

Ich atmete tief durch.

»Du willst nicht mit mir Schluss machen?«, fragte ich.

»Was?« Rob sah mich einen Moment lang irritiert an. »Du dachtest tatsächlich, ich würde dich verlassen?«

Ich sah verlegen zu Boden.

»Wie kommst du denn darauf? Ist irgendetwas vorgefallen?«

»Du hast gesagt, dass du mit mir sprechen müsstest...«, sagte ich leise.

»Aber doch nicht deswegen.«

Rob hob meinen Kopf an, sodass ich ihm in die Augen sehen konnte.

»Jane, ich würde dich nie verlassen. Ich liebe dich über alles. Jede Sekunde meines Lebens möchte ich mit dir verbringen.«

Ich sah ihm tief in seine wunderschönen Augen. Ich glaubte zu sehen, dass sich auch ein wenig Enttäuschung in ihnen widerspiegelte.

»Ich liebe dich auch. Und deswegen haben ich dir nichts gesagt. Ich konnte mir nicht vorstellen, dass du weißt, auf was du dich einlässt. Ich werde nicht mehr so sein wie vorher. Und ich werde dich nicht jeden Tag sehen oder wie im Moment an Land und an Wasser leben können. Ich werde hauptsächlich im Wasser leben. Gestaltenwandler sind keine Menschen.«

Rob nahm meine eiskalte Hand.

»Ich weiß das und ich liebe dich trotzdem. Es macht mir nichts aus, dass wir nicht wie jedes andere Paar sein werden. Ich möchte keine andere als dich.«

Ich kam mir plötzlich so dumm vor. Wieso hatte ich geglaubt, dass er aufhören würde, mich zu lieben? Er war perfekt. Es gab niemanden, den ich jemals so sehr lieben würde wie ihn. Meine Liebe zu ihm war unendlich.

»Du hättest es mir sagen sollen.«, wiederholte sich Rob. Bevor ich etwas dazu sagen konnte, zog er mich an sich heran und küsste mich. Ich war unglaublich glücklich und vergaß alles um mich herum.

Eine schwere Entscheidung

Als Mum später nach Hause kam, schien sie mir anzusehen, dass meine Laune besser war, als die Tage davor. Sie lächelte zu mir herüber und legte ihre Tasche ab.

»War Rob da?«

Ich nickte.

»Das sieht man.« Mum lachte. »Hast du Hunger?«

Ich war nicht wirklich hungrig.

»Nein, ich brauche nichts. Ich gehe gleich hoch und schlafe mich mal richtig aus.«

»Ja, das hast du dringend nötig.«

Auch wenn ich es versuchte, ich konnte nicht einschlafen. Ich dachte die ganze Zeit an den Nachmittag mit Rob. Es war doch alles so einfach gewesen und ich hatte den Teufel an die Wand gemalt und mich Tage lang schlecht gefühlt. Vielleicht hatte Rose ja doch recht. Wieso auch nicht? Ich selbst glaubte tief in meinem Inneren schließlich auch daran, dass wir immer zusammen bleiben würden.

Am nächsten Morgen fiel es mir seit langer Zeit nicht sehr schwer aufzustehen. Ich machte mich schnell fertig für die Schule, frühstückte und wartete auf Rob. Ich konnte es gar nicht erwarten, ihn zu sehen.

In der Schule konzentrierte ich mich so gut es ging und löste auch einige Aufgaben ohne Josies Hilfe. Sie wirkte hin und wieder sogar gelöst auf mich.

»Ja, es geht mir besser.«, bestätigte mir Josie in der Pause. »Ich versuche mich damit abzufinden. Ich kann es ja doch nicht ändern. Das ist das Leben.«
Mum hatte recht gehabt. Josie musste mit der Situation zurechtkommen, so wie ich, nachdem ich herausgefunden hatte, wer ich wirklich war.

»Ja, manchmal bleibt einem nichts anderes übrig.«
Josie sah mich an.

»Es tut mir leid.«, sagte sie dann leise.

»Was tut dir leid? Du hast nichts falsch gemacht.«, beruhigte ich sie.

»Doch. Du denkst jetzt sicher an deinen Vater...«
Josie war den Tränen nahe. Ohne Grund.

»Nein, Josie. Du hast völlig recht. Man kann manche Dinge nicht ändern, aber mit meinem Vater... Das ist schon ewig her, ich denke kaum noch daran.«
Mir tat Josie unendlich leid. Sie machte sich Vorwürfe, mich an den Verlust meines Vaters erinnert zu haben, obwohl es ihm den Umständen entsprechend gut ging.

Es war schwer, ihr nichts zu erzählen. Am liebsten hätte ich ihr alles erzählt und ihr gesagt, dass es meinem Vater gut ging. Ich wollte mit meiner besten Freundin über alles sprechen können und keine Geheimnisse vor ihr haben. Wieso sollte ich ihr also nicht einfach alles erzählen? Es würde ihr womöglich schwerfallen, mir zu glauben, aber nach einiger Zeit würde sie es verstehen. Ich verbrachte einige Momente schweigend mit diesem Gedanken und doch konnte ich mich nicht mit ihm anfreunden und mich dazu durchringen, ihr zu erzählen, wer ich wirklich war. Sollte für Josie die Welt nicht so sein, wie sie sie sah? Ich würde es ihr nicht leichter machen, nur mir selbst, und das war egoistisch. Sie hatte Probleme genug. Ihr nichts zu sagen, war das einzig Richtige und deshalb würde ich auch weiterhin schweigen.

»Wirklich?«, fragte Josie.

»Ja, ich denke nicht so oft daran. Das macht es irgendwie einfacher, weißt du? Ich kannte ihn ja auch nicht wirklich. Ich kann mich kaum an ihn erinnern. Er ist wie ein Fremder für mich. Ich weiß, dass er für kurze Zeit ein Teil meines Lebens war und dann verschwand. Vermutlich kann ich ihn nicht einmal richtig vermissen, eben weil ich ihn nie richtig kennengelernt habe.«

Und das war nicht gelogen. Ich wusste nur sehr wenig über ihn. Doch seitdem ich ihn häufiger besuchte, fiel mir immer mehr auf, wie sehr ich ihn, einen Vater, vermisst hatte, wie sehr ich geweint hatte, als Mum sagte, Dad würde nie wiederkommen. Wie oft ich mich abends ans Fenster gesetzt hatte, um zu sehen, ob er nicht doch zurückkam und wie ich die Gesichter von Männern, die an mir vorbeigegangen waren, immer genau gemustert hatte, weil ich hoffte, ihn unter den vielen Gesichtern zu erkennen. Je älter ich wurde, umso mehr hatte ich mich damit abgefunden, ihn niemals wiederzusehen.

»Jane, mein Vater ist schrecklich, er hat meiner Mum und mir so weh getan, aber er war früher ganz anders… Ich kann nicht aufhören, ihn trotzdem zu lieben. Kannst du das verstehen?« Josie sah mich an.

»Ja.«, antwortete ich und nickte.

Ich verstand sie nur allzu gut.

Nach der Schule ging ich zu Rob. Wir verbrachten den restlichen Nachmittag zusammen und es war wunderschön. Ich fühlte mich noch immer so erleichtert und wir waren einfach nur glücklich.

Die Zeit schien wie im Flug zu vergehen und ich musste nach Hause. Ich wollte noch zu meiner Familie, deshalb legte ich mich zu Hause auf mein Bett und entspannte mich ein wenig. Heute Morgen war ich ja seit langer Zeit nicht übermüdet in der Schule erschienen und das sollte auch so bleiben.

***

»Hey!«, rief Sajara und gab mir einen Kuss.

Ich sah mich um. Sonst war niemand da.

»Wo sind Casy und Linda?«, fragte ich.

»Casy trifft sich mit einem Freund und Linda ist bei Eadoin.«

»Eadoin hat also auch eine eigene Wohnung?«

Sajara lachte.

»Hast du Hunger? Ich kann dir etwas zu Essen machen.«

»Nein, danke.«, antwortete ich. »Macht es dir etwas aus, wenn ich Sofie und die anderen besuche?«

»Überhaupt nicht.«, entgegnete Sajara und lächelte.

Ich machte mich auf den Weg und wenig später war ich an dem Versteck meiner Begleiterinnen angekommen.

Isabella und Sofie spielten irgendein Spiel, das ich nicht kannte und auf die Schnelle auch nicht verstand.

»Hi, Jane!«, rief Sofie, ohne ihre Augen von den Spielfiguren zu lösen. »Caroline und Leslie sind in ihren Zimmern.«

Ich schwamm in Leslies Bereich der Höhle. Rote, mit allerlei Schmuck verzierte Pflanzen hingen von der Decke und ich musste mir meinen Weg durch sie hindurchbahnen, um zu Leslie zu gelangen, die in ihrer Hängematte lag. Ich konnte es erst nicht glauben, aber sie las.

»Na?«, fragte sie und sah mich an.

»Was ließt du?«, fragte ich sie interessiert.

»Romeo und Julia.«, meinte sie und las weiter.

»Ihr lest Romeo und Julia von William Shakespeare?«, fragte ich ungläubig.

»Wieso denn nicht? Das haben wir Gestaltenwandlern zu verdanken.«

»Wow.«, entfuhr es mir.

»So toll sind die auch wieder nicht. Gestaltenwandler halten sich immer für etwas Besonderes... Na gut, du nicht, aber du bist ja auch anders...«, meinte Leslie und schenkte mir ihre uneingeschränkte Aufmerksamkeit.

»Ich dachte, du liest nicht gern.«

»Es kommt ganz darauf an, was es ist, das ich lese.«, antwortete Leslie und verließ die Hängematte.

»Romeo und Julia?«, fragte ich erneut ungläubig. Ich hatte wirklich nicht erwartet, dass sie ausgerechnet das gerne liest. Aber ich wusste ja längst nicht alles über sie.

»Damit bin ich jetzt durch. Hast du Lust, mich in die Bibliothek zu begleiten? Du musst nicht, wenn du keine Lust hast...«

»Schon gut, ich komme gerne mit.«

Verwundert schüttelte ich den Kopf. War nicht sie es gewesen, die bisher zu einem Ausflug in die Bibliothek hatte gezwungen werden müssen?

Leslie sprach mit einer mir unbekannten Sirene in der Bibliothek und verschwand dann plötzlich in einen anderen Bereich. Ich schwamm ihr hinterher. Als ich sie endlich eingeholt hatte, sah ich Leslie und Paul.

»Jane!«, rief er und lächelte.

»Hi!«, meinte ich und schwamm auf die beiden zu.

»Suchst auch du nach etwas Neuem zum Lesen?«, fragte er.

»Nein, eigentlich nicht, ich bin mit Leslie hier.«
Ich warf ihr einen bösen Blick zu.

»Okay, ich werde Romeo und Julia für dich an die richtige Stelle zurückbringen. Möchtest du vielleicht noch etwas anderes ausleihen?«, fragte Paul sie.

»Ja, ich weiß nur nicht genau was. Könntest du mir etwas empfehlen?«
Paul nannte Leslie einige Titel, aber ich verstand nichts davon, denn sie trugen alle Namen, die mir niemand übersetzte. Wieder einmal wurde mir bewusst, wie wichtig es wäre, endlich die Sprache der Sirenen zu beherrschen.

»Wenn du möchtest, kannst du mehrere Exemplare mitnehmen. Oder du suchst ein paar aus und liest sie hier zur Probe. Dort hinten ist extra ein Bereich dafür eingerichtet worden.«, bat Paul Leslie an.
Sie nickte lächelnd und schwamm davon.

»Na super.«, murmelte ich leise. Hoffentlich würde sie sich beeilen.

»Keine Sorge, es dauert nicht lange, du weißt doch, wie schnell Sirenen lesen können.«, meinte Paul.
Ich sah ihn an.

»Ja und sie haben gute Ohren.«
Er lachte und ich musste auch grinsen.

»Hast du morgen Abend Zeit?«, fragte mich Paul plötzlich und er wirkte viel angespannter als noch vor ein paar Sekunden.

»Was?«, fragte ich völlig überrumpelt.

»Ich würde dich gerne morgen Abend treffen. Wir können uns in der Stadt verabreden oder auch hier in der Bibliothek, wie du möchtest.«, antwortete er. »Natürlich nur, wenn du Lust hast.«

Hatte Paul mich wirklich um ein Date gebeten? Ich konnte es nicht glauben! Es kam so unerwartet. Und sollte er sich ein richtiges Date wünschen, nicht bloß ein Treffen unter Freunden, ging es nicht. Ich konnte mich nicht für Dates mit Sirenen verabreden, ich war schließlich mit Rob zusammen, selbst wenn das hier niemand wusste.

»Wir können uns auch an Land treffen, wenn dir das lieber ist? Ich würde mich nur gerne mit dir unterhalten und mehr über die Menschen erfahren und du kennst sie am besten...«

»Wie war das?«, fragte ich ihn ungläubig. »Du bist ein Gestaltenwandler?«

»Ja, so wie du.«, meinte er. »Aber ich bin ganz selten an Land. Ich meide die Menschen, vielleicht, weil ich sie so schlecht kenne, deshalb würde ich gerne mehr über sie erfahren.«

»Okay, morgen Nacht. Ich komme hierher.«, entgegnete ich und griff nach Leslies Arm, die nun mit zwei Schriftstücken in der Hand auf mich zukam, und zog sie nach draußen.

»Hey!«, rief Leslie, aber ich ließ von meinem strammen Griff nicht ab.

Meine Gedanken kreisten nur um meine Verabredung. Ich hatte einem Treffen mit Paul zugestimmt und das bereitete mir nun irgendwie doch ein schlechtes

Gewissen. Ich wusste, dass Rob nichts dagegen haben würde, aber es fühlte sich nicht richtig an, auch wenn das zwischen Paul und mir, zumindest für mich, immer nur Freundschaft sein würde.

Hatte ich mich richtig entschieden? Sollte ich mich wirklich mit ihm treffen? Irgendetwas in mir sträubte sich dagegen. Aber andererseits wollte ich unbedingt mehr erfahren über Gestaltenwandler und er war der Einzige, den ich kannte, weil es nun einmal auch nur wenige von ihnen gab. Vielleicht würde ich über ihn sogar mehr über mein Leben danach mit Rob erfahren.

»Was ist denn los?«

Leslie riss sich los. Ich antwortete nicht. Ich war in Gedanken bei Rob. Würde ich ihm sagen, dass ich mich mit Paul treffen wollte? Er kannte Paul gar nicht, was würde er denken?

»Jane?!«

Leslie griff meine beiden Arme und sah mir direkt in die Augen. Erst jetzt richtete auch ich meine Augen wieder auf sie und ließ die Gedanken an Rob und meine Verabredung mit Paul fallen.

»Ich muss zurück!«, war alles, was ich sagte, und ich ließ sie alleine.

Ich wartete auf Mum, denn ich war früher zurück, als wir ausgemacht hatten. Genügend Zeit, um mir über alles klar zu werden. Ich hatte ein schlechtes Gewissen, obwohl ich rein gar nichts für Paul empfand. Er war nur nett und höflich zu mir, mehr nicht. Eine sympathische Sirene. Trotzdem fühlte ich mich dadurch nicht besser. Und es war ja auch gar kein Date. Wir würden einfach etwas Zeit miteinander verbringen. Das war alles. Wir waren uns schließlich auch in der Bibliothek mehrfach begegnet und hatten normal miteinander geredet.

Plötzlich wusste ich, was mir ein schlechtes Gewissen bereitete. Rob würde mir nie zeigen, wenn es ihm deshalb schlecht ginge. Ich wusste, dass er genauso Angst vor der Zeit nach meinem achtzehnten Geburtstag hatte wie ich. Ich hatte ihm deshalb auch nichts von dem erzählt, was ich über Hochzeiten unter Sirenen gelesen hatte. Vielleicht würde er es für das einzig Richtige halten, wenn zwei Sirenen zusammenlebten, so wie ich glaubte, dass er mit einem Menschen vermutlich glücklicher werden könnte. Er würde daran denken müssen, falls ich ihm erzählte, dass ich vorhatte, Paul zu treffen, auch wenn er wusste, dass ich ihn unsterblich liebte. So wie ich nicht aufhören konnte, daran zu denken, dass das mit uns vielleicht nicht funktionieren würde, so sehr ich es mir auch wünschte.

Ich konnte es ihm nicht sagen. Ich wollte nicht sehen, dass es ihn traurig machte, auch wenn er es wie immer gut verbergen würde. Ich wollte Paul treffen, so wie mehrfach zuvor in der Bibliothek und wir würden uns ganz normal unterhalten.

Das grelle Scheinwerferlicht von Mums Wagen blendete mich. Ich hielt mir meine rechte Hand vors Gesicht und stieg dann ins Auto ein. Mum musterte mich einen Moment lang, ehe sie wieder losfuhr, sagte aber nichts. Es war wirklich eine Plage, dass man mir so gut ansehen konnte, wie ich mich fühlte. Ich war so leicht zu durchschauen.

»Hast du lange auf mich gewartet?«, fragte Mum etwas später.

»Nein, überhaupt nicht.«, log ich.

»Wenn irgendetwas ist... Du kannst es mir sagen.«

Ich sah Mum an. Sie sprach mich nicht häufig auf meine Probleme an. Das war nie ihre Art gewesen, was ich sehr an ihr schätzte. Ich fand es gut, dass sie nicht immer alles wissen wollte. Oder es zumindest nicht offen zeigte.

»Ja, ich weiß, Mum.«, sagte ich.

»Es ist nur... In der restlichen Zeit, die mir bleibt, möchte ich eine gute Mutter sein, die Mutter, die ich nie war, weißt du? Ich liebe dich wirklich, Jane. Ich habe dich immer geliebt. Für mich warst du immer meine Tochter.«

Mum hielt vor unserem Haus. Wir blieben beide sitzen.

»Du warst keine schlechte Mutter. Und du warst immer meine Mum und du wirst auch immer meine Mum bleiben.«

Für einen kurzen Moment erschrak ich selbst. Ich hatte geglaubt, dass unsere Beziehung unwiderruflich beschädigt worden war, dadurch, dass ich erfahren hatte, was Mum mir angetan hatte, als ich klein war, und, dass ich sie nie wieder so sehen könnte wie vorher. Aber ich hatte nicht ganz recht behalten. Durch alles, was geschehen war, hatte sich unsere Beziehung verändert, nichts war mehr wie es war, aber unsere Beziehung hatte sich nicht wirklich verschlechtert, sondern ich sah Mum nun mit anderen Augen und konnte sie besser verstehen. Ich wusste, dass sie mich ehrlich liebte und sie sich selbst dafür am meisten hasste, was geschehen war. Ich hatte eine leibliche Mutter, Sajara, die ich liebte, aber ich hatte auch meine Mum, Abbie, die immer meine Mum gewesen war, bis ich erfuhr, dass sie es nicht war.

Ich sah zu Mum. Sie sah mich an.

»Sag das nicht, Jane. Du wirst mich bald vergessen haben.«

»Ich werde nicht vergessen.«, erwiderte ich kopfschüttelnd.

Mum sah mir in die Augen.

»Ich bin ganz ehrlich, ich kann nicht verstehen, dass du mich nach alldem tatsächlich noch leiden kannst.«

»Ich auch nicht.«, sagte ich scherzhaft und umarmte sie.

Ich legte mich in mein Bett und dachte an mein bevorstehendes Treffen mit Paul. Ich hoffte, dass auch er wusste, dass es kein Date war. Aber Paul war sehr höflich und er kannte mich ja auch kaum. Wieso sollte er mich also um ein Date bitten? Und es gab bestimmt eine Menge hübscher Sirenen. Weshalb also sollte er mit mir ausgehen wollen? Ich wusste auch noch viel zu wenig darüber, wie Sirenen daten, flirten, sich verlieben und Beziehungen führen. Vermutlich verstand ich die ganze Situation falsch, machte mir viel zu viele Gedanken um nichts und Paul wollte bloß nett zu mir sein.

Der Wecker klingelte. Ich tastete nach ihm und er fiel von meinem Nachttisch.

»Mist!«, entfuhr es mir.

Ich hob den Wecker, der zum Glück unbeschadet war, von meinem Fußboden auf, bevor ich ins Bad ging, um zu duschen.

Schon als ich die Treppe hinunterkam, bemerkte ich, dass Mum den Tisch für mich gedeckt hatte. Sie war schon weg, aber sie hatte mir eine Freude machen wollen. Ich setzte mich und schaltete das Radio ein. Da bemerkte ich den kleinen Zettel auf meinem Teller.

Ich hab dich ganz doll lieb!
Mum

Ich musste sofort lächeln. Ich griff nach dem Kugel-
schreiber, der auf dem Tisch lag und schrieb
Ich dich auch!
in meiner krakeligen Schrift darunter.

Abhängig

Es klingelte an der Tür. Ich öffnete und Rob nahm meine Hand liebevoll in seine. Ich lächelte, aber ich war ganz unruhig, als würde ich ihn hintergehen, nur, weil ich heute vorhatte, mich mit Paul zu treffen. Es war doch eigentlich nichts dabei. Vorher hatte ich ihn ja schließlich auch schon getroffen. Aber das war etwas anderes. Diesmal war es abgemacht.

Wie würde ich diesen Tag nur überstehen? Ich machte mir, wie immer, zu viele Gedanken. Rob sah mich ein paar Mal besorgt an. Vielleicht war ihm etwas aufgefallen. Ich war sehr leicht zu durchschauen.

»Alles in Ordnung?«, fragte er.

Ich wusste, dass er mich danach fragen würde. Er wollte immer wissen, was mich beschäftigte.

»Ja, eigentlich ist alles in Ordnung.«, sagte ich und das war nicht gelogen.

»Aber?«, fragte Rob und blieb stehen.

»Nichts aber.«, sagte ich und ging langsam weiter.

Rob sah mich eindringlich an, aber er konnte nichts weiter erkennen.

Josie war heute ziemlich gut gelaunt. Sie erzählte mir, dass es ihrer Mutter besser ginge. Ich hörte ihr zu, war in Gedanken aber schon bei meiner Verabredung mit Paul. Diesmal nicht wegen meines schlechten Gewissens. Ich dachte an all das, was ich noch über Gestaltenwandler erfahren würde und noch nicht wusste. Ich hatte gehofft, einmal einen Gestaltenwandler zu treffen, aber ich hatte das nie für sehr wahrscheinlich gehalten. Meine Familie kannte keine Gestaltenwandler außer mir und sie sagten, dass es schwierig sei, welche zu finden. Nicht jeder Gestaltenwandler sprach so offen darüber wie Paul. Ich konnte mir die Gelegenheit einfach nicht entgehen lassen! Ich musste Paul so viel wie nur möglich fragen.

Der Schultag schien nicht zu Ende gehen zu wollen. Nach der Schule machte ich meine Hausaufgaben und lernte für bevorstehende Prüfungen. Danach sah ich fern. Rob fuhr heute über das Wochenende zu seinen Großeltern, weshalb er keine Zeit hatte. Er hatte mir zwar angeboten, ihn dorthin zu begleiten, aber ich hatte dankend abgelehnt. Ich musste noch einiges für die Schule erledigen und mich ausruhen.

Ich zappte durch alle möglichen Sender, aber nirgends lief irgendetwas Interessantes. Ich nahm mir einen Notizblock und schrieb alle Fragen auf, die ich Paul unbedingt stellen musste. Immer mal wieder strich ich die ein oder andere durch oder ergänzte etwas. Die wichtigste Frage war aber die nach einer Liebesbeziehung zwischen einer Sirene und einem Menschen. Ich musste dabei äußerst vorsichtig vorgehen. Ich durfte ihn nicht sofort damit konfrontieren, denn er würde sofort Verdacht schöpfen, aber niemand sollte wissen, dass ich einen Menschen liebte — noch nicht. Die Sirenen hätten damit ein großes Problem. Ich musste so tun, als würde mich diese Frage gar nicht so sehr interessieren. Es durfte lediglich eine beiläufige Frage sein. Ich ging die Liste ein letztes Mal durch und ging dann in mein Zimmer, um mir Kleidung für nach meinem Besuch und ein Handtuch herauszulegen.

Am Abend kam Mum nach Hause. Ich war gerade in meinem Zimmer und las.

»Ich bin zu Hause!«, rief sie. »Willst du heute wieder ins Meer?«, fragte sie.

»Ja, Mum.«, rief ich und lief die Treppe hinunter.

Mum stand am Tisch und sah etwas irritiert aus. Ich hatte die Liste mit den Fragen völlig vergessen.

»Ich glaube, die gehört dir.«, meinte Mum und reichte sie mir. »Keine Sorge, ich habe nichts gelesen.«

Ich griff nach der Liste.

»Das sind nur ein paar Notizen.«, erklärte ich und lächelte. »Nichts Wichtiges. Ich werde heute Abend einen Gestaltenwandler treffen. Einen richtigen, meine ich.«

»Wirklich?«, fragte Mum interessiert.

»Ja, ich glaube, das ist eine gute Möglichkeit, mehr über mein späteres Leben zu erfahren.«

Mum nickte.

»Du musst mir alles erzählen. Das ist wirklich spannend.«, bat sie mich.

»Okay.«, versprach ich und setzte mich auf die Couch.

Völlig angespannt saß ich später in Mums Wagen. Nie schien die Fahrt zum Hafen länger zu dauern als heute. Auf der einen Seite freute ich mich, auf der anderen Seite hatte ich immer noch ein schlechtes Gewissen. Das meiste, was ich Paul fragen wollte, hatte ich schon wieder vergessen. Die Liste hatte ich nicht mitnehmen können, weil sie schließlich völlig durchnässt werden würde. Ich hatte mir vorgenommen, Paul einfach darum zu bitten, so viel wie möglich über Gestaltenwandler zu berichten. Ich glaubte, dass er sich damit gut auskannte. Er las schließlich auch viel. Wenn ich dann immer noch Fragen hätte, würde ich ihn eben fragen und dann würde ich ihm mehr über Menschen erzählen. Ich wusste gar nicht genau, was ich sagen sollte und ob ich in der Lage war, seine Fragen zu beantworten.

Mum hielt an, umarmte mich und ich stieg aus. Kurz darauf begrüßten mich Sajara und Casy. Linda war nicht da, wahrscheinlich war sie bei Eadoin.

»Hi.«, meinte ich. »Ist Linda nicht da?«

»Nein, sie ist bei Eadoin. In letzter Zeit sind sie öfter da. Vielleicht kommen sie später zurück. Bald ist Neumond. Wir möchten sie dann bei uns haben.«, antwortete Casy.

»Du musst nicht kommen, wenn du nicht willst.«, sagte Sajara, die gesehen hatte, wie meine Stimmung umgeschlagen war, als Casy von Neumond gesprochen hatte.

»Ich weiß. Solange ich es mir noch aussuchen kann, komme ich nicht an Neumond.«
Sajara nickte verständnisvoll.

»Ja, das ist auch besser so.«

»Ich würde später noch gerne zur Bibliothek, ist das in Ordnung?«, fragte ich die beiden.

»Natürlich. Wir freuen uns, wenn du dich unter anderen Sirenen aufhältst. Willst du nicht Isabella oder Sofie fragen, ob sie dich begleiten? Du solltest dich besser schützten. Du weißt, dass es Sirenen gibt, die dich nicht sonderlich mögen...«, entgegnete Sajara.
Mit Grauen dachte ich an die Zeit zurück, als eine Gruppe von Sirenen versucht hatte, mir das *Zeichen des Wassers* wegzunehmen, weil sie mich nicht für geeignet hielten. Ich hatte mich so sehr um meine Familie und deren Freunde gesorgt, aber zum Glück war alles gut ausgegangen. Ich war froh, dass ich mich im Meer frei bewegen konnte, trotz der Tatsache, dass es Sirenen gab, die die Idee einer so menschlichen Wächterin abschreckte. Doch Sirenen fürchteten in der Regel das *Zeichen des*

Wassers und kamen daher nicht auf den Gedanken, mich anzugreifen. Sie waren da vollkommen anders als Menschen. Die meisten von ihnen glaubten auch an die Legenden. Daran, dass das *Zeichen des Wassers* über ihr Schicksal entschied. Daher waren sie voller Ehrfurcht diesem gegenüber. Und außerdem hatte ich ja auch meine vier Begleiterinnen, die mich, falls es zum Äußersten kommen sollte, beschützten. Es fiel mir noch immer schwer, zu begreifen, warum die Sirenen dem *Zeichen des Wassers* so einen großen Platz in ihrem Leben schenkten, aber ich wusste gleichzeitig, dass sie nicht wirklich eine Wahl hatten. Das *Zeichen des Wassers* hatte auf mich selbst den vermutlich allergrößten Einfluss. Ich war ihm völlig verfallen, aber ich redete mir immer ein, dass es auch mich brauchte und wir eine Einheit ergaben.

Ich war immer der Meinung gewesen, dass man sich von solchen Legenden nicht abhängig machen sollte und glaubte auch nicht wirklich daran, dass das *Zeichen des Wassers* einen so großen Einfluss auf das Schicksal aller Sirenen haben konnte, aber ich wusste auch nur zu gut, dass das *Zeichen des Wassers* etwas Übernatürliches war, das ich niemals ganz begreifen würde. Ich konnte nachvollziehen, dass die Sirenen Ehrfurcht vor diesem hatten.

»Ja, vielleicht. Ich sehe vorher noch bei ihnen vorbei.«
Ich machte mich wenig später auf den Weg zu meinen Begleiterinnen. Sie unterhielten sich und nahmen mich zuerst nicht wahr.

»Hi.«, sagte ich.
Sie hörten abrupt auf zu sprechen und sahen zu mir herüber. Ich hatte eigentlich nicht vorgehabt, sie zu besuchen. Sie sollten nicht wirklich etwas von meiner Verabredung mit Paul mitbekommen, aber ich wollte sie ein-

fach so gerne sehen. Es war immer schön, bei ihnen zu sein. Ich mochte sie unglaublich gerne.

»Jane!«, rief Sofie. Sie kam auf mich zu und drückte mich. »Hast du Lust, mit uns etwas zu unternehmen? Wir könnten etwas spielen oder willst du lieber ausgehen? Wie wär's mit etwas zu Essen? Ich könnte uns etwas zubereiten.«

»Oh, ja.«, rief Leslie und ich sah, wie Isabella die Augen verdrehte.

»Das ist wirklich sehr nett, aber...«

Ich sah alle vier nacheinander an. Ich wusste, dass sie in guter Stimmung waren. Sie hatten zu allem Lust und würden mich sicher in die Bibliothek begleiten, was ich jedoch nicht wollte.

»Ich habe ein Date.«, sagte ich ganz leise.

Ich wollte mir auf die Zunge beißen, aber ich hatte es schon gesagt. Es fühlte sich einfach nur schrecklich an. *Ein Date mit Paul.* Ich fühlte mich plötzlich noch elender als bereits zuvor. Ich selbst hatte es gesagt und es klang so abwegig, aber ich wusste, dass sie mich andernfalls nirgends alleine hätten hingehen lassen.

»Ein Date?«, fragte Isabella.

Ich nickte und sah zu Boden.

»Mit wem?«, fragte Sofie. »Kennen wir ihn?«

»Nein.«, sagte ich und sah sie an. »Ich habe ihn zufällig kennengelernt. Bitte erzählt Sajara und Casy nichts davon.«

»Versprochen.«, sagte Leslie, aber es klang nicht ganz ehrlich.

»Bitte. Es ist mir wichtig, dass es unter uns bleibt.«

»In Ordnung, Jane. Unsere Lippen sind versiegelt.«, versicherte mir Isabella und sah die anderen eindringlich an.

Leslie grinste zu mir herüber und ich wusste, was jetzt folgte.

»Dein Wunsch ist uns Befehl.«

Sofie boxte Leslie in die Seite und Isabella legte mir sachte ihren Arm um die Schulter.

»So willst du aber doch nicht zu deinem Date gehen, oder?«, fragte Sofie dann und besah sich mein Outfit.

»Doch, das hatte ich vor.«

Sofie schüttelte ungläubig den Kopf.

»Mag ja sein, dass das bei Menschen gut ankommt, aber Sirenen verführt man anders.«

Ich schluckte. Ich wollte Paul nicht verführen!

»Ich glaube, ihr versteht das falsch. Wir wollen bloß miteinander reden und nicht übereinander herfallen.«, sagte ich.

»Trotzdem gibt es noch Optimierungsbedarf!«, meinte Sofie und griff nach meiner Hand.

Ehe ich mich versah, befand ich mich in dem großen Raum voller Kleider, in dem ich schon einmal zurecht gemacht worden war.

»Muss das sein?«, fragte ich.

Caroline warf mir mitleidsvolle Blicke zu.

»Lasst sie doch, wenn sie nicht will.«, sagte sie, aber es schien sie niemand zu hören.

»Ich glaube, du solltest das hier anziehen!«

Sofie zeigte auf ein wunderschönes Gewand aus ganz leichtem, dünnem Stoff, der rosa schimmerte und mit jeder Menge kleiner Perlen besetzt war. Ich verspürte den Drang, es unbedingt anzuziehen.

»Wow, es ist so schön... Aber es steht mir bestimmt nicht.«

»Natürlich steht es dir.«, meinte Isabella und lächelte.

»Na los, probier es an!«

Widerwillig gab ich nach und Sofie und Isabella halfen mir, das Gewand anzuziehen. Sie wickelten es von meinen Schultern abwärts um meinen ganzen Körper und Teile meiner Flosse. Sobald ich mich darin gesehen hatte, kam ich mir unglaublich schön vor. Um meinen linken Arm banden sie weiteren Schmuck und setzten kleine Seesterne in mein Haar, die sich ganz langsam und vorsichtig bewegten, ohne ihren Platz zu verlassen. Isabella verpasste meinem Gesicht noch ein bisschen Farbe und dann war ich fertig.

Ich besah mein Spiegelbild. Und wieder sah ich sie, Amarilla. Und sie war so wunderschön und ganz anders als Jane. Mir gefiel es nicht, so schick gemacht zu sein für das Treffen mit Paul, aber ich hatte keine Zeit mehr. Ich bedankte mich bei Sofie und Isabella und beeilte mich.

Ich war sehr nervös, als ich an der Bibliothek ankam. Ich hatte weiterhin alle Fragen, die ich Paul stellen wollte, vergessen. Sie waren mir in der Zwischenzeit nicht wieder eingefallen. Mein Herz pochte bis zum Hals. Ich schwamm herein und entdeckte Paul auf Anhieb. Ich kam mir so aufgetakelt vor, obwohl ich, so wie ich jetzt aussah, weniger unter den anderen Sirenen herausstach, als in meiner Menschenkleidung.

Was Paul wohl denken würde? Jetzt sah es so aus, als hätte ich mich extra für ihn so zurechtgemacht. Er bemerkte mich und erstarrte. Dann kam er auf mich zu. Er schien völlig irritiert zu sein. Ich sah nervös zu Boden. Es war ein grauenvoller Moment.

»Jane, wow, du siehst toll aus.«, meinte er und lächelte mich an.

»Das haben meine Begleiterinnen aus mir gemacht.«, erklärte ich.

»Dass sie auch für dein Styling zuständig sind, wusste ich gar nicht.«

»Ich auch nicht.«, entgegnete ich und musste ein wenig lachen, wodurch ich mich gleich besser fühlte.

»Wohin möchtest du?«, fragte er mich.

»Sag du es mir. Ich kenne mich hier noch immer nicht gut aus.«

Paul nickte verständnisvoll und wir verließen die Bibliothek.

»Hast du Fragen?«, wollte er dann wissen. Ich nickte und strengte mich an, um mich auch an sie zu erinnern.

»Wie lange kann man an Land bleiben?«, fragte ich.

»Ich wusste, dass du das fragen würdest. Ich kann es dir aber nicht sagen. Jeder Gestaltenwandler, so heißt es, kann unterschiedlich lange an Land bleiben. Ich gehöre zu denen, die das Meer bereits nach kurzer Zeit wieder aufsuchen. Das ist aber auch eine Sache der Übung. Ich bin mir sicher, wenn ich nur häufiger an Land ginge, könnte ich auch nach und nach länger dort verweilen.«

»Okay, jetzt du.«, forderte ich ihn auf.

Er lächelte.

»Warum verfallen die Menschen uns Sirenen an Neumond so leicht? Wieso haben wir diese Macht über sie?«

»Wie kommst du auf die Idee, dass ich das wissen könnte?« Ich sah ihn fragend an. »Ich weiß nur, dass Menschen schnell schönen Dingen verfallen und ihr gehört wohl dazu.«

Paul machte einen nachdenklichen Eindruck.

»Ich habe Menschen immer gemieden, aber meine Eltern waren auch schon Gestaltenwandler und haben mich immer mitgenommen, weshalb auch ich einer bin. Menschen leben vollkommen anders. Sie sind an so vieles gebunden. Das hat mir Angst gemacht. Ich weiß, es klingt

90

dumm, aber es ist so.«, gestand er. »Was ist an ihnen so einzigartig, dass die Musen sie so sehr lieben?, habe ich mich immer gefragt. Sie müssen etwas Besonderes sein.«

»Hin und wieder ganz bestimmt.«, entgegnete ich. »Manchmal glaube ich nur wenig Gutes in ihnen zu erkennen und dann plötzlich erstaunen sie mich wieder.«

»Ich sollte sie wirklich besser kennenlernen.«

»Das solltest du definitiv! Wann warst du das erste Mal an Land?«

»Das weiß ich gar nicht mehr genau. Ich war vielleicht sieben Jahre alt. Ich hatte große Angst. Ich fühlte mich hilflos und dachte, ich würde sterben, weil ich nicht atmen konnte. Meine Eltern wussten, dass das die einzige Möglichkeit war, aus mir einen Gestaltenwandler zu machen. Es war schrecklich. Mein ganzer Körper bebte, während meine Mutter mir den Kopf hielt. Es war dunkel. Wir konnten nur bei Nacht an Land, damit uns keine Menschen begegneten. Meine Mutter hatte uns allen Menschenkleidung besorgt, damit wir weniger auffallen würden. Ich hatte das Gefühl, ich müsste sterben und sehnte mich zurück ins Meer. Ich hätte alles gegeben, um diesen Qualen ein Ende zu bereiten. Aber meine Mutter ließ nicht locker. Sie erzählte mir von der Schönheit eurer Welt. Von eurer Natur, eurer Kunst, eurer Musik, von dem Gefühl der Wärme der Sonne auf der Haut und dem Wind in den Haaren, ohne das Gefühl, ersticken zu müssen. Sie liebte deine Welt...«, sagte Paul und sah mich an. »Ich hörte ihr gar nicht richtig zu. Ich verlor das Bewusstsein. Als ich wieder zu mir kam, glaubte ich, tot zu sein. Meine Augen schmerzten und waren ganz trocken. Unsere Kleider waren nicht länger völlig durchnässt und nach und nach fühlte ich mich besser. Mein Vater nahm meine Hand und half mir auf, während ich an mir völlig entgeistert herunterblickte. Ich ging ein paar Schritte. Es fühlte sich unwirklich an. Ich weiß es noch ganz genau, als wäre es erst gestern gewesen. Die Erde mit jedem Schritt zu spüren... Dann sah ich zum ersten Mal in meinem Leben Menschen. Auf den ersten Blick konnte man durchaus glauben, sie seien uns sehr ähnlich. Aber nur auf den ersten Blick. Wie sie uns ansahen, fast unterwürfig. Mein Vater erklärte mir, dass sie uns für wunderschön hielten. Nie hätte ich uns als überdurchschnittlich schön angesehen. Für Menschen sind wir traumhaft schön, aber für uns ist es völlig normal so auszusehen, wie wir nunmal aussehen. Wir definieren Schönheit anders als Menschen, glaube ich.«

Ich musste daran denken, wie auch ich immer noch völlig fasziniert war von der Schönheit der Musen und Sirenen. Würde sich das ändern, sobald ich eine von ihnen war? Durch und durch?

»Das war also mein erster Eindruck.«, fuhr Paul vor. »Dann begegneten mir ganz unterschiedliche Menschen. Das machte mir Angst. Es macht mir irgendwie immer noch Angst. Menschen sind so anders als Sirenen und auch untereinander sind sie sehr verschieden. Wir Sirenen sind, sobald wir erwachsen sind, alle gleich alt. Da waren aber Menschen mit grauen Haaren und verschrumpelter Haut, die ganz langsam und teils auf Stöcke gestützt gingen. Ich wusste nicht, was ich denken sollte, ich fürchtete mich. Es war so verwirrend. Meine Eltern liebten es. Sie sprachen mit vielen Menschen und genossen deren Gegenwart.« Paul verstummte.

»Sind deine Eltern immer noch Menschenfreunde?«, fragte ich dann.

»Das waren sie bis zum Schluss.«

Ich biss mir auf die Unterlippe.

»Sie sind tot?«, fragte ich.

»Ja, sie sind kurz nach meinem ersten Ausflug an Land gestorben. Sie haben einen Menschen gerettet. Er war von einem Hai angegriffen worden. Meine Mutter hatte ihn bemerkt und mit dem Hai gekämpft, bis sie nicht mehr konnte. Der Mensch hat es überlebt. Sie nicht.«

»Und dein Vater?«, fragte ich ergriffen.

»Mein Vater konnte es nicht verkraften, dass er seine Partnerin verloren hatte. Er konnte nicht für mich da sein. Ich erinnerte ihn zu sehr an meine Mutter. Er liebte mich, aber er konnte nicht mehr glücklich werden. Eines Tages schwamm er fort. Ich hatte große Angst um ihn. Er kam einfach nicht wieder. Tage vergingen, bis sie ihn fanden...«

Entsetzen stand in mein Gesicht geschrieben. So eine tragische Geschichte hatte ich noch nie gehört. Paul tat mir unendlich leid.

»Meinen Eltern gehörte die Bibliothek. Sie ist mir geblieben.«, meinte Paul und lächelte dann. »Das ist alles lange her, Jane. Es muss dich nicht traurig machen. Das habe ich nicht gewollt. Ich möchte dich lieber noch etwas fragen. Haben Menschen auch so etwas wie das *Zeichen des Wassers*, das ihr ganzes Leben bestimmt?«

»Da sind die Menschen völlig unterschiedlich. Manche glauben an eine höhere Macht. Eine Macht, von der sie erschaffen wurden, von der die Erde erschaffen wurde, das ganze Universum, einfach alles. Sie glauben an einen oder mehrere Götter. Sie beten diese an. Bitten sie um Hilfe und der Glaube gibt ihnen Hoffnung. Aber es ist anders als das *Zeichen des Wassers*. Die Präsenz und die Kräfte des *Zeichen des Wassers* sind unbestreitbar. Woran Menschen hingegen glauben, lässt sich nicht belegen oder nachweisen. Wenn sie auf vieles keine Antwort finden, dann können sie nur hoffen und glauben. Denken Sirenen nicht darüber nach, woher sie kommen und was mit ihnen nach dem Tod geschieht?«, fragte ich ganz interessiert.

Paul sah mich eigenartig an.

»Natürlich. Einige von uns beschäftigen sich damit tagtäglich. Denk doch nur an das *Zeichen des Wassers*. Wir würden so gerne wissen, woher es kommt und wer es erschaffen hat. Denn dann wüssten wir mehr über uns und alles um uns herum. Das kann uns vielleicht zu einer Antwort auf alle anderen Fragen verhelfen. Vielleicht gibt es aber auch gar keine. Wenn du erst einmal voll und ganz Sirene bist, hast du genügend Zeit, dir ebenfalls darüber den Kopf zu zerbrechen.«

»Ja, ich frage mich immer noch, was ich die ganze Zeit über tun soll, wenn ich eine von euch bin. Wird es dir nie langweilig?«, fragte ich Paul.

»Meinst du das jetzt ernst?«

Ich nickte.

»Ich habe eigentlich nie Langeweile. Wieso sollte ich? Nur, weil wir nicht wie Menschen wertvolle Zeit unseres Lebens mit Arbeit verschwenden, haben wir nicht automatisch zu viel Zeit. Jede Sirene geht ihren Interessen nach und man kann immer neue Sachen entdecken. Ich liebe es zu lesen und lese so viel wie nur möglich. Wenn ich erst einmal alles gelesen habe, vielleicht mache ich dann noch etwas anderes. Vielleicht schreibe ich dann selbst, oder ich philosophiere mehr als bis jetzt. Je nachdem, wozu ich Lust habe.«

»Das klingt gut.«, meinte ich.

Paul sah mich an.

»Gibt es noch etwas, das du wissen möchtest?«

94

»Nein, eigentlich nicht...«, log ich und stellte ihm dann doch die für mich so wichtige Frage. »Gab es jemals Gestaltenwandler, die mit Menschen zusammenlebten?«

Von der Antwort auf diese Frage hing vielleicht mein gesamtes weiteres Leben ab. Ich konnte spüren, dass Paul mit dieser Frage nicht gerechnet hatte.

»Ist es wegen deines Lebens danach? Hast du Angst, zu menschlich zu sein?«, fragte er.

Ich sah ihn fragend an.

»Würdest du lieber mit einem Menschen zusammen sein, als mit einer Sirene, weil du glaubst, mehr Mensch als Sirene zu sein?«

Was er vermutete, stimmte. Aber es war mir egal, ob ich Mensch oder Sirene war. Ich würde Rob immer lieben.

»Nein. Es interessiert mich einfach. Wenn doch Gestaltenwandler Beziehungen zu Menschen aufbauen können: Haben sie sich nie zu ihnen hingezogen gefühlt?«

»Ich weiß nicht, Jane. Es wäre zumindest sehr schwierig. Menschen verfallen Sirenen auch an Land, wenn Neumond ist. Das macht es sehr gefährlich und ist auch der Grund, warum wir Menschen nicht zu nahe kommen wollen, verstehst du? Außerdem kann eine Sirene nicht allzu lange an Land sein und ein Mensch kann nicht mit uns leben. Zumindest nicht richtig.«

Paul musterte mich. Vielleicht wollte er in meinem Gesicht lesen, wie ich auf diese Frage gekommen war. Mein Herz pochte. Er hatte das gesagt, was ich nicht hören wollte.

»Obwohl...«

Ich starrte ihn an.

»Ich bin mir nicht sicher, aber ich glaube, ich habe doch schon einmal etwas darüber gelesen.«, dachte Paul laut nach. »Es ging um Sirenen, die ihre Gestalt ändern konnten und die ganz plötzlich verschwunden sind, vielleicht, weil sie sich in Menschen verliebt haben.«

Ich sah Paul mit weit geöffneten Augen an. Ich konnte nicht glauben, was ich hörte.

»Glaubst du, sie sind Mensch geworden?«, fragte ich.

Mein Herz schlug schneller als je zuvor. Vielleicht konnte ich doch Mensch bleiben oder wenigstens werden und mit Rob ganz normal zusammenleben.

»Nein, Sirenen können keine Menschen werden. Genau wie auch Menschen keine Sirenen werden können. Diese Sirenen sind vermutlich nur in der Lage, sehr lange ohne Meerwasser zu überleben. Sie sind dadurch aber schrecklichen Qualen ausgesetzt. Unsere Körper brauchen das Meer. Sie brauchen es zum Leben. Sirenen, die auf das Meer verzichten, leiden. Sie sind schwach. Selbst wenn sie es versuchen sollten, sie könnten nie Mensch sein. Und je länger sie dem Meer fernbleiben, umso stärker wird ihr Verlangen danach werden und sollten sie diesem nachgeben, werden sie wohl nie wieder an Land zurückkehren können. Ich weiß nicht, ob es tatsächlich möglich ist, so zu leben oder, besser gesagt, zu leiden. Vielleicht sterben diese Sirenen auch, wo sie doch so lange gegen ihre Natur ankämpfen. Ich weiß es nicht. Niemand weiß es.«

Ich schluckte und sah an Paul vorbei. Es machte mich traurig zu hören, welchen Qualen sich scheinbar manche Sirenen aussetzten. Aber es machte mich auch traurig, dass ich nicht Mensch werden konnte für Rob. Nicht so ein Mensch, wie ich es sein wollte. Ich würde immer Sirene bleiben und er Mensch. Ich musste mich damit abfinden.

»Sollen wir zurück?«, fragte Paul und sah mich an.

Wir waren eine ganze Weile bloß umhergeschwommen und hatten uns recht weit von der Bibliothek entfernt.

»Ja.«, murmelte ich.

Er sah mir meine schlechte Laune an, das wusste ich.

»Macht es dich traurig?«, fragte er.

»Nein, das ist es nicht.«, log ich. »Ich weiß jetzt einfach, dass ich bald auch so abhängig vom Meer sein werde. Irgendwie ist das ein unangenehmes Gefühl.«

»Bist du als Mensch nicht abhängig? Menschen können doch auch nicht ohne die Erde leben, die sie bebauen und bepflanzen. Menschen brauchen die Luft zum Atmen und können auch nicht im Wasser leben. Wir alle sind von Dingen abhängig.«, entgegnete Paul.

Ich wusste, ich war nur von einer Sache wirklich abhängig. Alles andere war mir egal. Diese Sache war mein Leben. *Robert Cariston.*

Großartige Neuigkeiten

Nach einer Weile waren wir wieder an der Bibliothek angekommen. Es war schon spät.

»Hast du Hunger?«, fragte Paul und lächelte.

Ich schüttelte den Kopf. Ich hatte keinen Appetit. Ich wollte bloß nach Hause und alles, was ich gehört hatte, noch einmal in Ruhe durchgehen. Ich war unglaublich müde.

»Na gut.«, sagte Paul. »Es war schön mit dir.«

Es hatte mir Spaß gemacht, ihm zuzuhören. Anfangs hatte ich Angst davor gehabt, aber davon war nichts mehr vorhanden.

»Falls dir noch ein paar Fragen in den Sinn kommen sollten, gib mir einfach Bescheid. Du weißt ja, wo du mich findest. Ich habe viel gelesen, bestimmt kann ich sie dir beantworten.«

Ich lächelte und versprach ihm, ihn bald wieder zu besuchen.

***

»Und?«, fragte Sofie und half mir aus dem atemberaubenden Gewand. »Wie war es?«

»Wie soll es schon gewesen sein?«

Sofie, Leslie und Isabella sahen mich eindringlich an. Sie hatten scheinbar erwartet, dass ich viel zu erzählen haben würde.

»Was habt ihr gemacht?«, fragte Isabella.

Ich sah die drei an.

»Geredet.«

»Das klingt ja spannend.«, meinte Leslie und verdrehte die Augen.

»Hat sie nicht gesagt, dass es nicht so ein Date sein würde, wie ihr es euch vorstellt?«, fragte Caroline, die jetzt aus ihrem Zimmer kam.

Leslie warf ihr einen vernichtenden Blick zu. Sie wollten wirklich alles wissen, obwohl es da nichts Besonderes zu erzählen gab. Sie glaubten immer noch, es wäre sehr romantisch gewesen.

»Hört zu. Es war schön, aber wir haben uns nur unterhalten. Ich habe es euch doch gesagt. Ich habe ihm Fragen gestellt. Er ist Gestaltenwandler und deshalb habe ich mich mit ihm getroffen. Weil ich mehr über Gestaltenwandler erfahren möchte, wo ich doch auch einer bin. Das ist alles. Ich bin müde und will jetzt nach Hause.«, erklärte ich.

Leslie und Sofie sahen etwas enttäuscht aus.

»Ich muss jetzt wirklich los!«, sagte ich und machte mich auf den Rückweg.

Zum Glück war es Freitag und ich konnte es kaum erwarten, am nächsten Morgen seit langem endlich mal wieder auszuschlafen. Da Rob das Wochenende bei seinen Großeltern verbrachte, hatte ich jede Menge Zeit für Mum und Josie. Josie traf ich schon am Samstagmorgen für ein Frühstück in der Stadt, danach gingen wir durch ein paar Läden und anschließend ins Kino. Wir beide genossen die gemeinsame Zeit und es freute mich, Josie glücklich zu sehen. Nachts war ich wieder bei meiner Familie im Meer.

Den Sonntag verbrachten Mum und ich im Schlafanzug, bis wir uns abends schick machten, um in meinem Lieblingsrestaurant essen zu gehen. Ich fühlte mich so menschlich, wie schon lange nicht mehr.

Als ich am Montagmorgen meine Augen öffnete, konnte ich es kaum erwarten, Rob zu sehen. Ich machte mich fertig, frühstückte und es klingelte. Ich öffnete die Tür und sah ihn. Jedes Mal, wenn ich ihn sah, begann mein Herz schneller zu schlagen. Wie ich es liebte. Ich hoffte, dass es niemals aufhören würde. Er lächelte und küsste mich. Mein schlechtes Gewissen von vor ein paar Tagen, weil ich mich mit Paul getroffen hatte, war verflogen. Ich kam mir richtig dumm vor. Ich hatte einfach mehr über Gestaltenwandler in Erfahrung gebracht und somit mehr über mich erfahren.

Tiffany räusperte sich und ich löste mich ganz langsam von Rob.

»Wir wollen ja nicht zu spät kommen, oder?«, fragte sie dann mit einem Zwinkern.

Der Unterricht war wirklich langweilig. Dass ich mich kaum konzentrieren konnte, machte es auch nicht besser. Manchmal fragte ich mich, weshalb ich überhaupt zur Schule ging, aber dann spürte ich immer wieder den Schmerz bei dem Gedanken daran, dass mir all das schrecklich fehlen würde. Vor allem Josie. Ihr ging es zum Glück jeden Tag ein bisschen besser. Sie lächelte und redete richtig viel. Ich versuchte ihr zuzuhören, aber es gelang mir nicht immer. Ich nickte und lächelte und war glücklich. Josie war wirklich eine großartige Freundin. Ich hatte nie eine so gute Freundin gehabt. Sie war etwas Besonderes. Ich hatte immer geglaubt, Emma sei eine wunderbare Freundin. Sie war mir auch eine gute Freundin gewesen, aber sie war eine Freundin, die man nur haben konnte, solange man sich mit ihr über Dinge austauschen konnte, die beide betrafen. Über die Schule zum Beispiel. Sobald ich aber weggezogen war, hatte sie sich nicht mehr wirklich bei mir gemeldet. Josie war anders. Ich spürte, dass uns etwas Tiefergehendes verband. Sie war eine Freundin, die man nicht aufgrund einer räumlichen Entfernung verlor und mit der man nicht nur über belanglose Dinge sprach. Wie gerne hätte ich ihr alles über mich und meine Situation anvertraut, aber ich wollte nicht egoistisch sein und dachte an sie und was es bedeuten würde, wenn sie mehr wüsste über mich. Bei diesem Gedanken verspürte ich tiefen Schmerz. Josie war eine so gute Freundin, aber ich? Ich hatte sie nicht verdient. Ich würde sie verlassen.

Ich sah in ihre Augen.

»Was ist, Jane?«, fragte sie besorgt. Sie hatte meinen plötzlichen Stimmungswandel bemerkt.

»Nichts... Habe ich dir schon gesagt, was für eine tolle Freundin du bist?«

Josie sah mich an. Dann lächelte sie.

»Das bist du auch. Ohne dich hätte ich all das mit meiner Familie wahrscheinlich nicht durchgestanden. Du bist eine wunderbare Freundin, Jane. Danke für deine Freundschaft. Ich hoffe, sie bleibt uns erhalten. Menschen wie du sind selten. Ich bin froh, dich gefunden zu haben.«

Nach der Schule ging ich langsam nach Hause. Rob und ich hatten uns auf unserem Rückweg, wie beinahe jeden Tag, getroffen und jetzt hielt er meine Hand ganz sachte und ich war überglücklich.

»Warst du am Wochenende wieder bei deiner Familie im Meer?«, fragte er.

»Ja, und heute Nacht werde ich auch wieder zu ihnen schwimmen.«

»Ich würde gerne mal mit dir kommen.«, meinte Rob dann.

Ich blieb ruckartig stehen.

»Mit ins Meer zu ihnen?«, fragte ich und sah, wie er lächelte.

»Ja, das habe ich doch gesagt.«

»Ich weiß nicht, ob das im Moment so eine gut Idee ist. Sie sind in Bezug auf Menschen eben etwas schwierig.«

»Ich bin auch nur zur Hälfte Mensch.«, sagte Rob und grinste.

»Ja, und das macht das Ganze noch schwieriger. Du weißt ja, dass Sirenen und Musen sich nicht sonderlich gut verstehen. Irgendwann nehme ich dich mit, versprochen, aber gib mir noch Zeit.«

Er nickte verständnisvoll und küsste mich.

»Und außerdem hast du keine Kiemen.«, flüsterte ich und küsste ihn auf seinen Hals.

Zuhause machte ich alle Hausaufgaben und schlief dann ein bisschen. Als Mum am Abend nach Hause kam, wurde ich wach. Ich lief die Treppe nach unten und half ihr die Sachen, die sie eingekauft hatte, auszupacken.

»Soll ich dich heute Abend wieder fahren?«, fragte sie.

»Ja, das wäre gut.«, meinte ich und lächelte.

Mum musterte mich dann eigenartig, wollte etwas sagen, aber sie stoppte, bevor ich irgendetwas hören konnte.

»Was ist, Mum?«, fragte ich.

»Nichts...«

»Aha.«, sagte ich und sah sie an. »Wieso kannst du es mir nicht sagen?«

»Es ist wirklich nicht wichtig.«, meinte Mum und räumte Joghurtbecher in den Kühlschrank.

»Okay, dann eben nicht...«, sagte ich leise und setzte mich an den Tisch.

Ich wusste, dass sie etwas belastete und sie es mir unbedingt sagen wollte. Nur was, wusste ich nicht. Es würde nicht mehr lange dauern, bis ich es in Erfahrung bringen würde, da war ich mir sicher.

»Na gut«, murmelte Mum. »Es ist wegen Phil.«

»Was ist mit Dad?«, fragte ich sorgenvoll und wunderte mich, wie selbstverständlich ich ihn Dad nannte.

»Es geht ihm gut.«, beruhigte mich Mum. »Ich frage mich nur, wann er frei kommt. Schon so lange ist er dort gefangen. Ich weiß, wir haben es beide verdient, aber trotzdem muss er doch irgendwann wieder entlassen werden... Oder etwa nicht?«, fragte Mum und sah mich besorgt an.

Eigenartigerweise wusste ich in dieser Hinsicht genauso wenig wie Mum. Ich hatte nie gefragt. Jedes Mal, wenn ich Zeit mit Dad verbracht hatte, war ich sehr nervös gewesen und hatte nicht an solche Dinge gedacht und jetzt, wenn ich ihn besuchte, dachte ich nie an seine Strafe.

»Phil weiß auch nicht, wie lange er bleiben muss. Er sagt, er hätte es nicht anders verdient. Für ihn ist diese Strafe wichtig. Er weiß nur, wenn er befreit wird, ist ihm sein Verbrechen verziehen. Aber wer weiß, wie lange diese Strafe andauert? Ich liebe ihn so sehr. Ich habe Angst, dass wir nie wieder ein gemeinsames Leben führen werden. Ich kann nicht mehr ohne ihn leben. So viele Jahre habe ich geglaubt, dass er vielleicht nie wiederkommen würde. Er ist zwar nicht direkt zu mir zurückgekommen, aber ich weiß, dass es ihm gut geht und ich kann ihn hin und wieder sehen. Bitte, versteh mich nicht falsch. Was Phil und ich getan haben, verdient nichts anderes als eine Strafe und wir beide sind bestraft worden. Aber ich wünsche mir so sehr, dass wir wieder wie früher zusammenleben können. So, wie vor unserer Tat. Ich habe Angst, Jane. Wenn bald auch noch du gehst, dann sehe ich keinen Grund mehr für mich, am Leben zu bleiben. Ich kann euch nur so selten sehen und das zerreißt mein Herz.«

Ich ging auf Mum zu und umarmte sie ganz fest. Ich musste augenblicklich weinen. Sie tat mir einfach unendlich leid und ich konnte überhaupt nichts tun.

»Versprich mir, dass du dir nichts antust, Mum. Ich kann nicht gehen, wenn ich weiß, dass du dich verletzt. Aber ich muss gehen, also versprich es mir, bitte!«

»Ich verspreche es dir, mein Schatz.«, flüsterte Mum und strich mir durch die Haare. »Ich hätte das nicht sagen sollen. Du bist noch ein Kind und ich sollte meine Probleme von dir fern halten, wo ich es doch schon, als du noch klein warst, nicht sonderlich gut verstand, sie vor dir zu verbergen. Jane, ich liebe dich und ich werde alles dafür tun, damit es dir gut geht. Ich verspreche es.«

Mum fuhr mich später zum Hafen. Ich umarmte sie, bevor ich ausstieg, und versprach ihr, nachzufragen, wie es um Dads Strafe stand.

Als ich bei meiner Familie ankam, merkte ich sofort, dass Aufregung in der Luft lang. Ich konnte mir aber nicht erklären, weshalb. Sajara schwamm auf mich zu und umarmte mich. Sie strahlte über das ganze Gesicht und ihre Flosse leuchtete weiß.

»Was ist?«, fragte ich neugierig.

Casy sah mich an und zwinkerte mir zu.

»Es ist wegen Linda. Deshalb ist Sajara so aufgeregt und glücklich.«

Ich verstand noch immer nichts.

»Würde mir mal jemand erklären, was hier los ist?«, fragte ich.

Plötzlich hielt mir jemand seine Hände vor die Augen. Ich drehte mich um und sah Linda. Sie lächelte genauso wie Sajara.

»Es ist etwas Großartiges passiert, Jane. Obwohl... Es wird etwas Großartiges passieren! Eadoin und ich, wir werden — wie sagt ihr dazu noch mal? — *heiraten*!«

Ich sah Linda entgeistert an.

»Heiraten?«, fragte ich.

»Ja! Ich kann es immer noch nicht glauben. Ist es nicht wunderbar?«

»Du kennst Eadoin doch noch gar nicht so lange. Wie kannst du dir so sicher sein?«, fragte ich.

Ich war etwas verwirrt. Linda war wirklich sehr glücklich mit Eadoin, aber wieso wollten sie gleich heiraten?

»Jane, wir Sirenen sind anders als Menschen. Natürlich könnten wir warten, aber weshalb? Wir werden immer so bleiben, wie wir jetzt sind, so werden wir den Rest unseres Lebens sein. Ich werde immer die Jugend in mir tragen. Es wird sich nichts mehr ändern, auch nicht an meinen Gefühlen, da bin ich mir sicher. Ich will keine Sekunde meines Lebens ohne ihn verbringen, verstehst du? Ich will alles mit ihm erleben und für mich ist dieses Bündnis zwischen zwei sich liebenden Sirenen etwas Wunderschönes. Du wirst es verstehen, wenn du auch einmal so verliebt bist wie ich.«

105

Mein Magen zog sich zusammen. Ich konnte es nicht ertragen, dass niemand wissen durfte, dass ich Rob liebte. Aber sie würden es erfahren, sobald ich achtzehn würde.

Plötzlich war Eadoin neben Linda. Er hielt ihre Hand und sie waren wirklich glücklich. Sie waren ein tolles Paar.

»Wann werdet ihr denn heiraten?«, fragte ich.

»In zehn Tagen.«, antwortete Eadoin. »Du bist natürlich herzlich eingeladen, Jane.«

»Wir haben alles extra so geplant, damit du kommen kannst.«, meinte Linda strahlend.

»Danke, das ist nett von euch.« sagte ich leise und dachte daran, wie einfach Linda und Eadoin es hatten. Rob und ich hingegen leider nicht. Mein achtzehnter Geburtstag würde alles verändern. Wir wussten nicht wirklich etwas über die Zeit danach. Wir wussten nur, dass wir uns liebten und dass sich daran nie wieder etwas ändern würde.

»Ich muss euch noch etwas fragen.«, sagte ich. Meine Familie, zu der jetzt auch Eadoin so gut wie zählte, sah mich an.

»Es geht um Phil Starling.«

»Deinen Entführer?«, fragte Eadoin. »Was willst du denn von dem?«

Linda stieß ihn in die Seite.

»Du musst wissen, Jane hat kein schlechtes Verhältnis zu ihm. Sie besucht ihn häufig und sie mag ihn sehr gern. Frag mich nicht, weshalb!«, erklärte Linda Eadoin.

»Er ist kein schlechter Mensch. Was er getan hat, war falsch, aber wenn ich ihm verzeihen konnte, solltet ihr es auch versuchen.«, erwiderte ich.

»Jane, weißt du, was du da von uns verlangst? Er hat dich entführt. Und wir sind deine Eltern. Wir haben dich immer geliebt. Weißt du, wie schlimm es ist, das eigene Kind verloren zu glauben? Ich denke nicht, dass ich ihm jemals verzeihen kann, Liebling.«, entgegnete Casy.

»Ich weiß.«, entgegnete ich leise. »Ich frage mich nur, wann er freikommt.«

»Wir Sirenen haben keine genauen Vorschriften, was das anbelangt. Wir können das Maß der Strafe selbst festlegen. Es liegt im Grunde bei dir. Wir hatten nicht vor, ihn bis an sein Lebensende hier festzuhalten, Jane. Aber er stellt eine Gefahr für uns dar. Er weiß zu viel über uns. Ich kann ihm nicht vertrauen, Jane, auch wenn du das kannst. Wenn du möchtest, dass er befreit wird, dann werden wir dafür sorgen, dass er frei kommt, aber vielen Sirenen würde das mit großer Wahrscheinlichkeit Angst bereiten.«, erklärte Casy.

Ich nickte verständnisvoll.

»Er hat sich geändert. Er liebt mich so, wie ihr es tut. Anfangs hat er wirklich nur aus Gier gehandelt. Aber, als er dann gesehen hat, wie gut es Abbie durch mich ging, verspürte auch er Vaterliebe. Und als er dann von euch in Gefangenschaft genommen wurde, hat er erkannt, was für eine schreckliche Tat er begangen hat. Seitdem ich ihn das erste Mal besucht habe, weiß ich: Er liebt mich. Und er würde euch nie wieder hintergehen. Es geht mir aber eigentlich viel mehr um Abbie, versteht ihr? Ich weiß, dass sie ihn liebt. Noch immer. Und wenn ich zukünftig auch nicht mehr bei ihr sein kann, wird sie sich vielleicht etwas antun. Sie braucht ihn. Und er braucht sie.«

»Wer ist denn Abbie?«, fragte Eadoin verwirrt.

»Ihre Mum.«, antwortete Linda.

»Sie nennt diese Frau, bei der sie lebt, ›Mum‹? Warum? Sajara ist doch ihre Mutter.«

»Sie ist immer meine Mutter gewesen. Mein ganzes

Leben lang. Ich dachte, ich könnte aufhören, sie wie meine Mutter zu lieben, aber es hat nicht funktioniert. Deswegen lebe ich auch noch bei ihr und wegen meiner Freundin Josie...« Und wegen Robert, fügte ich in Gedanken hinzu.

Eadoin nickte verständnisvoll.

»Jane, du bist die Wächterin. Glaubst du nicht, dass es sehr schlecht für dich wäre, denjenigen, der eine Gefahr für uns alle darstellte, zu befreien? Sie vertrauen alle in dich und hoffen, dass du versuchst, sie zu schützen. Es ist doch noch nicht allzu lange her, als man dir bereits misstraute...«, versuchte mir Linda ins Gewissen zu reden und sah mir in die Augen.

Noch immer bereitete mir der Gedanke Magenschmerzen, dass meine Familie und Freunde sich damals meinetwegen in Gefahr begeben hatten. Ich hatte mich so unendlich schlecht gefühlt. Es sollte sich niemals wiederholen. Aber das mit Dad war etwas anderes. Ich müsste dafür geradestehen, aber nicht sie.

»Ich kann doch nicht nur so handeln, wie man es von mir erwartet. Wären nicht alle sehr beruhigt, wenn sie durch mich erfahren würden, dass von Phil keine Gefahr mehr ausgeht? Er ist ein anderer Mensch. Er hat sich geändert und er hat seine Fehler eingesehen. Er hat eine zweite Chance verdient.«

»Jane, selbst wenn sie dir vertrauen würden, was, wenn Phil doch nicht so toll ist, wie du glaubst, und er uns verrät? Sollen wir dieses Risiko wirklich eingehen? Ein zweites Mal, nachdem er uns auch schon vor so langer Zeit getäuscht hat? Was willst du dann tun? Sobald er etwas sagt, Jane, sind wir verloren. Das ist ein großes Risiko, das du in Kauf nimmst!«, sagte Casy und ich spürte seine Sorge.

»Aber ich habe Angst um Abbie.«

Sajara nahm meine Hand. »Jane, sie ist erwachsen.«, beschwichtigte sie mich. »Du solltest dir nicht so viele Sorgen um sie machen. Sie wird damit klarkommen, ganz bestimmt! Und das letzte Wort darüber ist noch nicht gesprochen. Wir wollen dir ja nur die enormen Risiken bewusst machen, verstehst du? Wir können ihn befreien, aber zu welchem Preis?«

Ich spürte, dass ich heute nicht weiter mit ihnen dazu diskutieren brauchte. Es war ein heikles Thema und ich musste mich vorerst geschlagen geben.

»Jane? Besuchst du heute noch Isabella und die anderen?«, fragte Linda plötzlich.

»Ja, das hatte ich vor.«, antwortete ich.

»Kannst du ihnen sagen, dass auch sie herzlich zu unserer Hochzeit eingeladen sind? Wir würden das ja gerne persönlich machen, aber wir besuchen Eadoins Eltern und bleiben dort bis zur Hochzeit. Dann kommen wir mit ihnen hierher.«, bat mich Linda.

»Natürlich, kein Problem.«, erwiderte ich. Linda lächelte und umarmte mich.

»Dann bis zur Hochzeit.«

Eadoin stellte sich neben Linda und nahm mich dann zum Abschied in den Arm.

***

»Was?«, schrie Leslie beinahe und verschluckte sich an einer Alge..

»Das ist doch toll. Sollen wir für sie irgendetwas organisieren?«, fragte Sofie und strahlte.

»Ja, genau, wir könnten uns um die Dekoration kümmern.«, bot Isabella an.

»Linda heiratet?«, fragte Leslie immer noch außer sich, nachdem sie ihre Stimme wiedergefunden hatte.

»Ja, ihr seid alle herzlich eingeladen. Ich weiß nichts von irgendwelchen Hochzeitsvorbereitungen, aber wahrscheinlich Sajara. Ihr müsst mit ihr sprechen.«, erklärte ich.

»Vielleicht bekommen sie ja auch bald ein Baby? Oder Linda ist bereits schwanger.«, sagte Leslie und fing an zu lachen.

»Schwanger?«, dachte ich laut.

»Es ist schon ein bisschen plötzlich.«, sagte Caroline, die ich vorher gar nicht wahrgenommen hatte.

»Schwanger hin oder her, es gibt eine Party zu organisieren! Lasst uns keine Zeit verlieren. Wir müssen Sajara unbedingt fragen, was wir tun sollen und was sich Linda und Eadoin für die Feier wünschen, damit es unvergesslich wird.«, meinte Sofie.

»Kommst du mit zu Sajara?«, fragte Isabella Sofie.

»Klar, was ist mit euch?«

Caroline schüttelte den Kopf.

»Nein, ich bin gleich mit ein paar Freunden verabredet.«

»Macht das mal schön alleine. Ich bleibe lieber hier.«, meinte Leslie.

Dann fiel Sofies Blick auf mich.

»Ich komme gerade erst von dort. Wenn es euch nichts ausmacht, bleibe ich auch hier.«

»Okay, pass aber auf, dass Leslie nicht alle Essensvorräte verschlingt.«, bat mich Isabella und Leslie sah sie böse an. »Es soll noch etwas übrig sein, wenn wir wieder zurückkommen.«

Nachdem sie gegangen waren, sah ich mich ein bisschen in ihren Zimmern um. Sie hatten mir schon vor längerer Zeit die Erlaubnis dazu gegeben. Ich hatte mir nie richtig vorstellen können, wie es sein würde, ausschließlich Unterwasser zu leben. Ich hatte mir auch nicht vorstellen können, wie man hier hauste. Sirenen konnten sich im Wasser bewegen wie Menschen an Land. Sie konnten sich ganz schnell bewegen und ganz normal sprechen. Sie waren völlig auf das Leben im Wasser angepasst. Und ich auch.

»Wir könnten zur Bibliothek.«, hörte ich jemanden hinter mir sagen. Es war Leslie.

»Ja, warum nicht.«, sagte ich und wunderte mich wieder über Leslies plötzliches Interesse am Lesen.
Die Bibliothek war voller als sonst. Einige der Sirenen sahen mich merkwürdig an. Sie wussten alle, wer ich war und es war mir äußerst unangenehm, beobachtet zu werden.

»Hallo, Jane!«, hörte ich eine vertraute Stimme sagen.

»Paul!«. Ich lächelte und sah mich um. »Sie starren mich alle so an.«

»Sie sind bloß neugierig und interessieren sich für dich.«, erklärte Paul, aber ich fühlte mich dadurch nicht besser.
Leslie räusperte sich.

»Oh, entschuldige!«, meinte Paul und lächelte. »Hi, Leslie!«

Leslie lächelte. »Hallo, Paul.«
Ich sah sie an. Sie verhielt sich wirklich eigenartig in letzter Zeit. Caroline hatte mir gesagt, dass das häufiger bei ihr vorkam und ich stimmte ihr zu. Ich kannte Leslie nun schon eine Weile und ihre Launen gehörten zu ihr.

111

»Was führt euch her?«, fragte Paul.

»Leslie wollte gerne herkommen und ich bin ihr gefolgt.«, erklärte ich.

»Möchtest du etwas ausleihen?«, fragte Paul Leslie und sie sah ihn an.

»Was hast du gesagt? Etwas zum Lesen? Ähm... Nein.« Ich sah irritiert zu Leslie herüber.

»Weshalb sind wir dann genau hier?«

»Wir wollten sowieso gerade zurück.«, meinte Leslie und ehe ich mich versah, hatte sie die Bibliothek schon verlassen.

Paul sah ihr nach.

»Sie ist komisch, deine Freundin.«

Ich nickte.

»Ja, aber eigentlich ist sie okay.«

»Sehen wir uns noch einmal wieder?«, fragte Paul dann. Ich sah zu Boden. Mich überkam wieder dieses unangenehme Gefühl. Paul schien doch mehr an mir zu liegen, als ich dachte.

»Ich weiß nicht...«

»Ich will nur etwas Zeit mit dir verbringen. Ich habe nicht sonderlich viele Freunde, weil ich die meiste Zeit hier bin und viele Sirenen halten sich fern von Gestaltenwandlern, weil sie sich vor der anderen Welt fürchten.« Ich sah Paul in die Augen. Er wollte mit mir befreundet sein und deshalb verbrachte er gerne Zeit mit mir. Das war völlig logisch und ich wollte auch mit ihm befreundet sein, wenn ich nicht schon längst mit ihm befreundet war.

»In Ordnung. Wie wäre es mit morgen?«

Paul nickte zustimmend. »Bis morgen.«

Vor der Bibliothek wartete Leslie auf mich. Ich erkannte,

dass sie wütend war.

»Was war mit dir los?«, fragte ich sie.

»Nichts.«

»Aha. Und wieso wolltest du unbedingt hierher kommen, wenn du keine zwei Minuten später wieder abhaust?«

Plötzlich war mir alles klar.

»Ich verstehe.«, sagte ich leise. »Du bist verliebt in Paul.«

Versprechen

Leslie schwieg. Sie wich meinem Blick aus.

»Ja.«, sagte sie dann leise. »Seitdem du mich das erste Mal mit in die Bibliothek genommen hast.«

Ich erinnerte mich daran. Leslie war ganz widerwillig mitgekommen und plötzlich war sie völlig fasziniert gewesen. Es war mir eigenartig vorgekommen, aber warum auch immer, hatte ich mir nicht vorstellen können, dass sie sich in Paul verliebt hatte.

»Das ist schön.«, sagte ich zu ihr.

»Nein, das ist es nicht.«, widersprach sie. »Er interessiert sich überhaupt nicht für mich.«

»Das stimmt doch nicht. Er kennt dich einfach nicht so gut.«, sagte ich.

»Nicht so gut wie dich.«, flüsterte Leslie kaum hörbar. »Ich bin ihm egal, aber du... Merkst du nicht, dass er nur Augen für dich hat, Jane? Das macht das Ganze unerträglich für mich. Wann immer wir ihm gemeinsam begegnen, falle ich ihm gar nicht auf.«

Ich erschrak innerlich. Vielleicht hatte ich mich die ganze Zeit doch nicht getäuscht und er interessierte sich tatsächlich für mich.

»Es tut mir leid, Jane.«, sagte Leslie dann. »Ich weiß doch, dass du auch in ihn verliebt bist. Schließlich hattet ihr ja auch ein Date. Ich weiß, dass er es war, mit dem du dich getroffen hast.«

Ich sah Leslie an.

»Nein, ich bin nicht in ihn verliebt!«

»Willst du wirklich nur mit ihm befreundet sein?«, fragte Leslie.

»Ja, er ist nett und eben auch Gestaltenwandler. Mehr nicht.«, erklärte ich.

Leslie atmete erleichtert auf.

»Ich will nur mit ihm befreundet sein, okay?«

»Versprichst du es?«, fragte Leslie und sah mir tief in die Augen.

Ich nickte. »Ja, ich verspreche es.«

Zu Hause dachte ich die ganze Zeit an Paul. Es war einfach schrecklich zu wissen, dass er womöglich verliebt in mich war. Ich hingegen wollte lediglich mit ihm befreundet sein.

Ich war unglaublich müde, aber ich konnte nur schlecht einschlafen. Meine Träume waren undurchsichtig und manchmal wachte ich schweißgebadet auf. Ich war froh, als es endlich Morgen war. Mum war noch nicht auf Arbeit. Sie las Zeitung und trank Kaffee.

»Guten Morgen, mein Schatz!«, sagte sie und lächelte mir zu. »Geht es dir gut?«, fragte sie dann besorgt.

»Ja, ich glaube schon.«, murmelte ich, setzte mich an den Küchentisch und goss mir Kaffee ein.

»Weißt du mehr wegen der Sache mit Phil?«, fragte Mum nach einer Weile neugierig.

»Ja. Aber sie halten ihn immer noch für eine große Gefahr. Sie sagen, ich kann entscheiden, ob er freikommt, aber sie empfehlen mir, noch zu warten.«

»Und? Willst du noch warten?«, fragte Mum und legte ihre Hände auf meine rechte Hand.

»Vielleicht.«, antwortete ich.

Mum sah mich an. Dann lächelte sie ganz leicht.

»Das ist in Ordnung, Jane. Ich werde dich zu nichts überreden und es ist deine Entscheidung. Ich kann warten.«, sagte sie sanft.

»Ja, das ist es nicht. Ich weiß, dass er sich verändert hat...«

Mum sah mich fragend an.

»Was ist es dann, Jane? Du weißt, dass du mir alles sagen kannst?«

Ich spürte, dass Mum nervös wurde. Sie machte sich Sorgen um mich.

»Ich… Ich bin Wächterin.« Mum sah mich erschrocken an.

»Du trägst das *Zeichen des Wassers* bei dir?«, fragte sie.

»Ja.«, sagte ich und nahm es in meine Hand.

»Aber... Du? Ich hätte nie gedacht, dass du auserwählt warst. Phil hat mir damals von all den Dingen berichtet, die die Sirenen ihm erzählten. Sie erzählten von Wächtern, aber sie haben dich nicht erwähnt.«

»Ja, das machen sie nie.«, erklärte ich.

Casy hatte mir einmal gesagt, dass zwar die Eltern der Wächter spüren, dass ihr Kind Wächter sein wird, sie es aber niemandem erzählen, damit ihrem Kind nichts zustößt. Mum betrachtete das *Zeichen des Wassers*.

»Es tut mir so unendlich leid. Phil hätte das niemals getan, wenn er gewusst hätte, dass du auserwählt warst.«

»Ich weiß und es braucht dir nicht leid zu tun, Mum. Es ist in Ordnung. Aber, weil ich Wächterin bin, erwarten die anderen Sirenen auch, dass ich sie, so gut es geht, schütze. Es gab schon einmal Probleme, weil ich so menschlich bin. Wenn ich jetzt Dad befreie, wirft es erneut ein so schlechtes Licht auf mich und ich habe Angst...«, erklärte ich.

»Das verstehe ich gut.«, meinte Mum. »Wirklich, ich verstehe das. Alles, was ich will, ist, dass es dir gut geht.« Ich lächelte erleichtert.

»Willst du dich heute mit Robert treffen?«, fragte Mum.

»Ja, das hatte ich vor. Nach der Schule.«, antwortete ich und verabschiedete mich dann von ihr.

Während des Unterrichts wollte ich nicht die ganze Zeit über an die Sache mit Paul oder Dads mögliche Entlassung denken. Nach ein paar Stunden gelang es mir auch ganz gut.

»Hi, Jane!«, rief Rose als Rob mir die Tür öffnete. »Schön, dich mal wieder zu sehen.«
Ich lächelte sie an und spürte gleichzeitig dieses leicht unangenehme Gefühl. Die Feindschaft zwischen Musen und Sirenen existierte nun schon mehrere tausend Jahre und im Laufe der Zeit hatte es sich so entwickelt, dass wir uns schon aus der Entfernung negativ wahrnahmen. Wie ich es hasste. Aber es war nur ein unterschwelliges Gefühl, das von meinen freundschaftlichen Gefühlen ihr gegenüber überdeckt wurde.

»Möchtest du etwas essen?«, fragte Rose.

»Nein, danke.«
Rob nahm meine Hand und ich folgte ihm in sein Zimmer.

»Hier haben wir unsere Ruhe.«, meinte er und lächelte. »Alles in Ordnung?«, fragt er dann.
Natürlich konnte ich vor ihm, wie vor meiner Mutter, nicht verbergen, wenn es mir nicht so gut ging.

»Ich will jetzt nicht darüber reden und die schöne Zeit mit dir vergeuden. Wir wissen ja nicht, wie viel uns davon noch bleibt.«, sagte ich leise.

»Es ist okay, Jane. Du kannst es mir sagen. Für mich ist es immer schön, wenn du bei mir bist. Alles, was ich will, ist, dass du glücklich bist und wenn ich dir helfen kann, indem ich dir zuhöre, dann tue ich das gerne.«, meinte Rob.

Wir setzten uns auf seine Couch und ich sah ihm in die Augen.

»Wirklich?«, fragte ich.

Er nickte.

»Es ist wegen Abbie. Sie und Phil lieben sich noch immer und sie wünscht sich so sehr, dass er befreit wird. Gerade, wo ich doch bald fast gar nicht mehr für sie da sein kann. Es liegt an mir, ob Phil freikommt, oder nicht, dass hat mir meine Familie gesagt. Aber Phil gilt dort als äußerst gefährlich nach allem, was er getan hat. Und ich bin Wächterin, wie du weißt, und sie sagen, dass alle Sirenen von mir erwarten, dass ich sie irgendwie schütze, obwohl ich selbst nicht weiß, wie ich das tun soll. Aber da Phil für sie eine Gefahr darstellt, soll ich sie auch vor ihm schützen. Wenn ich ihn befreie, dann werden sie mich noch mehr für ungeeignet halten. Ich will meine Familie nicht wieder in Gefahr bringen. Noch einmal all das durchzustehen, wäre für mich unerträglich. Aber Abbie ist meine Mum und ich liebe sie. Ich glaube nicht, dass sie ganz alleine zurecht kommt, Rob. Ich habe solche Angst.«

Rob hielt meine Hand und hörte mir geduldig zu.

»Ich glaube nicht, dass Abbie sich etwas antut, Jane. Würdest du nicht sowieso irgendwann ausziehen und ihr würdet euch seltener sehen? Wenn du ein Mensch wärst, müsstest du auch irgendwann gehen. Das ist völlig normal. Vielen Eltern geht es so wie ihr. Sie hat Angst, aber sie wird es überstehen.«

»Wahrscheinlich hast du recht. Es ist bloß, weil ich sie nach meiner Verwandlung nur noch ganz selten sehen kann, wenn überhaupt. Und auch dann wird sie sich nie mit mir zeigen können. Es wird nie wieder so sein, wie es einmal war.«

Rob nahm mich in den Arm und küsste mich auf mein Haar.

»Ich werde immer bei dir sein.«, flüsterte er in mein Ohr und ich fühlte mich schon viel besser.

»Linda und Eadoin heiraten.«, erzählte ich ihm später.

»Sirenen heiraten?«, fragte Rob verwundert.

Mich hatte es genauso erstaunt wie ihn.

»Wie heiraten sie denn?«

»Ich weiß es nicht, aber ich werde es bald erfahren.«, antwortete ich.

Den Rest des Abends verbrachten Rob und ich zusammen. Mum fuhr mich nachts an den Hafen. Sie schien sehr nachdenklich und ich fühlte mich schuldig, weil ich Dad nicht sofort befreien wollte. Aber ich wusste, dass es so richtig war.

***

Sajara saß mit Isabella und Sofie zusammen. Sie unterhielten sich über die Hochzeit. Immer wieder fragten sie mich nach meiner Meinung, allerdings war ich in Gedanken ganz woanders.

»Ich besuche Leslie.«, meinte ich irgendwann.

Isabella und Sofie sahen mich an.

»Jane, weißt du, was mit ihr ist? Irgendetwas beschäftigt

sie. Es geht ihr nicht so gut, glaube ich.«, sagte Isabella.

»Nein.«, log ich. »Vielleicht sagt sie es mir.«

Sofie nickte. »Hoffentlich.«

Ich beeilte mich, weil ich mich um Leslie sorgte.

»Leslie!«, rief ich, als ich in der verborgenen Höhle meiner Begleiterinnen ankam.

Ich schwamm in ihr Zimmer. Leslie lag in ihrer Hängematte. Sie wirkte traurig. Sie war ganz bleich und sah mich nicht an.

»Was ist?«, fragte ich sie.

»Ich weiß nicht, was ich tun soll. Ich wage es nicht, ihn noch einmal anzusprechen. Ich denke den ganzen Tag nur darüber nach, dass ich mich total peinlich benehme und zu schüchtern bin.«

»*Du* bist zu schüchtern? Ich kenne niemanden, der so extrovertiert ist wie du!«

Leslie räkelte sich auf und sah mich an.

»Er ist zu perfekt für mich.«

»Nein.«, widersprach ich. »Das stimmt nicht. Du bist toll. Du darfst dich einfach nicht verstellen. Nicht für ihn. Versuch einfach, mit ihm zu sprechen. Einfach nur so.«

»Es ist, als würden mir die Worte ausgehen, sobald ich ihn sehe. Ich bin ohne Worte in seiner Nähe.«

»Ich kann verstehen, wie du dich fühlst, aber: Wer nicht wagt, der nicht gewinnt. Wenn du glaubst, Paul ist es wert, dann lohnt es sich, die Angst zu überwinden.«

Leslie sah mich nachdenklich an.

»Du hast vermutlich recht.«

»Isabella und Sofie machen sich übrigens schon Sorgen um dich.«

Leslie fing an zu lachen.

»Ja, weil sie mich nicht hören.«

Ich sah sie verwirrt an.

»Sie können nicht meine Gedanken lesen und nicht mit mir über Gedanken sprechen. Normalerweise kommunizieren wir ausschließlich über Gedanken. Doch heute will ich nicht, dass sie meine Gedanken hören und mir etwas herausrutscht, was sie nicht wissen sollen. Zum Beispiel, wie viel ich an Paul denke. Ich kann zwar kontrollieren, welche Gedanken ich mit ihnen teile und welche nicht, aber ich gehe lieber auf Nummer sicher, bevor sie doch noch etwas erfahren, was sie nicht erfahren sollen. Ich will nicht, dass sie alles wissen. Zumindest nicht jetzt, vielleicht später. Du kannst dir sicher vorstellen, dass sie mich die ganze Zeit fragen, was los ist und es sie stört, dass ich nicht zu durchschauen bin. Bis jetzt waren immer sie verliebt. Aber von mir erwarten sie das nicht. Und erst recht nicht, dass ich es ihnen nicht sage....«

»Das ist völlig okay.«, meinte ich und umarmte Leslie.

»Ist es für dich in Ordnung, wenn ich ihn besuche?«, fragte ich nach einer Weile.

Ich erinnerte mich daran, wie ich ihm versprochen hatte, dass wir uns wiedersehen würden. Heute.

Leslie lächelte.

»Ja. Aber Jane, wenn du ihn liebst, dann sag es mir, denn ich will nicht, dass er zwischen uns steht. Du bist mir sehr wichtig und ich will dich wegen ihm nicht verlieren.«

Ich schüttelte den Kopf.

»Das hatten wir doch schon. Ich liebe ihn wirklich nicht!«

Leslie grinste. »Ist ja schon gut. Bis später!«

Ich konnte Paul nicht sehen. Ich schwamm durch die vielen verschiedenen Bereiche der Bibliothek, aber ich konnte ihn nicht entdecken. Als ich aufgeben und umkehren wollte, hörte ich eine bekannte Stimme hinter mir.

»Warte!«, rief Paul. »Bleib doch hier!«

Ich sah zu ihm und lächelte.

»Okay, ich bleibe. Wo warst du? Hattest du dich nicht mit mir treffen wollen?«

»Ich habe es nicht vergessen.«, meinte Paul und schwamm nach draußen. Ich folgte ihm.

»Kann ich dich etwas fragen?«

»Natürlich.«, antwortete Paul und sah mich auffordernd an.

»Wie kann es sein, dass ich entscheiden darf, ob Phil Starling freigelassen wird oder nicht?«

»Phil Starling ist dein Entführer.«, stellte Paul fest.

»Ja.«

»Willst du ihn befreien?«, fragte Paul verwirrt.

»Ich weiß es nicht.«

»Hat er deiner Familie nicht das Schlimmste überhaupt angetan? Und wir Sirenen fürchten ihn noch heute. Jane, willst du ihn wirklich befreien?«

»Ich weiß, dass es nicht richtig ist, aber...«

Ich hielt inne und erzählte Paul dann, wie es Mum ging und wie ich Dad kennengelernt hatte. Als eine nette Person. Paul hörte aufmerksam zu.

»Dir liegt sehr viel an ihr.«, sagte er dann.

»Ja. Sie ist eine wundervolle Mutter. Sie kann nichts dafür.« Paul nickte.

»Ich schulde dir noch eine Antwort.«

Ich sah ihn an.

»Eine Antwort?«

»Ja, du hast mich gefragt, warum du entscheiden darfst, ob er befreit wird oder nicht. Es ist ganz einfach: Wer, wenn nicht du?«

Ich war verwirrt.

»Das ist keine Antwort. Das ist eine Frage.«

Paul lachte auf eine merkwürdige Art und Weise.

»Du scheinst keine Ahnung davon zu haben, was es bedeutet Wächter zu sein, oder?«

Ich sah Paul wütend an. Genau das hatten auch ein paar Sirenen gedacht und dann mich und meine Familie angegriffen. Paul ließ sich davon nicht aus der Ruhe bringen.

»Jane, du verfügst über unvorstellbare Macht.«

Ich schluckte. Ich hatte von dieser Macht bisher nicht viel mitbekommen.

»Du kannst entscheiden, wie du sie nutzt. Du hast die Macht über alle Sirenen dieser Welt. Vielleicht spürst du sie noch nicht, diese Kraft, aber du hast sie. Das *Zeichen des Wassers* verleiht sie dir. Du wirst sehen. Irgendwann wirst du in der Lage sein, sie zu nutzen.«

Ich konnte darauf nichts entgegnen. Sollte ich wirklich so viel Macht besitzen? Ich griff nach dem *Zeichen des Wassers* und betrachtete es lange.

»Wieso habe *ich* die Macht? Ich denke, es ist eher umgekehrt. Es hat die Macht über mich.«, sagte ich.

Paul lachte wieder.

»Das glaubst du. Ihr beide zieht euch an und ihr beide habt dieselbe Macht über einander. Du bist genauso mächtig wie das *Zeichen des Wassers*. Ihr seid eins.«

In den mir von der Nacht verbleibenden Stunden konnte ich nicht schlafen. Ich musste die ganze Zeit daran denken, was Paul gesagt hatte. Auf irgendeine Weise machte es mir Angst. Diese Macht konnte ich nicht kontrollieren und das bereitete mir Sorgen. Wie würde ich überhaupt diese Macht nutzen und wie käme ich dazu? Ich hatte schon so oft darüber nachgedacht. Darüber, dass das *Zeichen des Wassers* die Macht hatte, etwas zu vollbringen. Vielleicht für mich. Anfangs hatte ich gehofft, es würde mich zu einem Menschen machen, damit ich bei Rob bleiben konnte. Aber ich wusste jetzt, dass es das nie tun würde. Sirenen wurden nicht zu Menschen und auch nicht umgekehrt.

Mein Magen zog sich zusammen. Es war alles so endgültig. Ich wusste, dass ich nichts mehr tun konnte. Zumindest nicht jetzt, nicht vor meiner Verwandlung. Vielleicht würde ich irgendwann diese Macht nutzen können. Vielleicht würde ich dadurch länger an Land bleiben können. Bei dem Gedanken verließ mich nach und nach meine schlechte Stimmung. Ich dachte an Rob und schlief glücklich ein.

Als ich am nächsten Morgen aufwachte, erschrak ich. Es war der Tag vor Neumond. Ich konnte nicht ins Meer. Warum hatte mich niemand daran erinnert?

Mum saß am Frühstückstisch und las die Zeitung. Sie sah mich an und lächelte.

»Morgen, Jane!«

»Guten Morgen.«, entgegnete ich und strich durch meine von der Nacht zerzausten Haare.

»Hast du nicht gut geschlafen?«

»Ist es so offensichtlich?«, fragte ich und rieb meine müden Augen.

Mum nickte, faltete ihre Zeitung und legte sie zur Seite.

»Jane, das mit Phil muss dich nicht so sehr belasten, hörst du?«, meinte Mum beunruhigt.

»Das tut es nicht.«, sagte ich und setzte mich zu ihr.

Sie sah mich lange an.

»Ich bin deine Mutter und ich weiß, dass es falsch war, dir von meinen Sorgen zu erzählen. Das ist nicht richtig. Du bist mein Kind und du solltest dich nicht mit meinen Problemen beschäftigen. Wirklich nicht, Jane. Es tut mir leid. Ich verspreche dir, es kommt nicht wieder vor... Ich bin wirklich eine schlechte Mutter!«, sagte Mum leise.

Ich wollte ihr widersprechen, aber sie schüttelte nur den Kopf.

»Es ist in Ordnung, Jane.«

Wir aßen schweigend Toast. Ich sah immer wieder herüber zu Mum, um zu erahnen, was in ihr vorging.

»Mum, ich verspreche dir, dass ich mich um die Sache mit Dad kümmere. Aber ich brauche Zeit. Es ist alles etwas schwierig.«, sagte ich dann.

»So viel Zeit du brauchst. Ich komme damit klar. Triffst du dich heute mit Rob?«

»Ja, vielleicht, aber wenn ich aus der Schule zurück bin, lege ich mich erst einmal noch für ein paar Stunden schlafen.«

Als ich später bei Rob war, gingen wir wie für gewöhnlich auf sein Zimmer und hielten uns an den Händen. Er setzte sich auf sein Sofa und ich lehnte mich an ihn. Ich konnte noch immer nicht glauben, dass ich ihn verdient hatte. Er war perfekt. Niemand war so wie er. Niemand könnte ihn mir je ersetzen.

Allein bei dem Gedanken, dass er vielleicht einmal nicht mehr bei mir sein könnte, kam Angst in mir auf. Rob legte den Arm um mich und ich kuschelte mich noch näher an ihn. Das waren die Momente, in denen ich einfach nur Jane sein konnte. Menschlich. Und ich würde diese Wärme vermissen, wenn ich sie nicht mehr so oft spüren könnte. Robert küsste mich und ich verfiel ihm vollkommen.

Ein ewiges Band

Nach Neumond besuchte ich meine Familie wieder. Sie waren alle ziemlich im Stress. Sogar Leslie half mit, Eadoin und Linda den schönsten Tag ihres Lebens zu bescheren. Ich sah ihnen zu.

»Hallo, Schatz!«, rief Sajara, die mich erst jetzt bemerkte.

»Soll ich euch helfen?«, fragte ich.

»Das ist lieb von dir, aber nicht nötig. Wir sind schon seit Tagen mit der Vorbereitung beschäftigt und es dauert auch nicht mehr lange.«

»In Ordnung.«, sagte ich und sah ihnen wortlos weiter zu.

»Wenn du willst, kannst du zu uns nach Hause.«, schlug Sofie vor.

Ich schüttelte den Kopf.

»Nein, ich weiß schon, was ich machen werde.«

***

»Jane!«, rief Paul und winkte mich zu sich. Er schien sich zu freuen, mich zu sehen.

»Hast du etwas Zeit?«, fragte ich.

»Klar.«, sagte er.

»Meine Schwester heiratet und zu Hause bin ich wahrscheinlich nur im Weg.«

Paul musste lachen.

»Ich verstehe.« Dann sah er mir in die Augen und das Grinsen wich aus seinem Gesicht. »Jane, es tut mir leid.«

»Was tut dir leid?«, fragte ich irritiert.

»Mich geht es nichts an, ob du deinen Entführer befreien möchtest oder nicht. Ich wollte dir kein schlechtes Gewissen machen. Ich kann mir wahrscheinlich gar nicht vorstellen, wie schwer dein Leben ist. Du bist zwischen zwei Welten hin- und hergerissen und sollst Entscheidungen fällen, die beide betreffen. Du liebst deine Mutter über alles, aber auch deine Familie hier im Meer. Ich bewundere dich dafür, dass du so stark bist.«

Ich schüttelte den Kopf.

»Das bin ich nicht. Wenn ich stark wäre, wüsste ich, was zu tun ist, aber ich weiß es nicht.«, gab ich zu.

»Aber du verzweifelst nicht und du sorgst dich darum, was das Beste für beide ist. Glaub mir, du bist sehr stark.«

War ich wirklich stark? Das Wort passte in meinen Augen so gar nicht zu mir. Es gab so viele Augenblicke, in denen ich hätte stark sein müssen. Ich war zu schwach gewesen, um Robert, dem Menschen, den ich am meisten liebte, zu gestehen, was ich wirklich war. Ich wollte nicht wieder an den schrecklichsten Tag in meinem Leben zurückdenken. Der Tag, an dem Rose mich umbringen wollte und ich sehen musste, wie enttäuscht Rob von mir gewesen war, weil ich Angst gehabt hatte, ihm von meiner wahren Existenz zu erzählen.

Ich sah Paul an. Ich schwieg schon zu lange.

»Hast du nicht Lust, mit mir an Land zu gehen?«, fragte ich plötzlich. Ich konnte es selbst nicht verstehen, ich hatte den Mund aufgemacht und die Frage war einfach herausgekommen. Paul sah mich eigenartig an.

»Das würde ich wirklich sehr gerne.«, entgegnete Paul. »Ich muss bloß noch Kleidung finden, die ich an Land tragen kann. Irgendwo habe ich sicher noch welche. Es wäre sicher sehr interessant. Ich war schon lange nicht mehr dort.«

»Ja, aber es geht nur nachts.«, sagte ich bestimmt und dachte daran, was passieren würde, wenn jemand, den ich kannte, ihm begegnen würde. Vor allem durfte er keiner Muse begegnen und auch nicht Rob.

»Ich weiß. Das ist völlig in Ordnung.«

»Nach der Hochzeit meiner Schwester werde ich dich mal mitnehmen. Dann komme ich dich besuchen und wir gehen zusammen an Land.«

»Richte deiner Schwester Glückwünsche von mir aus, auch wenn sie mich, so weit ich weiß, nicht kennt. Heiraten ist etwas Schönes.«

»Ja.«, meinte ich leise und dachte daran, was für ein Glück Linda hatte, dass Eadoin Sirene war, wie sie selbst. Paul sah mich an. Ich weiß nicht, was er in meinem Gesicht lesen konnte. Ich wandte mich von ihm ab und versuchte zu lächeln.

»Ich denke, ich sollte jetzt zurück zu den anderen.«

»Okay.«, sagte Paul.

Ich wollte gerade aufbrechen, als er mich plötzlich am Handgelenk festhielt. Er zog mich zu sich heran.

»Jane.«, sagte er ruhig. »Du kannst immer mit mir reden.«

»Es ist nichts.«, versicherte ich ihm.

Paul ließ meine Hand los und ich schwamm so schnell ich konnte. Er meinte es nur gut, das wusste ich, aber ich konnte keiner Sirene von Rob erzählen. Das ging nicht. Noch nicht. Ich mochte Paul, aber ich konnte ihm nicht meine Liebe zu Rob anvertrauen. Selbst meine vier Begleiterinnen wussten nichts davon und das, obwohl ich so ein gutes Verhältnis zu ihnen hatte. Ich wusste nicht, wie sie reagieren würden, wenn ich es ihnen bereits jetzt sagen würde. Nach meiner Verwandlung, glaubte ich, wäre es etwas Anderes. Ich würde eine von ihnen werden. Und keine Sirenen würde es wagen, etwas dagegen zu sagen. Sie fürchteten meine Macht viel zu sehr und würden es akzeptieren. Aber jetzt war ich noch zu schwach, zu menschlich. Und ich wollte unsere Liebe nicht gefährden.

Die Tage verflogen. Ich verbrachte so viel Zeit wie möglich mit Rob, aber ich verabredete mich auch mit Josie zum Lernen. Ich ging außerdem mit Josie in die Stadt und suchte nach einem Hochzeitsgeschenk für Linda, die ich als eine Großcousine ausgab, und Eadoin. Aber immer, wenn Josie etwas wirklich Geeignetes fand, wurde mir klar, dass es völlig ungeeignet war für ein Leben im Meer.

»Ich denke, ich werde ihnen nichts schenken. Alles ist so unpassend.«, sagte ich.

»Du willst ihnen nichts schenken?«, fragte Josie verwirrt.

»Findest du das unhöflich? Ich weiß nicht mal, ob ich ihnen überhaupt etwas schenken soll. Es ist eher eine spezielle Trauung.«

»Na gut, dann nehme ich das Geschenk. Sie werden bestimmt nicht wütend sein, weil du ihnen nichts schenkst.«

»Wofür brauchst du das Geschenk?«, wollte ich wissen.

»Mein Vater will seine Freundin heiraten.«, antwortete Josie völlig gelassen.

»Ist er nicht noch mit deiner Mutter verheiratet?«

»Nein. Meine Eltern haben nie geheiratet. Meine Mutter versteht die Welt nicht mehr. Er will sie in zwanzig Jahren nicht heiraten und Anna will er bereits nach ein paar Monaten ehelichen.«

Josie war wütend. Ich spürte es.

»Das Leben ist nunmal nicht immer fair.«, sagte ich.

»Ja, zu meiner Mutter ist es nicht fair und mir gegenüber ist das Leben auch nicht gerecht. Aber du Jane, du hast unglaubliches Glück. Du hast Robert gefunden und, wenn ich euch zusammen sehe, dann habe ich das Gefühl, dass ihr euch in- und auswendig kennt. Ihr seid Seelenverwandte und gehört zusammen. Ich hoffe, du weißt, wie glücklich du dich schätzen kannst.«

Ich verspürte einen Stich in meinem Herzen. Nach allem, was mir im letzten Jahr widerfahren war, war ich immer davon ausgegangen, dass das Leben auch unfair zu mir war. Insbesondere, weil ich Sirene war und Rob Mensch. Aber eigentlich war mir das größte Glück auf Erden widerfahren. Ich hatte ihn kennenlernen dürfen. Ich würde ihn immer lieben und was konnte es schöneres geben als die Liebe?

»Ich weiß auch nicht, womit ich ihn verdient habe, Josie. Er ist so unglaublich perfekt. Ich bin nicht ansatzweise so wundervoll wie er...«

»Was redest du denn da?«, protestierte Josie. »Du bist ein großartiger Mensch. Du bist eine wunderbare Freundin. Natürlich verdienst du ihn!«

Ich lächelte. »Ich hoffe, du hast recht. Du bist auch ein ganz besonderer Mensch und du wirst auch noch deinen Seelenverwandten treffen. Ich weiß das.«, sagte ich und umarmte Josie.

Am Tag der Hochzeit fühlte ich mich doch schlecht, weil ich kein Geschenk hatte. Ich war extra früher gekommen, um Sajara und den anderen ein bisschen zu helfen. Nach und nach kamen immer mehr Gäste und ich hatte das Gefühl, nicht richtig angezogen zu sein. Alle Sirenen trugen wunderschöne, glitzernde Gewänder, nur ich nicht.

»Was ist denn, mein Liebling?«, fragte Sajara etwas besorgt, als sie sah, was für ein Gesicht ich machte.

»Ich sehe schrecklich aus.«, sagte ich. »Alle haben so wunderschöne Kleider an.«

»Du siehst auch toll aus.«, sagte Sajara aufmunternd. Ich sah an mir herab. Ich hatte mir wirklich ein schickes Kleid angezogen, was ich normalerweise nicht so häufig tat, aber so völlig durchnässt verlor das Kleid an Schönheit.

»Wenn du möchtest, kannst du aber auch etwas von mir anziehen.«, meinte Sajara und lächelte. »Komm mit.« Ich folgte Sajara und ich suchte mir ein rotes Gewand aus, das besetzt war mit einer Vielzahl an verlassenen Gehäusen von Meeresschnecken.

»Du siehst großartig aus!«, sagte Sajara, als ich mich ihr präsentierte. »Aber wir müssen uns jetzt beeilen! Jeden Moment kommen Linda und Eadoin mit seinen Eltern.« Sajara und ich schwammen zurück in den Wohnraum, der jetzt überfüllt war.

»Bleiben wir alle hier?«, fragte ich.

»Nein. Die Hochzeit findet in einer großen Höhle statt, in der wir alle Platz haben!«, beruhigte mich Sajara.

»Amarilla!«, rief jemand plötzlich nach mir. Ich sah mich um, aber es waren einfach so viele Sirenen. Dann entdeckte ich sie.

»Selma!«, rief ich und schwamm auf sie zu. »Wie schön, dass du da bist!«, sagte ich und umarmte sie.

Ich hätte eigentlich damit rechnen müssen, dass natürlich alle Freunde von meinen Eltern kommen würden.

»Sind deine Eltern auch da?«, fragte ich sie.

»Ja. Sie reden dort drüben mit Ula und Mantosuelta.«

»Sie sind alle da.«

»Ja.«, entgegnete Selma. »Dei und Fhina sind auch hier.«

Mich überkam wieder dieses unangenehme Gefühl. Wenn ich sie alle wiedersehen würde, müsste ich wieder daran denken, wie sie alle für mich bereit gewesen waren, zu sterben und es fühlte sich unerträglich an. Das *Zeichen des Wassers* machte sie alle zu meinen und vor allem zu seinen Sklaven.

»Alles in Ordnung?« Selma sah mich besorgt an.

»Ja, hast du vielleicht meine Begleiterinnen gesehen?«

»Ja, ich glaube sie sind auch schon hier. Es dauert ja sicher nicht mehr lange, bis Linda und Eadoin eintreffen. Ich freue mich, dass sie heiraten.«

»Ja ich mich auch! Macht es dir etwas aus, wenn ich Sofie und die anderen suche?«, fragte ich.

»Nein, natürlich nicht. Bis nachher.«

Ich musste die anderen unbedingt noch fragen, ob ich irgendetwas bezüglich der Hochzeit beachten musste und sie würden mich außerdem auf andere Gedanken bringen. Ich sah, wie sich die vier beieinander befanden und unterhielten. Ich schwamm zu ihnen.

»Hi, Jane!«, begrüßte mich Leslie und lächelte.

Isabella und Sofie sahen wunderschön aus. Sie hatten sich wirklich toll angezogen. Ihre Gewänder und ihr Schmuck schimmerte in den schönsten Farben.

»Was hast du denn da an?«, fragte mich Sofie plötzlich. Ich sah sie verwirrt an.

»Gefällt es euch nicht?«

»Doch, natürlich sieht es gut aus, aber so etwas trägt man heute nicht mehr.«, belehrte mich Isabella.

»Das wusste ich nicht.«, sagte ich. »Es ist von Sajara.« Isabella und Sofie sahen sich einen Moment lang an.

»Ja, das erklärt einiges.«

»Ist das jetzt nicht egal? Ihr müsst mir sagen, was ich über eine Sirenenhochzeit wissen sollte.«, sagte ich entschieden.

»Ist ja gut.«, entgegnete Caroline. »Du musst nicht viel wissen, denn es passiert gar nicht viel. Nachher werden sich Eadoin und Linda vor den Augen ihrer Gäste versprechen, sich immer zu lieben und dann gibt jeder dem anderen eine seiner Schuppen und trägt diese als Anhänger einer Kette immer bei sich. Anschließend wird gefeiert. Das ist alles.«
Ich hatte es mir anders vorgestellt, viel komplizierter. Und erst jetzt wurde mir bewusst, dass der Schmuck, den Casy und Sahara immer bei sich trugen, eine Schuppe der Flosse des jeweils anderen war.

»Danke.«, sagte ich und schwamm dann zu Casy.

»Kannst du mir Sajaras Schuppe zeigen?«, fragte ich ihn.
Casy sah mich zuerst irritiert an, dann lächelte er. Er öffnete seine Art Hemd und ich betrachtete Sajaras Schuppe zum ersten Mal ausgiebig.

»Haben sie dir davon erzählt?«, wollte Casy wissen.

»Ja.«, sagte ich und lächelte.

Casy nahm meine Hand. »Sie sind da!«, flüsterte er aufgeregt.
Linda hatte Casy mitgeteilt, dass sie eingetroffen waren. Wir alle stürmten nach draußen und dann sah ich meine Schwester. Sie war so wunderschön. Sie trug ein langes,

trägerloses Gewand, das noch mehr funkelte als alle anderen Kleider der Gäste zusammen. Linda hatte ein paar Strähnen ihrer langen Haare zurückgebunden und Muscheln in ihr Haar gesteckt. Eadoin trug ein helles, beinahe leuchtendes Hemd. Die beiden kamen Hand in Hand auf uns zu. Eadoins Eltern folgten ihnen und auch ein Junge, vielleicht zwölf, der vermutlich sein Bruder war.

Sajara umarmte Linda und küsste sie. Danach schloss sie auch Eadoin in die Arme. Casy nahm Linda ebenfalls in den Arm. Er hielt sie lange und küsste sie. Er flüsterte ihr etwas ins Ohr, aber ich konnte es nicht verstehen. Casy lächelte und umarmte dann auch Eadoin liebevoll.

Dann waren Linda und Eadoin bei mir angekommen. Ich umarmte Linda.

»Ich hab dich lieb!«, sagte ich leise zu ihr.

Linda löste sich aus meinen Armen und sah mich an.

»Ich dich auch!«

Eadoin schloss mich in seine Arme und küsste mich auf die Wange.

»Pass gut auf sie auf.«

»Natürlich!«, entgegnete er. »Ich verspreche es.«

Eadoins Eltern waren sehr nett. Wir begrüßten sie und dann stellten wir uns einander vor. Mich kannten sie bereits. Wahrscheinlich hatte Eadoin ihnen erzählt, wer ich war, oder sie wussten es einfach, wie so viele andere Sirenen. Sie musterten mich einen Moment lang, sahen mich dann aber ganz freundlich an.

»Ich bin Odilia und das sind mein Mann Averill und Eadoins Bruder Vergil.«, sagte Eadoins Mutter.

»Schön, euch kennenzulernen.«

Es dauerte eine Weile, bis Eadoin und Linda von allen Gästen beglückwünscht worden waren.

»Gleich ist es so weit!«, sagte Isabella plötzlich.

»Was ist gleich?«, fragte Leslie.

»Gleich machen wir uns auf den Weg zu dem Ort, an dem sie sich versprechen werden, sich für immer zu lieben.«, erklärte Isabella. »Ist das nicht romantisch?«

»Oh doch, es ist unglaublich romantisch.«, meinte Sofie.

Leslie sah Caroline an. Caroline zuckte mit den Schultern.

»Was hast du sie gefragt?«, wollte ich wissen.

»Was mit den beiden los ist.«, flüsterte Leslie.

»Ich dachte, du seist auch verliebt.«

»Ja, das bin ich, aber ist das nicht alles etwas kitschig?«

»Nein, es ist perfekt.«

Linda und Eadoin verließen plötzlich die Höhle meiner Eltern und alle Anwesenden folgten ihnen. Ich rief nach Isabella.

»Was ist?«, fragte sie.

»Könntest du mir einen Gefallen tun?«

»Natürlich, was immer du willst.«

»Ich möchte alles verstehen, was sie sagen! Könntest du bitte für mich übersetzen? Es ist schließlich die Hochzeit meiner Schwester.«

»Kein Problem.«, sagte Isabella. »Bleib einfach bei mir.«

Ich folgte Isabella, bis wir irgendwann an einer anderen unterirdischen Höhle angekommen waren. Ich sah hinein. Es war ein riesengroßer Raum. Alle Gäste verteilten sich und blickten aufmerksam zu Eadoin und Linda. Die beiden hielten sich an den Händen. Die Sirenen verteilten sich dann um sie herum. Es wurde ganz still. Niemand sprach mehr.

Eadoin nahm Linda an beiden Händen und sah ihr ganz tief in die Augen. Er lächelte nicht. Er sah nur sie an. Dann sagte er etwas, ganz leise.

»'Linda, du bist mein Leben, du bist die Einzige, der mein Herz gehören soll und ich möchte nie wieder ohne dich sein. Ich verspreche dir, dass ich dich immer lieben werde. Mein ganzes Leben und in alle Zeit.'«, übersetzte Isabella.

Jetzt war Linda an der Reihe. Sie sah ihm ebenfalls für mehrere Augenblicke tief in die Augen und begann dann zu sprechen.

»'Eadoin, ich gehöre nur dir und das soll für alle Zeiten so sein. Niemand berührt mein Herz so sehr wie du. Du bedeutest mir alles. Ich verspreche dir, dich immer bedingungslos zu lieben.'«

Es blieb lange still. Die beiden sahen sich immer noch tief in die Augen. Dann griffen sie jeweils nach ihrem Fischschwanz und lösten darauf eine Schuppe, die sie dem jeweils anderen überreichten. Es legte sich ein Lächeln auf ihre Gesichter und sie küssten sich. Es war ein sehr schöner Moment und ich hätte ihn so gerne für die Ewigkeit aufbewahrt. Niemand machte ein Foto oder filmte, wie es bei Menschen üblich gewesen wäre. Für einen kurzen Augenblick machte es mich traurig, doch ich wusste, dass alle, die dies hatten miterleben dürfen, einschließlich mir, es niemals vergessen würden. Sie würden diesen Moment sicher in ihren Herzen verwahren.

Eadoin wandte sich dann den Gästen zu und begann zu sprechen. Es waren vielleicht zwei Sätze. Isabella übersetzte nicht. Linda lächelte und nickte. Alle Sirenen sahen die beiden an und fingen an, aufgeregt miteinander zu sprechen. Ich stieß Isabella vorsichtig an.

»Was hat er gesagt?« Ich wurde ungeduldig.

»'Wir möchten euch noch etwas mitteilen: Linda und ich, wir werden Eltern.'«

Spaziergang an Land

»Du bist wirklich schwanger?«, fragte ich Linda beim Essen.

»Ja, ist das schlimm?«, fragte sie und lachte.

»Nein, ich bin nur so überrascht...«

Linda lächelte.

»Es war auch für uns überraschend, aber ich finde es wunderbar und der Zeitpunkt ist perfekt. Ich freue mich so sehr.«

»Wie lange weißt du es denn schon?«

»Seit drei Tagen.«, antwortete Linda und sah zu Eadoin herüber, der sich mit ein paar Freunden unterhielt. »Er hat sich ganz besonders gefreut.«

»Das kann ich mir vorstellen.«, sagte ich.

Die Schwangerschaft von Linda hatte mich sehr verblüfft und ich wusste nicht einmal, wieso. Ich hätte eigentlich damit rechnen können, aber überhaupt eine Schwester zu haben, war so neu für mich und immer noch irgendwie surreal, dass mir der Gedanke, Tante zu werden, bisher gar nicht in den Sinn gekommen war. Ich freute mich für die beiden, aber es war ungewohnt.

»Wirst du ausziehen?«, fragte ich Linda.

»Ja, bis wir etwas eigenes gefunden haben, bleiben wir aber bei Mum und Dad. Sie haben gesagt, es sei in Ordnung.«, entgegnete Linda und nahm meine Hand. »Keine Sorge, wir werden uns ganz sicher häufig sehen, das verspreche ich dir. Ich werde immer für dich da sein, Jane.«

Linda drückte meine Hand ganz fest und ich war in diesem Moment unglaublich glücklich, eine Schwester wie sie zu haben.

Als die meisten Gäste sich verabschiedeten, machte auch ich mich auf den Heimweg. Sajara und Casy hatten mir angeboten, bei ihnen zu übernachten, aber ich musste noch für die Schule lernen. Wenn ich bei ihnen blieb, würde ich nicht dazu kommen, ich hatte es aber wirklich nötig.

Zu Hause legte ich mich in mein Bett. Ich war überhaupt nicht müde und konnte nicht aufhören, an Linda und Eadoin zu denken und daran, dass sie bald eine Familie sein würden. Und ohne es zu wollen, dachte ich auch an meine Zukunft. Ich hatte mich noch nicht mit diesem Thema auseinandergesetzt, ich war ja auch erst siebzehn, aber ich hatte mir immer vorgestellt, dass ich einmal eine Familie gründen würde, wenn auch erst später. Jetzt wusste ich, dass mein Leben als Sirene dies wohl nicht zulassen würde.

Plötzlich spürte ich, wie mir Tränen das Gesicht hinunterliefen. Ich war so wütend. Wütend auf mich selbst, obwohl ich am wenigsten etwas dafür konnte. Ich wollte doch nur Mensch bleiben. Dann könnte ich mit Rob zusammen sein und ein gemeinsames, glückliches Leben führen, aber so musste ich alle meine Träume und auch seine aufgeben. Ich konnte nicht aufhören zu weinen. Ich konnte nicht verstehen, weshalb es ausgerechnet mich traf. Weshalb musste das alles mir passieren? Warum nicht jemandem, der damit glücklich sein könnte, wie ich, wenn ich nicht so unsterblich in Rob verliebt gewesen wäre?

Am nächsten Morgen stand ich früh auf. Ich versuchte, meine schlechte Laune in Grenzen zu halten. Ich musste endlich lernen, mich mit meinem Schicksal abzufinden. Ich konnte doch nichts dagegen tun. Ich frühstückte und fing an zu lernen. Ich hatte Josie darum gebeten, mir etwas zu helfen und sie hatte gesagt, sie würde nachmittags vorbeikommen.

Mir wurde bewusst, dass ich in letzter Zeit wirklich wenig für die Schule getan hatte. Ich war zum Glück nicht so viel schlechter geworden, aber mein ehemals so hohes Niveau konnte ich nicht halten. Meine Lehrer wussten nicht, dass ich an meiner alten Schule Klassenbeste war und dachten wohl, dass ich immer so schlecht gewesen sei. Seit wir nach Edinburgh gekommen waren, hatte sich wirklich viel verändert. Ich versuchte, ein paar Aufgaben zu lösen, die wir bereits im Unterricht besprochen hatten, aber ich schaffte es nicht wirklich. Ich verzweifelte beinahe, als irgendwann Josie klingelte. Ich machte ihr die Tür auf.

Josie wies mich daraufhin, dass alle Aufgaben, deren Bearbeitung mich viel Zeit und Mühe gekostet hatten, von mir falsch gelöst worden waren. Sie korrigierte anschließend alles mit mir und beantwortete mir einige Fragen. Am Abend hatte ich dann zum Glück das Gefühl, auch tatsächlich einiges verstanden zu haben.

»Danke, Josie, was würde ich nur ohne dich tun?«

»Das mache ich doch gerne.«, sagte Josie.

Ich hatte solch ein Glück, dass wir die selben Kurse besuchten.

»Ich verstehe das nicht! Du bist doch richtig clever, Jane. Du hast alles sofort verstanden hast, nachdem ich es dir erklärt habe. Wieso kommst du dann im Unterricht nicht mit?«

»Ich weiß nicht. Du kannst es scheinbar besser erklären, als unsere Lehrer.«, log ich.

»Du solltest dich noch einmal anstrengen. Es dauert auch nicht mehr allzu lange, bis wir mit der Schule fertig sind. Was möchtest du danach machen? Willst du studieren?«

»Ich weiß es noch nicht.«, sagte ich leise.

Ich wusste genau, was ich tun würde und studieren gehörte nicht dazu. Ich würde diese Welt für immer verlassen.

»Ich denke, ich werde Ärztin. Wenn ich das schaffen sollte. Ich könnte Menschen helfen. Ich glaube, das ist ein guter Beruf.«, sagte Josie und lächelte.

»Ja, das solltest du machen.«, meinte ich und sah Josie vor mir, wie sie Leben rettete. Sie hatte meins schon so oft gerettet. Es war genau der richtige Beruf für sie.

Nachdem Josie gegangen war, rief Rob an. Er wollte wissen, wie die Hochzeit von Linda und Eadoin gewesen war. Ich beschrieb ihm alles ganz genau und auch, dass ich bald Tante werden würde.

»Sie bekommen ein Kind?«, fragte er etwas überrascht.

»Ja, ich kann es auch noch nicht fassen.«, sagte ich.

Es war anstrengend, mir nicht anmerken zu lassen, wie sehr mich diese Sache mitnahm.

»Findest du nicht, dass es langsam Zeit wird, mich ihnen oder sie mir vorzustellen?«, fragte er dann. »Ich möchte sie kennenlernen, Jane. Ich will wissen, wer diese Personen sind, die dir so viel bedeuten. Ich glaube nicht, dass sie sich an unserer Beziehung sonderlich stören könnten.«

»Die richtige Zeit dafür wird kommen, aber vorher kann ich es nicht riskieren. Ich möchte nicht, dass sie glauben, ich sei keine gute Wächterin.«

»Ich verstehe.«, sagte Rob traurig. »Ich wünsche mir nur so sehr, sie kennenzulernen. Sie werden zukünftig auch ein Teil meines Lebens sein.«, meinte Rob.

Ein Teil seines Lebens? Rob würde sie sicherlich nicht oft zu Gesicht bekommen. Aber ich war Teil seines Lebens und somit auch die Personen, die zu mir gehörten.

»Linda und Eadoin sind so glücklich, Rob. Ich freue mich sehr für sie, aber ich sehe in ihnen das Glück, das uns nicht vergönnt ist.«, sagte ich traurig.

Einen Moment lang herrschte Stille.

»Wir sind jetzt glücklich und wir werden glücklich sein, Jane. Nichts kann uns trennen. Ich verspreche es dir. Ich werde dich immer lieben, egal, was passiert.«

Ich lächelte.

»Du machst mich so unglaublich glücklich. Ich liebe dich auch. Was immer passiert.«

Nachdem ich mit Rob telefoniert hatte, ging es mir besser. Ich versuchte, ihm einfach zu glauben und mir nicht zu viele Gedanken über die ungewisse Zukunft zu machen.

Am Abend kam Mum nach Hause. Ich erzählte auch ihr alles über die Hochzeit.

»Sehr romantisch.«, meinte Mum danach.

»Ja.«, stimmte ich ihr zu.

»Meine Hochzeit mit Phil war auch so schön.«

Sie griff augenblicklich nach ihrem Ehering, den sie nie abgelegt hatte. Ich musste mich um die Angelegenheit mit Dad unbedingt kümmern. Ich hatte Zeit gehabt, mir darüber Gedanken zu machen und ich wusste nun, dass er befreit werden musste, auch für mich. Ich liebte ihn und ich hatte ihm längst verziehen. Seine Strafe noch auszuweiten, war in meinen Augen ungerecht. Seine Strafe war nicht nur die, dass er seine Freiheit verlor, sondern auch Abbie. Und seitdem ich Rob kannte, wollte ich keinen Tag mehr ohne ihn verbringen und der Gedanke daran, ihm fernbleiben zu müssen, war für mich unerträglich. Deshalb hatte ich ja auch solche Angst vor der Verwandlung. Ich hatte Angst, von ihm getrennt sein zu müssen. Ich würde, sobald sich die Gelegenheit bot, meiner Familie die Entscheidung verkünden.

Für den Rest des Wochenendes besuchte ich meine Familie nicht mehr. Ich lernte noch und schrieb an den folgenden Tagen Klausuren.

Ich hatte mir zum Glück Zeit genommen, zu lernen. Andernfalls hätte ich vollkommen versagt. Nachdem ich die Prüfungen hinter mir hatte und endlich wieder Wochenende war, besuchte ich meine Familie.

Ich dachte daran, dass ich Paul versprochen hatte, ihn nach der Hochzeit mal mit an Land zu nehmen. Heute war der richtige Tag dafür. Besser gesagt die richtige Nacht. Ich wollte ihm mein Zuhause zeigen, ich wusste, dass es ihn wirklich interessierte. Meiner Mum hatte ich davon erzählt. Sie war einverstanden und ich wusste, dass auch sie sehr gespannt war.

»Liebling, da bist du ja wieder. Ich habe dich schon vermisst!«, rief Sajara und umarmte mich lange.«

»Wie geht es Linda?«, fragte ich, nachdem wir uns aus der Umarmung gelöst hatten.

»Ihr geht es gut.«

Ich schwamm in Lindas Bereich der Höhle. Linda lag in ihrer Hängematte und schlief. Eadoin hielt ihre Hand.

»Störe ich?«

Eadoin schüttelte den Kopf.

»Nein, komm ruhig näher.«

Ich blickte zu Linda. Irgendetwas stimmte nicht. Mir fiel aber nicht sofort auf, was.

»Ihr Bauch...«, sagte ich entgeistert.

»Was ist?«, fragte Eadoin.

»Ich kann sehen, dass sie schwanger ist!«, sagte ich.

»Ist das falsch?«

»Nein, aber doch nicht so früh.«

Ich konnte eine deutliche Erhebung in Lindas Bauch sehen.

»Es ist alles normal.«, versicherte mir Eadoin leicht verwirrt. »Wovon sprichst du?«

»Es geht so schnell. Bei Menschen ist das anders. Es dauert neun Monate, ehe das Kind zur Welt kommt!«, erklärte ich.

»So lange? Sirenen brauchen dafür nur drei Wochen.«

Ich konnte es nicht glauben. Linda öffnete die Augen.

»Jane! Schön, dass du da bist!«, sagte sie und richtete sich auf.

»Ich wollte dich nicht wecken! Ruh dich noch aus! Ich muss sowieso noch etwas erledigen.«

»Du kannst ruhig bleiben, Jane.«

»Nein, ich muss wirklich los!«, sagte ich. »Aber ich komme nachher noch einmal vorbei, okay?«

»Okay.«, antwortete Linda und lächelte müde.

Ich machte mich auf den Weg zu Paul. Ich hatte ihm versprochen, ihn mit an Land zu nehmen und ich hatte gesagt, dass ich zu ihm kommen würde.

Es war eine gute Nacht für einen Spaziergang an Land. Ich erreichte die Bibliothek und rief nach Paul. Er war immer irgendwo in der Bibliothek, schließlich lebte er dort.

»Jane!«, rief er. »Ich dachte schon, du würdest nie wieder kommen!«
Paul umarmte mich ganz fest.

»Wieso?«, fragte ich verwirrt.

»Du sahst sehr wütend aus, als du mich bei unserer letzten Begegnung verlassen hast.«

»Oh.«, erwiderte ich. »Ich weiß, du hast es nur gut gemeint. Aber ich wollte nicht darüber reden.«, beruhigte ich sein Gewissen.

»Ist also wieder alles in Ordnung?«

»Ja«, antwortete ich. »Ich könnte dich heute für ein paar Stunden mit an Land nehmen und dir mein Zuhause zeigen, wenn du möchtest.«, schlug ich ihm dann vor.

»Wirklich?«, fragte er.

»Ja, ich habe es mit meiner Mum abgesprochen.«

»Mit deiner Mum?«

»Wir können ihr vertrauen. Sie ist in Ordnung.«
Paul sah mich immer noch ungläubig an.

»Bist du dir sicher? Nicht, dass sie mich später kidnappt...«
Ich warf ihm einen vernichtenden Blick zu.

»Sorry, ich vertraue dir und somit auch ihr, in Ordnung?«
Es würde spannend für mich sein, zu sehen, wie er sich an Land bewegte.

»Ich ziehe mir dann jetzt mal etwas anderes an!«, sagte Paul und verschwand in seinem Wohnbereich der Bibliothek.

Als er wieder zu mir geschwommen kam, trug er ein Hemd. Die Hose hielt er in den Händen. Wir schwammen an Land, wo Mum bereits auf uns wartete.

Manchmal wartete sie sogar mehrere Stunden auf mich in der Dunkelheit, dann, wenn ich mich in der Zeit verschätzte, aber das kam zum Glück nur selten vor. Ich zog mir im Auto schnell trockene Kleidung an. Mum sah in den Rückspiegel.

»Hast du deinen *Unterwasserfreund* doch nicht mitgebracht?«, wollte sie wissen.

»Er zieht sich um.«, antwortete ich und Mum grinste. Paul hatte sich sofort, nachdem wir das Land erreicht hatten, ein Versteck gesucht, um seine Hose anzuziehen. Ich wusste, dass er große Schmerzen hatte. Nachdem ich mich fertig umgezogen hatte, rief ich ihn und er kam auf mich zu. Ich betrachtete ihn lange. Wie er so vor mir stand, war ich sehr beeindruckt. Er sah einem Menschen täuschend ähnlich, aber ich konnte doch erkennen, dass er keiner war. Er stieg ins Auto ein und begrüßte meine Mum.

»Hallo, Mrs Starling!«

Paul betrachtete Mum eindringlich. Er vertraute ihr immer noch nicht ganz. Mum nickte nur und fuhr los. Die ganze Fahrt über beobachtete sie ihn. Aber Paul nahm es nicht wahr. Er blickte nur nach draußen und war fasziniert von den vielen Lichtern. Die Welt der Sirenen unterschied sich so sehr von der Welt der Menschen.

Zu Hause angekommen, stiegen wir aus. Mum öffnete die Tür und wir traten ein. Paul sah sich um.

»Schön wohnst du.«, sagte er dann zu mir und ich musste darüber, wie einfach er zu beeindrucken war, lachen.

»Du hast noch keine anderen Wohnungen gesehen!«, meinte ich und dachte an das Haus der Caristons.

»Möchtest du vielleicht etwas trinken?«, fragte Mum Paul plötzlich. »Ich meine, so als Mensch.«

»Nein, danke.«, sagte Paul.

»Soll ich dir mein Zimmer zeigen?«, fragte ich ihn dann. Er nickte. »Gerne.«

Paul fiel es sichtlich schwer, die Treppe hinaufzugehen. Er musste sich immer wieder abstützen und verzog vor Schmerzen das Gesicht. Trotzdem schritt er tapfer immer weiter.

»Es tut mir leid, Paul, ich wusste nicht...«

»Ist schon okay.«, unterbrach er mich angestrengt. Paul versuchte, mir zuzulächeln, um mich zu beruhigen. Ich war heilfroh, als wir endlich in meinem Zimmer angekommen waren. Paul sah sich um.

Zum Glück hatte ich mein Zimmer vorher noch gründlich aufgeräumt. Er war völlig fasziniert von allem, was er dort vor sich fand. Sein Blick wanderte zu den Fotos, die ich auf meiner Kommode aufgestellt hatte. Das einzige Bild, das ich von Rob und mir hatte, war vorher von mir in eine Kiste unter meinem Bett verbannt worden.

»Es muss schön sein, Momente in Bildern festzuhalten. Ich wünschte, ich hätte so ein...«.

»Foto.«, ergänzte ich.

»Von meinen Eltern.«

Ich legte meine Hand sachte auf Pauls Schulter. Er sah in meine Augen.

»Es ist nicht so, dass ich mich nicht mehr an sie erinnere. Meine Erinnerung ist ganz klar, ganz real. Es ist nur, die Erinnerung, die ich an sie habe... Jedes Mal, wenn ich an sie denke, sehe ich meine Mutter sterben und meinen Vater daran verzweifeln. Ich wünschte, es wäre so einfach und ich könnte mir in diesen Momenten ein

>Foto‹ von ihnen vor Augen halten, in dem sie glücklich sind.« Paul sah mir direkt in die Augen. »Verstehst du das?«

Ich nickte. »Es tut mir leid.«, war alles, was ich sagen konnte.

Ich wusste, wie es sich anfühlte, einen Menschen verloren zu haben. Ich hatte so lange geglaubt, mein Vater sei tot und daher konnte ich Pauls Schmerz nachfühlen.

»Es ist okay.«, entgegnete Paul und grinste dann. »Vielleicht sind es nur die Schmerzen in meinen Beinen, die mich so sentimental werden lassen.«

Er sah zu meinem Bett herüber.

»Würde es dir etwas ausmachen, wenn ich mich für einen Moment darauf lege?«, fragte Paul.

Bisher hatte nur ein Mann in diesem Bett gelegen.

»Das ist schon okay.«

Paul setzte sich zunächst vorsichtig auf das Bett und legte sich dann hin. Er sah zur Decke.

»Sehr gemütlich.«, meinte er dann. Ich legte mich vorsichtig neben ihn.

»Oh ja.«, sagte ich. »Das ist es wirklich.«

Nachdem er sich etwas erholt hatte, richtete sich Paul auf.

»Hast du Lust, spazieren zu gehen?«, fragte ich dann. »Uns bleibt noch etwas Zeit.«

»Ja, das wäre toll, ich hoffe bloß, meine Beine halten das aus. Wie schaffst du das nur?«

Der Spaziergang mit Paul war toll. Ich beobachtete genau, wie er sich bewegte. Manchmal sah es fast so aus, als würde er schweben und dann konnte ich wieder sehen, wie viel Schmerz es ihm bereitete. Ihm zuzusehen, war sehr aufschlussreich und er beruhigte mich. Er sagte, er glaube, dass ich nicht so große Schmerzen haben würde wie er, weil ich ja schon wusste, wie es war, zu gehen. Und er versicherte mir, er würde auch nicht solche Schmerzen haben, wenn er nur öfter an Land gegangen wäre, was er aber nicht getan hatte.

Als wir zurück waren, beantwortete ich Paul noch einige Fragen und anschließend fuhr Mum uns zurück zum Meer. Ich fuhr mit, um mich von ihm zu verabschieden. Paul und ich stiegen aus. Mum blieb im Auto und wartete auf mich.

»Jane?« Ich sah zu Paul. »Danke, für alles.«

»Das habe ich gerne gemacht.«, antwortete ich mit einem Lächeln.

Ich ging zurück zum Wagen. Paul musste sich noch umziehen und dann war er wieder in der Welt der Sirenen, unserer Welt.

Sorgen

»Er ist nett.«, meinte Mum, als ich mich anschnallte.

»Ja, ich bin froh, dass ich ihn kennengelernt habe. Wir verstehen uns gut.«

»Bilde ich mir das nur ein oder hatte er anfangs etwas Angst vor mir?«

»Er hatte Angst. Er dachte, du könntest auch ihn entführen.«, sagte ich lachend. »Das war aber sicher nicht ganz ernst gemeint.«

Mum grinste. »Na ja, seine Sorge ist sicher nicht ganz unberechtigt.«

Am folgenden Tag traf ich mich mit Rob und verbrachte den ganzen Tag mit ihm und es war wie immer schön. Bis jetzt hatte ich ihm immer verschwiegen, dass ich mich ein paar Mal mit Paul getroffen hatte, aber mir kam es nur noch kindisch vor. Niemand wusste so gut wie er selbst, wie sehr ich ihn liebte. Mit Paul verstand ich mich gut, aber ich liebte ihn nicht und er liebte auch mich nicht. Davon war ich langsam immer mehr überzeugt. Wir waren nur Freunde.

»Gestern habe ich einen Gestaltenwandler an Land begleitet.«, erzählte ich ihm.

»Wirklich?«, fragte er.

»Ja, es war spannend, na ja für mich zumindest.«

»Das kann ich mir gut vorstellen. Sehen sie wirklich genauso aus wie Menschen?«

»Nein.«, antwortete ich. »Nicht genauso. Sirenen sind keine Menschen. Langsam sehe ich die Unterschiede überall. Ihre verblüffende Schönheit, mit der sie Menschen verführen können, ist nicht menschlich. Ihre Haut, ihre Art zu sprechen, ihre Bewegungen... Sie unterscheiden sich stark von Menschen. Aber natürlich nur, wenn man sie genau betrachtet. Vielleicht merkt man es ja sogar, aber man ignoriert das innere Gefühl, das einem sagt, dass man einem anderen Wesen begegnet ist. Wenn ich mich an den Tag zurückerinnere, den Tag, an dem ich deine Familie zum ersten Mal traf und ich anschließend zum ersten Mal Sirene wurde, spürte ich irgendwie, dass Rose und Tiffany anders waren. Einfach zu perfekt. Aber ich habe das Gefühl ignoriert und zu mir gesagt, dass es viele Menschen gibt, die unglaublich schön sind. Hast du jemals gedacht, dass etwas an mir anders ist? Ich weiß, ich bin keine typische Sirene. Ich sehe auch nicht so aus wie sie und habe viele menschliche Eigenschaften, dank der Tabletten, die ich nehme, aber hast du schon einmal daran gezweifelt, dass ich Mensch bin?«

Rob überlegte einen Moment lang.

»Ich wusste von unserer ersten Begegnung an, dass du etwas Besonderes bist. Unabhängig davon, ob du Mensch oder Sirene bist oder einer anderen Art von Leben angehörst.« Dann nahm er vorsichtig mein Gesicht in seine Hände. Er sah mir tief in die Augen. »Jane, ich würde dich immer lieben!«

***

Mum brachte mich später wieder ans Meer. Ich wollte wissen, wie es Linda ging.

»Ist Linda da?«, fragte ich Sajara, nachdem ich angekommen war.

»Nein, sie ist mit Eadoin in die Bibliothek. Ich glaube, die beiden wollen ein bisschen mehr über das Elternsein erfahren.«

»In die Bibliothek wollte ich auch noch. Ist es in Ordnung, wenn ich dorthin schwimme?«, fragte ich.

»Du bist in letzter Zeit oft dort, nicht wahr? Hat das einen bestimmten Grund?«, fragte Sajara.
Ich schüttelte den Kopf.

»Eigentlich nicht. Ich finde diesen Ort bloß sehr faszinierend. Ich halte mich dort gerne auf und die vielen Schriften helfen mir, mehr über mich und das Leben zu erfahren, das mich nach meinem achtzehnten Geburtstag erwartet.«

»Das freut mich, ich will dich auch nicht länger aufhalten.«, entgegnete Sajara mit einem Lächeln. »Komm einfach später mit Linda und Eadoin zurück. Wir essen dann alle gemeinsam!«

Es waren unglaublich viele Sirenen in der Bibliothek, was es schwierig machen würde, dort jemanden zu finden. Gerade, wo ich mich ja leider noch immer nicht über Gedanken verständigen konnte.

»Jane!«
Ich drehte mich um und sah Linda mit Eadoin. Ich war etwas irritiert.

»Sajara hat mit Bescheid gegeben.«

»Hätte ich mir denken können.«

»Geht es dir gut?«

»Ja, es geht mir sehr gut!«

Plötzlich entdeckte ich Paul. Er sah zu mir herüber und lächelte.

»Hallo, Jane!«

»Das sind meine Schwester Linda und ihr Partner Eadoin! Und das ist Paul.«, stellte ich sie einander vor.

»Es freut mich sehr, euch kennenzulernen!«, sagte Paul.

»Uns freut es auch, deine Bekanntschaft zu machen!«, sprach Linda und lächelte.

»Ich sehe mich noch ein bisschen um, Jane, ist das okay?«, fragte sie mich dann.

Ich nickte.

»Deine Schwester ist schwanger.«, stellte Paul fest, nachdem Linda und Eadoin sich verabschiedet hatten.

»Das ist ja wohl nicht zu übersehen.«, entgegnete ich.

»Können wir das von gestern vielleicht irgendwann wiederholen? Ganz alleine macht es keinen Spaß, an Land zu gehen.«

»Ja, ich wollte dich das Gleiche fragen.«

»Und, wenn du dann erst Sirene bist, dann können wir immer gemeinsam an Land gehen. Ich kenne nämlich eigentlich keine Gestaltenwandler.«

Nein!, wollte ich sagen, weil ich wusste, dass ich alleine gehen müsste, wenn ich Rob sehen wollte, aber ich sagte:

»Ja.«.

Insgeheim hoffte ich, es Paul bis dahin anvertraut haben zu können.

Nach einer Weile kam Linda wieder zu uns.

»So, ich habe gefunden, was ich lesen möchte. Wir kehren dann auch jetzt heim.« Linda winkte Eadoin zu sich. »Kommst du mit, Jane?«

»Ja, ich habe Sajara gesagt, ich würde mit euch zurückkommen.«

»Das war ein kurzer Besuch.«, meinte Paul und grinste.

154

»Wir haben uns ja erst gesehen.«, entgegnete ich und lächelte.

Sajara wartete schon auf uns. Sie und Casy hatten für uns etwas zu Essen gemacht.

»Ich soll dich von deinen vier Freundinnen grüßen und fragen, ob du sie vergessen hast.« Casy lachte. »Ich habe vorhin Sofie getroffen und sie würde sich sehr freuen, wenn du sie mal wieder besuchst.«

»Oh ja, das habe ich irgendwie vergessen.«, meinte ich und sah zu Boden.

»Du bist eine gute Freundin. Und im Moment hattest du wirklich viel um die Ohren. Sie haben dafür Verständnis, wie immer.«, sagte Linda zu mir.

Das war es nicht, was mir auf die Stimmung schlug. Ich musste an Leslie denken und an Paul und daran, dass sie ihn liebte. Sie sollte nicht denken, dass ich mein Versprechen nicht hielt.

»Ich muss los.«, sagte ich dann.

»Wirklich?«, fragte Sajara.

Ich nickte. »Ja.«

Linda kam auf mich zu, um mich zu umarmen. Plötzlich fasste sie sich an ihren Bauch.

»Was ist?«

Eadoin war sofort neben ihr. Lindas Gesicht war schmerzverzerrt.

»Ich weiß nicht.«

Sajara und Casy wechselten einen langen Blick. Linda hatte Angst. Ich konnte es an ihrem Gesicht erkennen. Sie stützte sich auf mich. Ich hielt ihre Hand und machte mir Sorgen. Was war mit ihr? Oder mit dem Kind? Ich wollte gar nicht daran denken, dass es auch dem Kind schlecht gehen konnte. Lindas starker Griff an meiner Schulter löste sich. Ihre Schmerzen wurden weniger. Ihr Gesicht entspannte sich und sie hielt sich nicht mehr den Bauch. Doch sie hatte noch immer große Angst.

»Ist etwas mit dem Kind?«, fragte sie.

Niemand antwortete. Es herrschte schreckliche Stille. Sajara legte ihre Hand auf Lindas Bauch.

»Der Herzschlag ist in Ordnung.«

Linda schien etwas erleichtert.

»Was hatte das zu bedeuten?«, fragte Eadoin und sah zu Sajara.

»Ich verstehe es auch nicht. Wir müssen abwarten.«

»Warum besucht ihr keinen Arzt?«

Eadoin, Linda, Casy und Sajara sahen zu mir herüber. Ganz erstaunt darüber, dass ich überhaupt anwesend war.

»Liebling, so etwas wie einen Arzt gibt es bei uns nicht.«

Linda schien sich beruhigt zu haben.

»Es geht mir wieder besser. Vielleicht hatte es gar nichts zu bedeuten.«

»Liebling, du musst jetzt vorsichtig sein!« Sajara strich Linda vorsichtig über ihr Gesicht.

»Es geht nicht um mich. Es geht um mein Kind!«, schrie sie dann beinahe.

Ihr Fischschwanz verfärbte sich in allen möglichen Farben. Sie war völlig außer sich.

»Natürlich!«, beruhigte sie Casy. »Aber du musst dich schonen, Linda!«

Ich war zwar anwesend, aber irgendwie fühlte ich mich, als wäre es bloß ein Traum. Ich stand neben ihnen und fühlte mich ohnmächtig. Ich hatte Angst um Lindas Kind. Sehr große Angst. Was, wenn das alles nicht so harmlos war, wie Sajara es versuchte darzustellen? Was, wenn

Lindas Kind in Gefahr war und wir nichts tun konnten? Plötzlich spürte ich, wie jemand nach meiner Hand griff.

»Mach dir nicht zu viele Gedanken.«, sagte Casy.

Ich antwortete nichts und sah zu Linda, die Eadoin umarmte.

»Ich muss jetzt wirklich nach Hause!«, sagte ich dann und schwamm davon.

Auch zu Hause ließ mich die Sorge um Linda und das Ungeborene nicht los. Ich versuchte mich abzulenken, aber ich konnte nicht aufhören, daran zu denken. Ich machte mir immer zu viele Sorgen. Aber was, wenn sie jetzt berechtigt waren?

Irgendwann hielt ich es nicht mehr aus und rief Rob an. Ich berichtete ihm genau, was passiert war. Er hörte mir einfach nur zu, was mir sehr gut tat.

»Ich hoffe, dass alles gut wird.«, sagte ich.

»Ja, Jane, das hoffe ich auch.«, entgegnete Rob. »Mach dir nicht so viele Sorgen. Du kannst so oder so nicht viel tun. Aber wenn du dich zu sehr sorgst, dann macht sich Linda auch noch Sorgen um dich.«

Das wollte ich natürlich nicht. Aber mit den Sorgen und Ängsten war es nun einmal nicht so leicht für mich umzugehen. Es war unmöglich, sie abzustellen. Sie holten mich immer wieder ein. Genau dann, wenn ich glaubte, mich beruhigt zu haben, dass alles wieder okay sei.

»Jane, bitte mach dir nicht allzu große Sorgen, ja? Ich liebe dich.«

»Ich liebe dich auch.«

Am nächsten Morgen ging es mir etwas besser. Ich ging zur Schule, was mich ablenkte. Josie war wunderbar. Sie brachte mich immer dazu, meine Ängste für eine Zeit lang zu vergessen.

»Weißt du was? Anna will jetzt mehr Zeit mit mir verbringen. Sie sagt, sie möchte ein immer wichtigerer Teil in meinem Leben werden und es sei schließlich sinnvoll, wenn wir uns verstünden, da sie ja nun mal die Mutter meines Bruders oder meiner Schwester sei.«

»Sie meint es bestimmt gut.«, sagte ich. »Ist doch besser, als wenn sie dich unfair behandeln würde.«

»Ja, aber ich habe irgendwie keine Lust auf diese heile Welt, Jane. Sie wusste genau, dass mein Vater eine Frau hatte und sie hat sich trotzdem darauf eingelassen. Jetzt will sie plötzlich meine Freundin sein. Auch mein Vater hält das für eine gute Idee. Er sagt, schließlich sei sie keine zehn Jahre älter als ich. Ihre Freundschaft brauche ich nicht. Was ist das für eine Freundin?«

»Ich weiß es nicht.«, gab ich ehrlich zu.

Josie setzte sich auf eine Bank und sah zu Boden. In ihrem Gesicht spiegelte sich Trauer und Wut wider. Ich setzte mich neben sie und legte ihr sachte den Arm um die Schulter.

»Josie, du bist ein viel zu guter Mensch und zu harmoniebedürftig, als dass du ihr nicht höflich und nett gegenüber sein könntest. Das ist etwas Gutes und das finde ich toll an dir.«

Josie wandte sich mir zu.

»Findest du wirklich? Ich wünschte, ich könnte ihr unhöflich gegenüber sein. Ganz ehrlich. Aber das ist nicht meine Art. Dafür bin ich, glaube ich, zu erwachsen.«

»Ja, manchmal muss man versuchen, jemandem zu verzeihen und es reicht, wenn man weiß, dass man nie so sein wird, wie diese Person. Nie.«

Nach der Schule konnte ich wieder nicht aufhören, an Linda zu denken. Wie hilfreich es doch jetzt gewesen wäre, mit ihr über Gedanken zu kommunizieren, aber ich konnte es nicht. Ich konnte es immer noch nicht kontrollieren. Es war ihnen manchmal möglich mit mir über Gedanken zu sprechen, aber es war sehr schwierig. Sie wussten einfach nie, ob ich es wirklich mitbekam oder nicht, deswegen ließen sie es meistens. Aber als ich meine Familie zum ersten Mal besucht hatte, da hatte es funktioniert und Linda hatte mir meine Angst genommen. Ich wünschte, ich hätte es auch tun können, jetzt, wo sie sich sorgte, aber ich konnte es nicht. Linda machte sich auch immer viele Gedanken, aber es gelang ihr besser damit umzugehen als mir.

Ich würde erst Ruhe finden, wenn ich sie wieder sah. Deshalb musste ich nachts wieder ins Meer zu ihnen. Und tatsächlich, als ich die Höhle meiner Eltern erreichte, schien es Linda bereits besser zu gehen. Ihre Augen glänzten und sie lachte, als ich zu ihnen kam. Alle schienen sorglos.

»Geht es dir gut?«

»Jane!«, rief Linda.

Sie hatten mich nicht hereinkommen gesehen.

»Ja, es geht mir gut. Mach dir nicht so viele Sorgen. Uns beiden geht es gut. Ich fühle es.«

Linda legte sachte den Arm um mich. Dann löste sie sich von mir und fuhr zusammen. Ich erschrak. Sajara hielt Lindas Arm und Eadoin ihre Hand.

»Was ist mit ihr?«, schrie ich.

Linda krümmte sich vor Schmerzen und ihre Augen starrten durch mich hindurch. Wieder fühlte es sich so irreal an. Ich konnte nichts tun, ich wusste nichts mehr. Ich hörte Lindas Stöhnen und niemand konnte sagen, was mit ihr war.

»Jane!«, rief plötzlich jemand hinter mir.

Ich drehte mich blitzartig um. Es war Isabella. Ich wusste nicht, ob sie schon eine ganze Weile hinter mir gewesen war. Ich hatte sie nicht wahrgenommen. Sie nahm meine Hand.

»Komm mit mir.«, bat sie mich.

»Nein... Ich muss bei Linda bleiben.«

»Jane, du kannst nichts für sie tun. Komm mit mir zu den anderen.«

Ich entschied mich dafür, Isabella zu folgen. Ich konnte keinen klaren Gedanken fassen. Meine Angst war viel zu groß. Sie brachte mich in ihre Höhle, wo bereits die anderen auf mich warteten. Sie alle sahen besorgt aus. Ich setzte mich und versuchte mich zu beruhigen.

»Woher wusstet ihr... Woher…?«, stammelte ich.

»Deine Familie, sie haben mit uns in Gedanken kommuniziert.«

»Was ist mit ihr?«, fragte ich.

»Mit Linda?«, fragte Caroline zurück. »Nichts. Soweit ich es ihren Gedanken zufolge beurteilen kann, ist es das Kind, das Schmerzen hat. Doch die übertragen sich auch auf Linda.«

Ich sah Caroline versteinert an.

»Was ist mit dem Kind?«, fragte Leslie für mich, da ich nicht mehr in der Lage dazu war.

»Ich weiß es nicht. Es verspürt unglaubliche Schmerzen. Aber die Ursache ist mir unklar.«

»Ich habe solche Angst.«, sagte ich. Isabella nahm erneut meine Hand.

»Es wird alles gut werden, Jane. Vertrau mir.«

Ich sah in ihre Augen und erkannte, dass auch Isabella Angst hatte. Große Angst.

»Kann ich wieder zu ihnen?«, fragte ich, nachdem ich eine ganze Weile bei meinen Begleiterinnen gewesen war.

»Denkst du, das ist eine gute Idee?«, fragte Isabella.

»Ja, ich muss wissen, wie es Linda geht.

»Na gut.«, gab Isabella nach. »Aber, wenn irgendetwas ist, dann sind wir für dich da. Soll ich dich zu ihnen bringen?«

»Nein, das mache ich.«, rief Leslie. »Ich bringe sie zurück.«

Isabella sah Leslie entgeistert an und schüttelte dann ungläubig den Kopf.

»In Ordnung. Jane, bist du einverstanden?«

Ich nickte nur.

Leslie begleitete mich. Natürlich nicht ohne Grund. Aber in meinem Zustand brauchte ich etwas länger, bis ich es begriff.

»Warst du in letzter Zeit häufig in der Bibliothek?«

Ich sah Leslie an.

»Was?«

»Ich will wissen, ob du häufig in der Bibliothek warst in den vergangenen Tagen!«

»Ach so. Zwei, drei Mal.«

»Und wie geht es ihm?«

»Wem?«

Ich wusste nicht, worauf Leslie hinaus wollte. Normalerweise war ich sehr gut darin, feine Zwischentöne zu deuten, aber ich war viel zu sehr in Gedanken bei Linda und ihrem Kind.

»Paul!«

»Paul?«

»Ja, Paul, wie geht es ihm?«

Plötzlich wurde mir alles klar. Natürlich, sie wollte über Paul sprechen.

»Gut. Warst du selbst nicht mal da? Leslie, du musst dich dort blicken lassen, sonst fällst du ihm nicht auf.«

»Das tue ich so oder so nicht. Er hat nur Augen für dich. Es hat sich nichts verändert. Selbst wenn ich direkt vor ihm stehe, habe ich das Gefühl ihm nicht aufzufallen und er fragt mich nur, wie es dir geht. Es ist schrecklich verliebt zu sein.«

Ich wusste, dass es schrecklich sein konnte, wenn man unglücklich verliebt war. Ich hatte mich verliebt in Rob und er sich gleichzeitig auch in mich. Das war einfach großartig und manchmal konnte ich es einfach nicht fassen. Mein Glück verdeutlichte mir noch mehr, wie schlecht es Leslie ging.

»Manchmal.«, gab ich zu.

»Jane, bin ich in deinen Augen unattraktiv?«, fragte Leslie mich dann.

Ich fing an zu lachen. Leslie war unglaublich schön, wie alle Sirenen.

»Natürlich nicht.«, antwortete ich.

»Ich meine nicht nur mein Äußeres. Ich weiß, dass ich hübsch bin, aber das ist nicht alles. Gerade bei uns Sirenen zählen vor allem die inneren Werte, weil wir nun mal alle attraktiv sind. Jane, das macht dich zu etwas so Besonderem. Du bist anders hübsch. Du bist nicht so wie wir, noch nicht. Du hast diese andere Schönheit. Die menschliche Schönheit.«

162

Leslie wandte den Blick von mir ab. Sie war traurig. Ich griff nach ihrem Arm.

»Leslie, du bist einzigartig und du bringst mich immer zum Lachen. Das ist etwas Besonderes. Das macht dich schön. Bleib so wie du bist, Leslie!«
Ich sah in Leslies traurige Augen.

»Wirklich, ich bringe dich zum Lachen?«

»Ja, ab und zu ungewollt.«, sagte ich und musste grinsen.

»Ich wünschte, Paul würde das Gleiche über mich sagen.«

»Das wird er noch.«, versuchte ich Leslie gut zuzureden.
Plötzlich waren wir vor der Höhle meiner Familie angekommen. Mein Herz begann zu rasen. Leslie fühlte es und nahm meine Hand.

»Keine Angst. Alles wird gut.« Und dann fügte sie selbstbewusst und mich stärkend hinzu: »Ganz sicher.«

Linda ging es wirklich besser. Ich konnte sehen, wie sie in ihrem Zimmer in ihrer Hängematte schlief. Eadoin hingegen ging es schlecht. Seine Augen waren matt und sein Körper angespannt. Er beschützte Linda. Er drückte ihre Hand ganz fest. Ich fragte mich, ob sie davon nicht wach werden musste, aber sie schlief seelenruhig.

Sajara und Casy hielten sich an den Händen. Sie waren ebenfalls sehr angespannt, aber ich konnte auch etwas Erleichterung in ihren Gesichtern lesen.

»Liebling!«, flüsterte Sajara erschöpft. Sie griff nach meiner Hand und lächelte mir zu.

»Geht es dir besser?«

»Das ist unwichtig.«, flüsterte ich zurück.
Ich schwamm zu Eadoin und legte ihm vorsichtig die

Hand auf seine Schulter. Er erschrak leicht. Beruhigte sich dann aber, als er merkte, dass ich es war.

»Wie geht es dir?«, fragte ich ihn.

Er sah mich an und versuchte, ein kleines Lächeln zu erzwingen, was ihm kläglich misslang.

»Kann ich irgendetwas für dich tun?«, fragte ich. Er schüttelte den Kopf.

»Bleib einfach hier.«

Gerade als Eadoin den Satz zu Ende gesprochen hatte, öffnete Linda ihre Augen. Sie lächelte mir zu, aber ich merkte, dass es ihr wieder schlechter ging. Sie winkte mich zu sich und ich näherte mich ihr vorsichtig. Plötzlich schrie sie auf.

»Eadoin...«

Sie drückte seine Hand. Eadoin zitterte. Sajara und Casy waren sofort neben mir und drängten sich an mir vorbei zu Linda. Sajara hielt ihren Kopf und versuchte, ihrer Tochter so gut es ging beizustehen, war aber selbst völlig aufgebracht.

Diesmal war ich nicht wie gelähmt. Ich konnte nicht anders und schwamm. Ich schwamm so weit ich konnte. Alles, was ich gesehen hatte, bereitete mir große Schmerzen. Linda bedeutete mir so viel und ich wollte nicht, dass sie so sehr litt. Irgendwann wusste ich gar nicht mehr, wo ich war. Das Meer war einfach zu weit. Den großartigen Orientierungssinn der Sirenen hatte ich auch noch nicht wirklich. Ich fand mich gut zurecht und auch jetzt hatte ich das Gefühl zu wissen, wie ich schwimmen musste, um zurück zu ihnen zu gelangen, aber das wollte ich gar nicht. Ich wollte Linda nicht mit schmerzverzerrtem Gesicht sehen. Ich konnte es nicht ertragen. Und auch zu Leslie und den anderen konnte ich nicht. Sie machten sich Sorgen um mich.

Ich wollte nur noch nach Hause an Land und in mein Bett. Und plötzlich wusste ich intuitiv, wie ich dort hin gelang.

Mum sah, dass es mir nicht gut ging. Sie wollte nachfragen, woran es lag, aber sie sah mir an, dass ich nicht bereit war, es ihr zu sagen. Ich wollte nicht noch einmal alles berichten.

Es war zu spät, um Rob anzurufen. Er hatte mir zwar gesagt, ich könne ihn immer anrufen, aber ich wollte ihn nicht um diese Uhrzeit wecken. Ich konnte nicht einschlafen. Meine Gedanken waren bei Linda und meiner Familie.

Am nächsten Morgen konnte ich es nicht erwarten, aufzustehen und zur Schule zu gehen.

»Du kannst auch hierbleiben, Jane. Ich nehme mir frei, wenn du mich brauchst. Ich sehe, dass es dir nicht gut geht...«

Mum machte sich große Sorgen um mich, das war nicht zu übersehen.

»Nein, ich gehe in die Schule.«

Rob und Tiffany klingelten kurz darauf. Als ich die Tür öffnete, wich das Lächeln aus Robs Gesicht.

Er griff nach meiner Hand und nahm mich mit nach draußen.

»Was ist los?«, flüsterte er besorgt, nachdem wir ein paar Schritte gegangen waren.

Ich konnte nicht anders und fing an zu weinen. Rob nahm mich in seine Arme und hielt mich fest.

»Es ist wegen Linda.«, stellte er fest. »Warum hast du mir nichts gesagt?«

»Ich konnte nicht.«, flüsterte ich.

Vorsichtig löste ich mich von Rob und sah zu Tiffany, die

etwas abseits stand. Sie sah mitleidig zu mir herüber. Ich lächelte ihr zaghaft zu. Dann nahm ich Roberts Hand und wir gingen weiter.

»Jane, wir müssen heute nicht unbedingt zur Schule.« Ich lehnte seinen Vorschlag ab.

»Ich *muss* zur Schule. Es ist die beste Ablenkung für mich. Und außerdem will ich weiterkommen und nicht völlig den Anschluss verlieren.«

»In Ordnung, aber in Zukunft musst du mir Bescheid geben, wenn es dir schlecht geht. Egal, um was es geht, ich werde es verstehen. Du kannst mich jederzeit anrufen!«

Tiffany berührte mich kurz und ich fühlte mich gleich viel besser.

»Wenn du tatsächlich Mensch wärst und nicht nur so tun würdest, könnte ich dir noch besser helfen.«, meinte Tiffany mit einem Grinsen.

In der Schule konnte ich mich dank Tiffany wirklich auf den Unterricht konzentrieren. Es war nicht so, dass ich Linda und das Ungeborene vergessen hatte, ich war mir vollkommen über ihren Zustand im Klaren, aber Tiffany hatte mir ein eigenartiges Gefühl übertragen, dass dafür sorgte, dass ich spürte, dass meine Angst nicht half und mich in die Lage versetzte, sie selbstständig zu unterdrücken.

Natürlich hielt dieses Gefühl nicht ewig an und nach der Schule fühlte ich mich wieder sehr viel hilfloser. Doch Rob hatte sich mit mir verabredet und das sorgte dafür, dass ich mich zumindest etwas besser fühlte. Wenn ich mit ihm zusammen war, konnte ich immer glücklich sein, denn er war mein Glück. Ohne ihn wäre ich mit all dem, was mir widerfahren war, sicher nicht so gut zurechtgekommen.

Ich hatte in kurzer Zeit so viel erlebt. Und ich war keine besonders starke Person gewesen. Aber jetzt wurde ich immer stärker. Ich wollte um unsere Zukunft kämpfen. Nach einem wunderschönen Tag mit Rob verspürte ich den Drang, ins Meer zu gehen. Es war nicht nur wegen Linda. Er war immer stärker geworden. Ich war mir sicher, dass es vor allem auch am *Zeichen des Wassers* lag. Es gehörte ins Meer. Und wir waren miteinander verbunden. Ich konnte mich nur schlecht widersetzen.

Ich wollte nicht sofort zu Linda. Ich hatte Angst davor. Es war feige von mir, aber meine Angst war viel stärker als ich. Daher beschloss ich, zunächst Paul besuchen. Vielleicht konnte er mir helfen zu verstehen, was mit Linda und ihrem Kind nicht stimmte. Er hatte bereits so viel gelesen, dass ich davon überzeugt war, dass er irgendetwas darüber wissen musste.

Es dauerte nicht lange, bis ich ihn fand. Er hielt sich fast ausschließlich in der Bibliothek und kaum in seinem Wohnbereich auf. Die Bibliothek bedeutete ihm viel und er verstand es als seine Aufgabe, den Sirenen, die sich nicht auskannten, weiterzuhelfen.

»Hi, Paul!«, sprach ich ihn an.

Er lächelte.

»Jane, schön, dass du da bist. Wie geht es dir?«

Das Lächeln in meinem Gesicht verschwand.

»Nicht besonders gut.«, sagte ich leise.

Paul sah mich einen Augenblick lang an und dann nahm er meine Hand.

»Komm, wir spazieren ein bisschen.«

Ich konnte gar nicht anders, als ihm zu folgen, weil er viel zu schnell schwimmen konnte und ich mich auch nicht widersetzen wollte. Ich mochte es, mit ihm zu spazieren. Er konnte gut zuhören und er wusste viel.

»Was ist los?«, fragte er dann.

»Meine Schwester hat große Schmerzen.«, erklärte ich.

»Wahrscheinlich ist etwas mit ihrem Kind.«

»Seit wann?«

»Ein paar Tage schon. Ich weiß nicht, was ich tun soll, ich habe große Angst um sie.«

»Das verstehe ich gut.«, entgegnete Paul.

»Glaubst du, man kann ihr irgendwie helfen?«

Paul überlegte einen Augenblick.

»Wenn ich ehrlich bin, glaube ich nicht. Sie braucht viel Ruhe und Schlaf. Wenn es ihr wirklich so schlecht geht, wie du sagst, wird es nicht mehr lange dauern bis zur Geburt.«

»Wird sie ihr Kind früher zur Welt bringen?«

»Das kann ich nicht sagen, Jane, aber es ist wahrscheinlich. Wie du sicher weißt, sind wir Sirenen anders als Menschen. Wir sind ihnen vielleicht in vielerlei Hinsicht ähnlich, aber in genauso vielen Dingen unterscheiden wir uns auch von ihnen. Linda muss selbst wissen, was für sie und das Kind richtig ist. Je nachdem, wie sie sich entscheidet, wird sich das Kind entwickeln. Schneller oder langsamer. Aber mach dir nicht zu viele Sorgen. Vielleicht geht es bald vorbei und ist völlig harmlos.«

»Ich hoffe, du hast recht.«, flüsterte ich beinahe. »Ich werde jetzt Linda besuchen. Ich war noch gar nicht bei ihr, ich habe mich nicht getraut.«

»Ich verstehe das. Manchmal ist die Angst stärker. Sehen wir uns bald wieder?«

»Ja.«, entgegnete ich und schwamm gegen meine Angst und Sorge an.

»Wie geht es ihr? Kann ich zu ihr?«, fragte ich Sajara, als ich ihre Höhle erreicht hatte.

»Sie ist nicht da.«, antwortete Sajara und legte ihre Hand sanft auf meine Schulter.

»Was? Wo ist sie?«

»Sie ist mit Eadoin zu seiner Familie.«, sagte Casy, der plötzlich aus einem der Zimmer kam.

»Wieso?«, wollte ich wissen und war völlig außer mir.

»Sie braucht ein wenig Zeit für sich. Sie hat Angst, dich zu sehr zu belasten und findet es besser, etwas Zeit bei Eadoins Familie zu verbringen. Außerdem nutzt sie diese Zeit, um nachzudenken. Vielleicht muss sie das Kind früher zur Welt bringen. Dafür braucht sie Ruhe und Zeit für sich alleine. Aber, wenn sie hier ist, macht sie sich viele Sorgen um dich, Jane, weil sie dich liebt.«
Ich konnte nicht glauben, was ich da hörte.

»Nur wegen mir?«, fragte ich verwirrt.

»Liebling, das tut sie doch nur, weil sie dich so sehr liebt. Du bist ihre Schwester und sie kann es nicht ertragen, wenn sie dich leiden sieht. Verstehst du das denn nicht? Linda bleibt bis auf Weiteres bei Eadoins Familie. Wenn es ihr dort gut geht, bleibt sie länger. Wenn sie wiederkommt, ist sie vielleicht schon Mutter.«

Sajara versuchte mich zu beruhigen, aber ich fühlte mich schlecht. Ich wollte einfach nicht, dass Linda ihre Familie wegen mir verließ. Doch ich wollte ihr auch keine Sorgen bereiten. Sajara schloss mich in ihre Arme.

»Alles wird gut, Jane. Du wirst sehen.«
Ich wünschte mir so sehr, dass alles gut werden würde, aber ich wusste, dass das nur ein Traum war. Denn der Tag meiner Verwandlung rückte immer näher und das

169

bedeutete nicht, dass alles gut werden würde. Nicht für mich.

»Jane, nächste Woche ist Neumond. Bis dahin wird Linda bestimmt zurück sein. Sie war an Neumond bis jetzt immer hier und daran wird sich sicherlich auch nichts ändern. An Neumond sind die Familienmitglieder einer Sirenenfamilie eigentlich immer zusammen.«, meinte Casy später zu mir.

»Ich weiß, dass in einer Woche Neumond ist. Daran denke ich immer.«, sagte ich leise und dachte an meine schrecklichen Erlebnisse an Neumond.

»Jane, irgendwann musst du dich deiner Angst stellen.«, forderte mich Sajara auf. »Wenn du vollkommen Sirene bist, dann kannst du nicht immer davor weglaufen und in Menschengestalt an Land gehen. Wir brauchen jede helfende Hand, um so vielen Menschen wie möglich zu helfen. Und gerade du, wo du so menschlich bist, wärst eine große Hilfe.«

»Ja, ich weiß. Aber im Moment geht es nicht.«
Sajara und Casy lächelten mir aufmunternd zu.

»Das verstehen wir doch.«, sagte Casy.

»Ich wollte noch Isabella und die anderen besuchen...«, meinte ich dann.

»Ist schon in Ordnung. Besuch sie!«, sagte Sajara und lächelte. Gerade als ich ihre Höhle verließ, rief sie mir noch nach: »Jane, mach dir bitte nicht so große Sorgen. Linda hat mir gerade mitgeteilt, dass es ihr sehr gut geht.«
Linda ging es gut! Plötzlich fiel ein großer Stein von meinem Herzen und das erste Mal seit Tagen legte sich ein echtes Lächeln auf mein Gesicht.

 Kenix

»Und, geht es dir jetzt besser?«, fragte mich Isabella, als ich mich zu ihnen setzte.

Meine Begleiterinnen hatten gerade mit dem Essen begonnen, als ich zu ihnen kam.

»Was für eine Frage.«, sagte ich und lächelte. »Mir geht es blendend. Ich hoffe nur, dass es Linda nicht bloß für ein paar Augenblicke besser geht, sondern, dass sie sich wirklich erholt und gesund wieder zurückkommt.«

»Das wird sie bestimmt.«, meinte Sofie und aß irgendeine Alge. »Möchtest du auch?«, fragte sie dann und zeigte auf das, wovon sie kurz zuvor gegessen hatte.

»Nein, danke.«

»Stell dich nicht so an, Jane. Irgendwann wirst du nichts anderes mehr essen können. Du solltest dich früh genug daran gewöhnen und außerdem schmeckt das, was wir essen großartig.«, sagte Leslie und gab mir ein Stück Alge.

Ich sah nacheinander meine Begleiterinnen an. Sie alle nickten mir aufmunternd zu. Dann biss ich von der Alge ab. Caroline und Leslie sahen mich erwartungsvoll an.

Der Geschmack war unbeschreiblich, denn ich hatte noch nie zuvor etwas Vergleichbares gekostet. Es war wirklich köstlich. Großartig, wie Leslie es beschrieben hatte. Ich schloss die Augen und genoss den Geschmack. Als ich fertig gekaut hatte, öffnete ich meine Augen wieder und sah in drei entgeisterte Gesichter. Nur Leslie lächelte vor sich hin.

»Wow.«, sagte ich dann.«

Ich aß den Rest der Alge und lächelte.

»Kann ich noch etwas davon haben?«

»Bedien dich!«, sagte Sofie und fing an zu lachen.

Plötzlich mussten wir alle lachen. Es war schön. Ich hatte schon länger nicht mehr gelacht, aber jetzt fühlte ich mich gut, weil es Linda und dem Kind auch gut ging.

Später auf meinem Weg zurück Richtung Land, begleitete mich Leslie noch ein Stück.

»Ich glaube, er hat es gemerkt.«, sagte sie plötzlich zu mir.

»Paul?«, fragte ich.

»Ja, ich war doch immer so nervös in seiner Nähe und vor allem war ich so häufig in seiner Nähe. Irgendwie habe ich das Gefühl, er hat es verstanden. Und er hat mich angelächelt und mit mir gesprochen, und nicht bloß über dich. Wie er mich angesehen hat... Das war nicht bloß freundschaftlich gemeint, glaube ich. Ich bin mir nicht ganz sicher, vielleicht bilde ich mir das alles auch nur ein, aber ich werde es noch erfahren.«

»Ich wünsche dir von ganzem Herzen, dass er es bemerkt hat, Leslie.«, meinte ich und umarmte sie dann.

Irgendwie schien sich alles zum Guten zu wenden. Ich war einfach nur glücklich.

Als mich Mum später abholte und mit mir nach Hause fuhr, konnte ich meine Augen kaum noch offenhalten. Die beinahe schlaflosen Nächte wegen meiner Sorge um Linda machten sich bemerkbar. Jetzt fiel all die Sorge von mir ab und mein Körper holte sich den Schlaf, den er dringend nötig hatte. Müde taumelte ich in mein Zimmer und schlief sofort ein. Ich zog mir nicht mal mehr einen Schlafanzug an.

»Jane, aufwachen.«
Ich rieb mir die Augen und sah in Mums Gesicht.
»Wie viel Uhr ist es?«, fragte ich müde.
»Halb eins.«
»Was?«, schrie ich und war sofort hellwach. »Wieso hast du mich nicht eher geweckt? Ich müsste in der Schule sein.«
»Mach dir keine Sorgen, Jane. Ich habe in der Schule angerufen und gesagt, dass du krank bist.«
»Und Rob?«
»Ihm habe ich natürlich die Wahrheit gesagt. Er kommt nach der Schule vorbei.«
Ich ging ins Bad und wusch mir das Gesicht.
»Fahr mich zur Schule. Ich bin ausgeschlafen.«
»Nein, Jane, das bist du nicht. Leg dich wieder hin und schlaf noch etwas. Ich habe dich heute morgen rechtzeitig geweckt, nachdem du nicht auf den Wecker reagiert hast. Du hast kurz die Augen geöffnet und sofort weiter-geschlafen. Und auch eben wärst du beinahe nicht zu dir gekommen. Dir fehlt Schaf. Die restlichen Prüfungen sind doch alle geschrieben! Du wirst sicher nicht viel verpassen. Josie wird später bestimmt auch vorbeikom-men und den Stoff mit dir nachholen.«
Ich sah Mum an.
»Du bist noch hier.«, sagte ich dann.
Mir fehlte wirklich Schlaf.
»Ja, ich habe mir heute frei genommen.«, erklärte Mum und lächelte. »Komm, leg dich wieder hin.«
Das tat ich dann auch und schlief sofort wieder ein.

173

Als ich das nächste Mal wieder die Augen öffnete, sah ich in Robs. Er saß an meinem Bettrand und lächelte mich an. Ich lächelte zurück.

»Wie lange bist du schon hier?«, fragte ich.

»Eine ganze Weile.«

»Oh.«, entgegnete ich. »Das tut mir leid.«

»Das braucht dir doch nicht leid zu tun. Es ist immer schön, dir beim Schlafen zuzusehen.«

Ich setzte mich auf und strich durch Robs Haar. Dann sah ich auf meinen Wecker. Vier Uhr.

»Es ist schon ziemlich spät. Ich sollte jetzt aufstehen, sonst kann ich später wieder nicht schlafen. Aber eigentlich würde ich viel lieber einfach liegen bleiben.«

»Dann tu das.«, meinte Rob.

»Nein, ich möchte die kostbare Zeit mit dir nicht verschlafen. Wenn du schon bei mir bist, dann sollten wir auch die Zeit nutzen.«

Nachdem ich zu Ende gesprochen hatte, musste ich gähnen. Ich war einfach noch immer müde.

»Na gut.«, sagte Rob, legte sich neben mich und schloss seine Augen.

»Du willst jetzt schlafen?«, fragte ich und sah ihn fragend an.

»Ja, warum nicht? Und für die Zeit, in der wir dann wach sind, fällt uns sicher auch etwas ein.«, antwortete Rob und legte seinen Arm um mich.

Am nächsten Morgen brauchte ich nicht durch den Wecker geweckt zu werden, denn ich war längst wach. Ich hatte mich sogar von Mum verabschieden können. Rob war die ganze Nacht bei mir geblieben, aber um fünf Uhr morgens war er dann doch nach Hause gegangen, um sich für die Schule fertig zu machen und alle Sachen zu packen.

Ich frühstückte und wartete sehnsüchtig auf Robs Klingeln an der Haustür. Ich war mir sicher, dass Tiffany wusste, dass Rob die ganze Nacht bei mir und nicht zu Hause gewesen war und ihr Grinsen, als es endlich klingelte und die beiden vor mir standen, verriet, dass ich recht hatte. Rob lächelte und ich auch.

In der Schule war Josie ziemlich locker, was eher ungewöhnlich für sie war, wo ich doch gestern gefehlt hatte.

»Geht es dir wieder besser?«, fragte sie.

»Oh, ja.«, sagte ich. »Habe ich viel verpasst?«

»Nein, aber ich bin trotzdem gestern bei dir vorbeigekommen. Nicht nur deswegen. Einfach so, um zu erfahren, wie es dir geht.«

»Du bist gestern zu mir gekommen?«
Ich war völlig verwirrt.

»Ja, deine Mutter hat mir aufgemacht und gesagt, dass Rob auch da sei und ich einfach hochgehen soll. Ich bin die Treppe hoch und in dein Zimmer. Ich habe nicht geklopft, keine Ahnung, wieso, und dann habe ich euch beide schlafend vorgefunden und wollte euch nicht aufwecken. Also bin ich wieder gegangen.«

»Oh.«, sagte ich. »Das tut mir leid. Du hättest etwas sagen sollen.«

»Nein. Ich bin einfach gegangen und habe deiner Mutter gesagt, dass du jetzt wüsstest, was wir im Unterricht gemacht haben. Ich wollte euch nicht stören. Es sah so schön aus, wie ihr so nebeneinander dalagt. Ich beneide dich, Jane. Du hast großes Glück mit Robert.«

»Ja.«, sagte ich und seufzte. »Er ist wunderbar.«
Danach lächelte ich Josie zu.

»Du wirst einen Menschen treffen, der genauso gut zu dir ist. Das weiß ich. Ich habe selbst nie gedacht, dass mir jemand wie Rob begegnet. Und jetzt... Ich kann es immer noch nicht fassen.«

»Anna glaubt, mein Vater sei ihr perfektes Gegenstück. Sie heiraten schon nächste Woche Samstag. Hättest du Lust zu kommen? Ich weiß nicht, ob ich das durchstehe. Diese ganze Romantik. Es wird nicht leicht für mich. Es wäre schön, wenn du dabei sein könntest. Anschließend ist auch noch die Feier und mein Vater hat gesagt, ich darf jemanden mitbringen.«

»Ja, wieso nicht?«, meinte ich und freute mich, auch noch einmal unter ganz normale Menschen zu kommen, die von Sirenen und Musen rein gar nichts wussten.

»Du kannst auch Rob mitbringen, wenn du willst. Mein Vater wird schon nichts dagegen haben. Ein Arbeitskollege und seine Frau haben kurzfristig abgesagt und ihre Stühle würden andernfalls frei bleiben.«

»Ja, okay, ich frage ihn mal, aber ich glaube, er kommt gerne mit.«

»Danke, dass du kommen willst.«

»Kein Problem, ich bin gerne für dich da. Du bist meine beste Freundin.«

Der nächste Tag war ein Donnerstag. Ich hatte mir vorgenommen, meine Familie zu besuchen, vor dem Neumondwochenende.

Ich war etwas nervös, als ich in das kühle Wasser eintauchte und meinem Orientierungssinn folgte, der mich immer zu meiner Familie brachte. Ich musste rechtzeitig zurück, um zu vermeiden, dass sich meine Haare verfärben würden.

Ich dachte an Linda. Sie hatte zwar Sajara gesagt, dass es ihr besser ginge, aber ich würde es erst glauben, wenn ich es mit meinen eigenen Augen sehen konnte. Aber auch, wenn es so war. Ich hatte noch keine Gewissheit darüber, dass auch mit ihrem Kind alles in Ordnung sein würde.

Bevor ich in die Höhle meiner Familie schwamm, lies ich mich ein bisschen treiben. Das beruhigte mich manchmal. Einfach nichts tun. Nicht viel denken. Bloß gleitende Bewegungen. Manchmal glaubte ich, dass sich so ähnlich fliegen anfühlen musste. Das Gefühl von Freiheit und Unbeschwertheit. Wie der Vogel am Himmel, flogen die Fische und Sirenen im Meer. Vielleicht gab es gar kein Oben und Unten. Ich wusste nicht warum, aber manchmal glaubte ich, im Meer dem Himmel näher zu sein, als irgendwo sonst. In Momenten wie diesen, wenn ich mich einfach gleiten ließ und spürte, wie mein Körper und mein Geist langsam taub und mit dem Wasser eins wurden.

Nachdem ich mich beruhigt hatte, konnte ich es kaum erwarten, Sajara und Casy wiederzusehen.

»Wie geht es ihr?«, fragte ich sofort.

»Du wirst es nicht glauben.«, meinte Sajara und umarmte mich mit einem Lächeln.

Ihre Augen funkelten und ich wusste, was geschehen war.

»Sie kommt zurück.«, flüsterte ich beinahe lautlos, so als würde das, was dieser Satz aussagte, unwahr, wenn ich lauter spräche.

»Ja.« Casy lächelte nun auch. »Es geht ihr gut. Sie und Eadoin sind schon auf dem Rückweg. Sie müssten jeden Moment hier sein.«

Ich setzte mich und lächelte vor mich hin. Ich war so erleichtert.

»Wissen schon Leslie und die anderen Bescheid?«, fragte ich.

»Ich glaube nicht, dass Linda es ihnen schon mitgeteilt hat. Würdest du ihnen sagen, dass sie wiederkommt, Jane? In der Zeit kümmere ich mich noch um das Essen.«
Ich hätte zwar viel lieber auf Linda und Eadoin gewartet, aber ich wollte auch nicht meine Begleiterinnen im Unwissen über diese frohe Botschaft lassen. Sie mussten es dringend erfahren, weil sie sich schließlich auch sorgten.

»In Ordnung. Ich bin gleich wieder zurück.«

Ich war in wenigen Augenblicken bei meinen Begleiterinnen angekommen. Ich war wahrscheinlich noch nie so schnell geschwommen.

»Linda kommt zurück!«, schrie ich, als mich Isabella und Sofie begrüßten.
Beide fingen augenblicklich an zu strahlen und schienen ebenfalls über diese Nachricht sehr froh zu sein.

»Das sind gute Neuigkeiten.«, meinte Isabella und sah mich lange an. »Du siehst viel gelassener aus.«, meinte sie dann und nahm meine Hand. »Das müssen wir unbedingt Caroline und Leslie sagen!«
Als auch Leslie und Caroline Bescheid wussten, sagte ich ihnen, dass ich nicht abwarten könne, Linda wiederzusehen und daher unbedingt zurück müsse.

»In Ordnung, wünsch Linda alles Gute von uns. Wir werden sicher bald vorbeikommen.«
Ich umarmte jede meiner Begleiterinnen noch einmal und schwamm so schnell es ging zurück.

»Linda!«, schrie ich.
Linda hob ihren Kopf und sah etwas erschreckt zu mir

herüber. Sie richtete sich blitzartig auf und nahm mich in ihre Arme.

»Mein Schwesterherz!«, flüsterte sie.

Ihr Bauch war deutlich zu erkennen, größer als vor ihrer Abreise.

»Wie geht es dir?«, fragte ich, ohne sie loszulassen.

»Gut.«, sagte Linda.

Dann löste sie sich von mir. Ich sah in ihre Augen und plötzlich überkam mich Angst.

»Was ist los?«, fragte ich mit zittriger Stimme.

Eadoin sah nervös zu uns herüber.

»Nichts.«, log Linda. »Mir geht es gut.«

Eadoin sprang auf und eilte zu Linda. Er nahm ihre Hand und sah sie an. Ich wusste, dass er mit ihr reden wollte. Aber sie schien ihm nicht zu sagen, was ich bereits ahnte. Linda hatte wieder Schmerzen. Ganz plötzlich. Eben ging es ihr noch gut. Ich hatte es gesehen.

»Linda, sag mir, was los ist!«, forderte Eadoin sie jetzt laut und bestimmt auf.

»Ich muss...«, sagte Linda nur und wir alle wussten, was es zu bedeuten hatte. Sie würde ihr Kind jetzt gebären.

»Bist du dir sicher?«, fragte Casy. Er versuchte, ruhig zu bleiben. »Ist es nicht zu früh?«

Linda nickte bloß. Sie zuckte zusammen vor Schmerz.

»Ich...«, stammelte sie.

Eadoin hielt stützend ihre Hand.

»Linda, leg dich in eine der Hängematten. Ich bin sofort bei dir.«, meinte Sajara.

Linda folgte Eadoin, der sie in ihr Zimmer brachte und ihr anschließend in die Hängematte half.

»Jane, du kannst nicht dabei bleiben.«, rief Sajara.

Casy hielt mich sachte zurück.

»Sie braucht jetzt Ruhe. Es ist besser, wenn wir nicht auch noch dabei sind.«, erklärte er.

Ich nickte stumm. Ich konnte immer noch nicht fassen, was gerade vorgefallen war. Casy drückte mich an sich, aber ich fühlte ihn nicht. Ich fühlte nichts mehr. Linda war mir so wichtig. Ich hatte nie eine Schwester gehabt. Und jetzt verging kein Tag, an dem ich nicht an sie dachte. Sie war ein so wichtiger Teil meines Lebens und jeder Schmerz, den sie verspürte, machte mich schwächer. Casy strich über mein Haar. Er sagte irgendetwas, aber ich konnte es nicht verstehen. Ich hörte bloß Linda, die schrie und Sajara, die ihr gut zuredete.

Ich sah zu Casy und er hatte Angst, genauso wie ich.

»Jane?« Ich drehte mich um und sah Isabella. In ihren Augen sah ich, dass sie sich sorgte. Sie hatte Angst. Um mich. Das kam mir so falsch vor, aber ich brauchte sie jetzt. Ich ließ Casy los und fiel in Isabellas Arme. Ich schluchzte leise. Isabella sagte etwas zu Casy und zog mich dann hinter sich her. Wenig später waren wir in der Höhle meiner Begleiterinnen. Sofie, Caroline und Leslie sahen sehr besorgt aus und es bereitete mir ein noch schlechteres Gewissen.

»Können wir irgendetwas für dich tun?«, fragte mich Sofie und legte den Arm um mich.

»Nein.«, flüsterte ich.

Dann setzten sich meine Begleiterinnen neben mich und waren einfach nur für mich da. Sie sagten nichts. Und ich war froh darüber.

»Ich muss zurück.«, sagte ich irgendwann, nachdem wir sehr lange geschwiegen hatten.

Ich richtete mich auf und schwamm zum Höhleneingang.

»Warte! Ich komme mit dir.«, rief Isabella und folgte mir.

»Nein, das brauchst du nicht. Ich werde alleine zurück schwimmen.«

Isabella schien das für keine gute Idee zu halten, aber sie nickte.

»Richte Linda Grüße von uns aus.«

Ich schwamm so schnell ich konnte. Nach nur wenigen Augenblicken hatte ich die Höhle meiner Familie erreicht. Ich schwamm in die Höhle und sah Casy und Sajara. Sajara schwamm auf mich zu und drückte mich ganz fest.

»Ist alles in Ordnung?«, fragte ich mit zittriger Stimme.

»Ja, Linda und dem Baby geht es gut. Aber du kannst noch nicht zu ihnen. Du solltest jetzt nach Hause. Und sobald dieses Wochenende vorüber ist, kannst du wiederkommen.«

»In Ordnung.«, sagte ich zögerlich, umarmte Casy und Sajara und verließ die Höhle.

Ich war glücklich. Linda und dem Kind schien es gut zu gehen. Ich hätte mich so gerne selbst davon überzeugt, dass es beiden gut ging, aber sie brauchten ihre Ruhe.

An diesem Wochenende machte ich mir natürlich viele Gedanken um Linda und das Baby. Ich wusste nicht einmal, ob es ein Junge oder ein Mädchen war. Als Sajara mir die frohe Botschaft mitgeteilt hatte, war ich nicht dazu in der Lage gewesen, nachzufragen.

Josie besuchte mich am Freitag. Sie schien zu spüren, dass ich nicht ganz ich selbst war und nahm mich mit zum Einkaufen. Es war toll. Ich konnte wirklich für ein paar Stunden alles andere vergessen.

Am darauffolgenden Tag besuchte ich Rob und seine Familie. Ich nahm mir diesmal auch viel Zeit für Rose, die ja schließlich auch meine Freundin war. Rob hatte sich sofort über Linda erkundigen wollen, aber ich hatte ihm zu verstehen gegeben, dass ich es ihm später erzählen würde. Ich konnte mir nie sicher sein, dass Rose und Tiffany es nicht auch hörten. Sie sollten sich keine Sorgen machen und aus irgendeinem Grund hielt ich es für besser, in ihrer Nähe so wenig wie möglich über Sirenen zu sprechen.

»Hast du nächste Woche Samstag Zeit?«, fragte ich ihn, nachdem ich ihm erzählt hatte, dass es Linda und dem Baby gut ging und ich nach Hause gehen wollte.

»Für dich immer.«, antwortete er grinsend.

»Das ist gut. Nächste Woche gehen wir auf eine Party.«

»Eine Party? Ich dachte, das wäre nicht so dein Ding.«

»Nicht so eine Party.«, erklärte ich.»Josies Vater heiratet und sie will uns auf der Party dabeihaben. Als seelischen Beistand.«

Rob lächelte und versicherte mir, dass er mitkommen würde.

Die restliche Zeit bis Montag verging schleppend. Ich konnte es kaum noch abwarten, endlich Lindas Kind zu begegnen. Aber dann war es endlich so weit und ich ging ins Meer. Ich war voller Glück und freute mich so sehr, Linda wieder glücklich zu sehen.

Sajara lächelte, als sie mich sah.

»Schön, dass du da bist! Linda, Eadoin und das Baby sind in ihrem Zimmer.« Ich begrüßte Casy gar nicht, sondern eilte in Lindas Zimmer und dann sah ich *sie*: Dieses wunderschöne, kleine Geschöpf.

Es war ein unbeschreiblicher Moment. Linda winkte mich zu sich herüber. Ich näherte mich ihr vorsichtig.

»Das ist Kenix, unsere kleine Sirene.«, flüsterte Linda und lächelte ihre Tochter an, die in Eadoins Armen schlief.

»Sie ist so schön.«, sagte ich.

Eadoin nickte. Kenix öffnete die Augen und sah mich an. Wie aus dem nichts verzerrte sich ihr Gesicht und sie fing an zu schreien. Es war das Schreien eines leidenden Babys.

»Was ist los?«, fragte Eadoin hilflos.

Ich konnte Kenix' Schreie kaum ertragen. Was war bloß mit ihr?

»Wieso hat sie Schmerzen?«, fragte Eadoin weiter und presste sie ganz fest an sich.

Sajara und Casy waren sofort bei Kenix und sahen sie an.

»Etwas fügt ihr Schmerzen zu.«, sagte Casy und er sah sehr besorgt aus.

»Es ging ihr bis gerade eben gut.«, flüsterte Linda, weil sie keinen Ton mehr von sich geben konnte.

Plötzlich sah ich etwas in Eadoins Augen. Etwas in Lindas Worten schien ihn darauf gebracht zu haben, was nicht stimmte.

»Jane.« Ich sah ihn an. »Komm näher.«

Ich näherte mich ihm und Kenix, die in in seinen Armen lag. Kenix schrie vor Schmerzen und ich fing an zu zittern.

»Zurück!«, schrie Linda plötzlich.

»Es ist...« Sajaras Augen waren voller Leid.

»Nein.«, sagte Casy. »Sie ist es nicht. Es ist das *Zeichen des Wassers*.«

Alleine

Das Nächste, was ich fühlte, war Sajaras Wärme. Sie hielt mich in ihren Armen.

»Jane.«, flüsterte sie.

»Was ist passiert?«, fragte ich.

»Du hast das Bewusstsein verloren.«

Und dann hatte ich wieder alles vor Augen. Kenix, die schrie und Eadoin, der erkannt hatte, dass es an mir lag.

»Es ist nicht deine Schuld.«, sagte Casy ruhig und hielt meine Hand. »Kenix... Sie ist anders als alles, was wir bisher kennen. Ich habe noch nie von Sirenen gehört, die Schmerzen in der Nähe des *Zeichen des Wassers* spüren. Wir verehren das *Zeichen des Wassers*, wir fürchten es nicht.«

»Wo ist sie?«

»Eadoin ist mit Kenix weggeschwommen. Linda ist hier geblieben, um mit dir zu reden.«

»Was soll ich jetzt tun?«, fragte ich hilflos.

»Du kannst nichts tun, Liebling.« Sajara sah mir in die Augen. »Du bist die Wächterin. Deine Aufgabe ist es, das *Zeichen des Wassers* zu hüten und unser Volk zu schützen. Vielleicht wird sich Kenix noch verändern. Sie wird älter werden und sich an all das gewöhnen.«

»Ich könnte es nicht ertragen, wenn sie sich immer von mir fern halten müsste. Ich kann das *Zeichen des Wassers* aber auch nicht ohne Weiteres ablegen. Aber allein der Gedanke daran, dass ich ihr Leid zufüge...«

Ich hatte mir so lange Sorgen um Linda und Kenix gemacht und jetzt war ich diejenige, die ihnen Schmerzen zugefügt hatte.

»Oh nein, Jane. So etwas darfst du nicht denken. Ich bin mir sicher, alles wird sich zum Guten wenden.«

Sajara versuchte mich irgendwie aufzubauen, aber es war vergeblich.

»Wo ist Linda? Ihr habt gesagt, sie sei hier.«

»Sie ist in ihrem Zimmer und wartet auf dich.«

Mit einem mulmigen Gefühl schwamm ich in Lindas Zimmer. Sie lehnte an ihre Hängematte und sah zu Boden. Ich wusste, dass sie traurig war.

»Ich kann das nicht.«, sagte sie leise.

Ich näherte mich ihr vorsichtig und fürchtete immer noch, ihr Schmerzen zufügen zu können.

Sie sah zu mir und umarmte mich fest. Es fühlte sich nicht gut an. Ich wusste, dass sie das tat, weil sie mir nicht wehtun wollte und mir nicht in die Augen sehen konnte.

»Jane, wir können noch nicht ausziehen.«, flüsterte Linda.

»Oh, bitte nicht.«, flehte ich und wusste, was sie als Nächstes sagen würde.

»Ich ertrage es nicht. Ich liebe dich so sehr. Du bist meine verlorene Schwester und ich bin so glücklich, dass ich dich wiederfinden durfte. Ich habe mir geschworen, immer für dich da zu sein und dich nie wieder alleine zu lassen...« Linda drückte mich ganz fest. »Jetzt bin ich Mutter. Und ich muss mein Kind beschützen. Deshalb bitte ich dich um Abstand. Bitte, Jane. Komm nicht hierher, bis wir umgezogen sind. Ich weiß, das ist nicht fair, aber wir können hier noch nicht weg. Kenix' Schreie sind wie Stiche in meinem Herzen und ich muss sie beschützen. Sie ist doch noch so klein. Bitte verzeih mir.« Langsam löste Linda sich von mir und sah mich an.

»Jane, ich werde alles dafür tun, damit wir wieder zusammenkommen können, das verspreche ich. Im Moment geht es aber nicht. Nicht, solange mich Kenix ununterbrochen braucht.«

»Ich war so unfassbar glücklich in letzter Zeit. Das mit der bevorstehenden Verwandlung bereitet mir Sorgen, aber bei dem Gedanken daran, dann mehr Zeit mit euch verbringen zu können, wurden sie kleiner. Ich fühle mich so unglaublich hilflos, Linda.«

Linda umarmte mich wieder und versuchte mich zu trösten.

»Es tut mir so leid. So unendlich leid.«, flüsterte sie immer wieder und hielt mich ganz lange fest. »Dich darum zu bitten, ist mir unglaublich schwer gefallen, aber du bist stark, Jane. Das wusste ich von dem Augenblick an, als ich dich wiedersah.« Dann löste sich Linda von mir. »Du kannst in einer Woche wiederkommen. Bis dahin haben wir sicher etwas gefunden, aber bitte komm nicht zu uns, solange wir nicht wissen, wie wir Kenix von ihren Schmerzen erlösen können.«

Ich nickte. Ich konnte nichts mehr sagen. Langsam schwamm ich zurück zu Casy und Sajara. Sie sahen mich mitleidsvoll an. Ich wusste, dass es ihnen schwerfiel, mich fortzuschicken. Aber es war genau das, was sie tun mussten. Sajara war die Erste, die etwas sagte und die Stille mit ihrer hellen Stimme brach.

»Wir lieben dich. Ich wünschte, das alles wäre nie passiert. Ich weiß nicht, was Kenix hat, aber wir wissen, dass das *Zeichen des Wassers* ihre Schmerzen verursacht. Ich würde dich nie bitten, uns nicht zu besuchen. Ich würde auch nie Linda bitten, zu gehen. Dies ist euer Zuhause.«

Sajara sah mich bei den Worten *Zuhause* an. Vielleicht war sie sich nicht sicher, ob es für mich wirklich mein *Zuhause* war.

»Ich kann das nicht.«, flüsterte sie und verdeckte ihre Augen. Sie drehte sich um und fiel Casy in die Arme.

»Was Sajara zu sagen versucht, ist, dass wir euch beide lieben. Aber Linda braucht unsere Hilfe, damit es Kenix wieder besser gehen kann. Sie können momentan zu niemand anderem. Eadoins Eltern leben viel zu weit weg. Sie können dort mit Kenix nicht hin. Du hast noch ein anderes Zuhause.«

Casy drückte Sajara fest an sich und ließ sie dann los. Er kam auf mich zu und umarmte mich.

»Ich weiß, wie schwer das für dich ist. Du kannst aber nichts dafür, Jane.«, sagte er und sah mir dann in die Augen. »Ich verspreche dir, dass es Kenix bald besser geht und du in ihrer Nähe sein kannst.«

Ich antwortete nicht und löste mich vorsichtig von Casy. Dann umarmte ich Sajara und schwamm so schnell es ging einfach nur davon. Ich wollte nicht denken. An gar nichts. Ich wusste nicht, wo ich hin sollte. Ich dachte an meine Begleiterinnen, aber ich wollte nicht, dass sie sich um mich sorgten. An Land konnte ich auch nicht. Ich wollte niemandem begegnen. Nichts spüren. Als ich noch Mensch war, hatte ich mich im Wasser beinahe so gefühlt. *Taub*. Alles um mich herum konnte ich nur unklar erkennen, völlig verschwommen. Geräusche waren dumpf. Ich fühlte mich glücklich und alles war friedlich und leicht. Aber jetzt konnte ich unter Wasser scharf sehen, alles hören und vor allem atmen. Ich war unglaublich schnell. Ich wurde nicht mehr ungewollt nach oben an die Wasseroberfläche getrieben und konnte mich setzten und auch hinlegen. Vor allem das friedliche Gefühl verspürte ich nicht mehr oft. Ich vermisste es.

»Ist alles in Ordnung?«, fragte mich plötzlich jemand.

Es war Paul. Wie war er plötzlich aufgetaucht? Ich hatte ihn nicht gesehen. Ich wusste nicht mal, wo ich war. Keine Sirene weit und breit, aber er war da. Ich schüttelte den Kopf.

»Was ist los?«, fragte er weiter.

»Linda und das Baby.«

»Oh schön, das Baby ist da. Sind beide wohlauf?«, entgegnete Paul und lächelte.

»Kenix, Lindas Kind, kann nicht in meiner Nähe sein. Sie reagiert auf das *Zeichen des Wassers*. Sie hat Schmerzen.«

Paul sah mich an. Dann nahm er mich in den Arm. An diesem Tag versuchte mich jeder durch eine Umarmung zu trösten. Aber es half nicht. Es konnte nicht helfen, denn dieser Schmerz, den ich verspürte, die Sorgen und die Angst waren tief in mir und lösten sich nicht auf.

»Kommst du mit mir zurück zur Bibliothek?«

Ich schwamm neben Paul her und wir sprachen kein Wort. Ein paar Meter vor seiner Bibliothek befand sich ein großer Felsen. Wir setzten uns und Paul legte seinen Arm um mich.

»Es tut mir wirklich sehr leid.«, sagte Paul dann.

»Du kannst ja nichts dafür. Ich bin es. Ich kann nicht in ihrer Nähe sein.«

»Nein, es liegt nicht an dir. Du darfst das nicht denken.«, meinte Paul.

»Wie kannst du dir da sicher sein? Ich habe nicht die Kraft, das *Zeichen des Wassers* abzulegen und kann es

188

offensichtlich auch nicht beeinflussen, also ist es meine Schuld.«

»Nein, du bist keineswegs schuldig. Du bist eine wunderbare Person. Ich weiß das, weil ich dich liebe.«
Ich sah Paul an.

»Du liebst mich?«, fragte ich und konnte es nicht glauben, obwohl ich so oft an diesen Moment gedacht hatte. Ich hatte ihn gefürchtet.

»Ich weiß, es ist der falsche Zeitpunkt, aber es stimmt. Ich habe mich in dich verliebt.«

»Ich liebe dich aber nicht, Paul. Ich mag dich und ich verbringe auch gerne Zeit mit dir, das weißt du, aber ich empfinde keine Liebe für dich.«, sagte ich.

»Ich lasse dir Zeit. Ich verstehe, dass das alles viel für dich ist im Moment. Aber vielleicht erwiderst du meine Gefühle ja doch eines Tages.«, sagte Paul und presste dann seine Lippen auf meine.
Ich wich zurück.

»Was ist bloß in dich gefahren?«, schrie ich ihn an.
Paul war einfach zu weit gegangen. So kannte ich ihn nicht. So aufdringlich. Ich schwamm weg und dachte daran, weshalb ich diesen Moment so sehr gefürchtet hatte. Ich wusste, dass ich einen guten Freund verlieren würde.

»Jane, warte!«, rief Paul mir nach.
Er war schnell. Schneller als ich.

»Überleg es dir. Ich hätte dich nicht küssen dürfen. Das war falsch von mir, aber bitte, denk über all das nach.«

»Da gibt es nichts nachzudenken, Paul. Ich liebe dich nicht und ich werde dich nicht lieben. Finde dich damit ab.«, sagte ich und schwamm so schnell ich konnte.
Es war nicht meine Art, so mit jemandem zu sprechen. Aber ich war so wütend auf Paul. Ich war so wütend dar-

über, dass er mich geküsst hatte. Meine Lippen, die nur für eine einzige Person bestimmt waren. Über meine Wut hatte ich für einen kleinen Moment lang fast vergessen, was mit Kenix war.

Ich entschied mich, Isabella zu besuchen. Vorher wollte ich nie zugeben, ihre Hilfe zu benötigen. Aber sie war immer für mich da, das hatte sie gesagt. Sie konnte mir am besten helfen.

Sie lächelte mir zu als ich auf sie zuschwamm, aber als sie genauer hinsah, verschwand das Lächeln aus ihrem Gesicht und sie kam auf mich zu.

»Was ist los?«, fragte sie.

Und dann erzählte ich ihr, worum mich Linda gebeten hatte und, dass ich Schuld an Kenix' Schmerzen hatte. Isabella hörte mir zu, ohne etwas zu sagen. Von Paul erzählte ich ihr nichts. Ich konnte es nicht erzählen. Niemand sollte davon etwas wissen.

»Oh, Jane.«, sagte Isabella, nachdem ich alles erzählt hatte. »Du hast es nicht leicht. Aber du darfst dir nicht die Schuld dafür geben. Du kannst nichts dafür. Für manche Dinge kann niemand etwas. Deine Familie liebt dich. Mehr als du es dir vorstellen kannst. Wir haben so lange auf deine Rückkehr gewartet. Es muss ihnen sehr schwer fallen, dich wegzuschicken. Sie haben große Angst. Damals konnten sie dir nicht helfen. Sie waren hilflos. Sie hätten sich gewünscht, sie hätten irgendetwas für dich tun können. Sie haben so unglaublich lange gewartet. So viele Jahre und an jedem Tag haben sie an dich gedacht und sich Sorgen gemacht. Verstehst du, dass es ihnen mit Kenix ähnlich geht? Sie wussten nicht, was mit ihr nicht stimmt. Sie konnten nichts für sie tun. Genauso hilflos, wie du dich gefühlt hast, fühlten sie sich auch. Aber jetzt wissen sie, was sie tun können. Sie haben einen Weg gefunden, Kenix zu helfen. Wenn auch nur vorübergehend. Und deshalb müssen sie es tun. Auf gewisse Weise ist es doch gut, dass sie nun wissen, was Kenix diese Schmerzen bereitet hat.«

Isabella sah mich an und ich erkannte ein kleines Lächeln in ihrem Gesicht. Ich sagte nichts und dachte über ihre Worte nach. Sirenen hatten wirklich einen interessanten Blick auf die Dinge.

»Willst du heute Nacht hierbleiben?«, fragte Isabella dann.

»Nein, danke. Ich werde zurückschwimmen.«, antwortete ich. »Isabella?«

»Ja?«

»Danke.«, sagte ich und konnte plötzlich wieder lächeln.

»Dafür bin ich da.«, antwortete sie und lächelte zurück.

»Wo sind eigentlich die anderen?«, fragte ich, nachdem mir aufgefallen war, dass Isabella und ich alleine waren.

»Sofie und Caroline sind Algen sammeln. Sie müssten gleich zurückkommen. Leslie wollte, so weit ich weiß, in die Bibliothek. Sie ist sicher auch gleich zurück.«

»Du bist als einzige hier geblieben?«

»Ich hatte schon so ein merkwürdiges Gefühl. Ich konnte es nicht genau deuten, aber ich hatte eine Vorahnung, dass du heute kommen würdest, also bin ich hier geblieben.«, antwortete Isabella.

»Das hättest du nicht tun müssen. Ich möchte nicht, dass du wegen mir auf irgendetwas verzichtest.«, erwiderte ich.

»Ich weiß das, Jane, und das ist sehr nett von dir, aber du verstehst das nicht. Es stellt sich mir nicht die Frage, ob ich hier bleibe oder nicht.«, sagte Isabella.

Ich sah sie fragend an.

191

»Zwischen uns fünf existiert ein unsichtbares Band. Ich bin geboren, um für dich da zu sein. Wenn ich meine Aufgabe nicht ausführe, erfülle ich nicht den Sinn meines Daseins. Du glaubst, dass das unser Unglück ist, aber es ist unsere Erfüllung. Dafür bin ich erschaffen worden. Wie könnte ich anders glücklich werden?«

Noch ehe Isabella zu Ende gesprochen hatte, hörte ich ein leises Wimmern, das näher kam. Ich drehte mich um und sah Leslie.

»Was ist los?«, fragte ich völlig schockiert.

»Das wagst du noch, mich zu fragen?« Leslie sah mich eiskalt an.

Isabella schwamm neben sie und versuchte, sie zu beruhigen.

»Was habe ich dir denn getan?«, fragte ich mit zittriger Stimme.

»Ich habe dich gesehen. Mit Paul. Du hast mir ein Versprechen gegeben, Jane. Ich habe dich gebeten, es mir zu sagen, falls du ihn liebst. Du hast gesagt, dass du nichts für ihn empfindest. Warum tust du mir das an? Wieso nur?«

»So ist das nicht. Ich liebe ihn nicht.«

»Und wieso küsst ihr euch dann? Bitte verschwinde von hier. Ich will dich nicht sehen.«, schrie Leslie und verschwand in ihren Raum.

Ich war wie gelähmt und konnte ihr nicht hinterher eilen. Plötzlich waren auch Caroline und Sofie zurück.

»Was ist hier los?«, fragte Sofie aufgebracht und nahm mich in ihre Arme. »Wieso ist Jane so aufgebracht?«

»Leslie hat beobachtet, wie sie Paul geküsst hat.«, antwortete Isabella.

»Ich kümmere mich um Leslie.«, sagte Caroline und schwamm Leslie hinterher.

»Der Paul, den sie zu lieben glaubt?«, fragte Sofie und hielt mich weiter fest.

»Ja, ich denke schon.«

Ich konnte nicht mehr sprechen. Ich hätte so viel sagen müssen, aber ich konnte keinen Ton von mir geben. Ich hörte alles, was Isabella und Sofie sagten, aber ich konnte nicht mit ihnen sprechen.

»Sie hätte wissen müssen, dass sie sich hinten anstellen muss.«, meinte Sofie. »Sie darf sich nicht in denjenigen verlieben, auf den Jane ein Auge geworfen hat. Sie ist die Wächterin. Leslie ist zu dickköpfig.«

»Sie hat sich Hoffnungen gemacht. Was sagst du denn da? Natürlich darf sie sich in die gleiche Person wie Jane verlieben. Gegen die Liebe kann man nun mal nichts tun. Sie hat das gleiche Recht darauf wie Jane. Paul hatte zu entscheiden und er hat sich gegen sie entschieden. Sie ist enttäuscht von Jane. Sie hat ihr ein Versprechen gegeben, das sie nicht halten konnte. Ich kann Leslie durchaus verstehen.«

Sofie nickte.

»Du hast vermutlich recht, Isabella. Ich muss zugeben, ich kann sie auch verstehen. Was sollen wir jetzt tun? Leslie muss sich beruhigen. Sie braucht Zeit. Aber wenn Jane in ihrer Nähe ist, wird es ihr nicht gelingen, all das zu vergessen. Sie muss aber darüber hinwegkommen. Sonst schadet es unserem Bündnis. Es darf keine Disharmonien zwischen Begleitern und Wächtern geben. Das ist unglaublich wichtig. Wir haben keine andere Wahl. Jane muss Leslie Zeit geben.«, entgegnete Sofie.

»Das wird sehr schwierig. Ich habe euch ja mitgeteilt, was mit dem Baby ist.«, meinte Isabella.

»Ja, aber es ist zu gefährlich, wenn sie hierbleibt. Über solche Fälle zwischen Begleitern und Wächtern ist nur wenig bekannt, aber das Band kann möglicherweise reißen und aus tiefer Verbundenheit wird Hass. Leslie neigt dazu, die Kontrolle zu verlieren...«

Plötzlich fühlte ich mich wieder in der Lage zu sprechen.

»Muss ich weg?«, fragte ich leise.

Sofie und Isabella sahen mich an.

»Es geht dir besser.«, stellte Sofie fest.

»Bedeutet das, dass ich euch vorerst nicht besuchen soll?«

»Du solltest nicht hierherkommen. Das stimmt. Aber uns kannst du jeder Zeit sehen. Du musst nur Leslie meiden.«, antwortete Isabella.

»Woher soll ich wissen, ob Leslie da ist oder nicht? Und ihr könnt mich auch nicht bei meiner Familie besuchen. Das bedeutet, dass ich an Land bleiben muss.«

Sofie und Isabella wechselten einen vielsagenden Blick, bevor eine der beiden anfing zu sprechen.

»Du hast recht.«, meinte Sofie anschließend. »Es ist schrecklich, aber es ist nur zu deiner Sicherheit. Leslie ist Kriegerin. Und wenn das Band zerreißt...«

»Ich verstehe das.«, sagte ich leise. »Wie lange wird es dauern? Wie lange kann ich nicht zu euch?«

»Das wissen wir nicht. Es dauert so lange, bis es Leslie besser geht.«

»Sie versteht das aber nicht. Ich liebe...«

»Jane!«, unterbrach mich Isabella. »Das spielt keine Rolle. Leslie ist einfach verletzt. Egal, welche Erklärung es für das, was sie gesehen hat, gibt. Du musst es so akzeptieren, wie es ist. Du würdest es nur schlimmer machen. Du kennst doch Leslie.«

Isabella versuchte vergeblich zu lächeln.

»Isabella hat recht. Leslie braucht Zeit, um darüber hinwegzukommen. Vielleicht dauert es gar nicht lange. Sobald du wieder zu deiner Familie kommen kannst, solltest du Sajara oder Casy vorbeischicken. Sie können uns dann Bescheid sagen, dass du da bist und wir kommen dich dann besuchen.«

»Glaubt ihr nicht, dass Leslie mir für immer böse sein wird? Und wenn auch nicht für immer, dann vielleicht trotzdem für eine ganz lange Zeit?«

»Das bezweifle ich. Leslie hat dir nicht wirklich etwas vorzuwerfen und außerdem ist sie deine Freundin. Sie liebt dich wie eine Schwester. Sie würde nicht mehr glücklich werden, sollte sie dir je etwas antun oder dich verletzen. Deshalb musst du ihr Zeit geben.«

Ich umarmte Isabella und Sofie und schwamm danach an Land. Dort angekommen, nahm ich meine Kleider und rief Mum an, damit sie mich abholen konnte.

Mum war ziemlich schnell da. Ich stieg schweigend ins Auto ein und versuchte, mir nicht anmerken zu lassen, dass es mir schlecht ging. Ich wollte nicht, dass sie sich Sorgen machte. Nicht schon wieder. Ich wollte auch einfach nicht darüber reden. Ich konnte sie nicht mal richtig begrüßen, weil ich wusste, dass ich dann sofort zu weinen angefangen hätte.

Mum sprach kaum ein Wort, vermutlich spürte sie, dass ich nicht reden wollte. Sie schaltete das Radio an und ignorierte mich beinahe. Ich sah ihr an, dass sie genau wusste, wie es in mir aussah. Sie machte sich Sorgen. Aber wie sollte sie mir helfen? Es war eine Sache, bei der sie mir nicht helfen konnte. Ich konnte nichts tun und sie erst recht nicht. Ich musste damit klarkommen, aber schon allein der Gedanke daran machte mich unglaublich wütend. Ich wollte nicht nichts tun können. Ich hätte so gerne alles verändert. Wie ich die Angst tief in meinem

Inneren spürte, wäre ich in diesem Moment nichts lieber als ein Mensch gewesen. Ohne auch nur den Hauch einer Ahnung, dass es Sirenen gab. Ich fühlte mich alleine. So unendlich alleine.

Mum stellte langsam das Radio leiser.

»Du wirst mir nicht sagen, was vorgefallen ist.«

Ich bewegte mich nicht. Ich antwortete auch nicht. Ich atmete bloß leidvoll aus.

»Du musst nicht immer so stark sein, Jane. Ich ertrage es nicht, wenn du nicht mit mir sprichst. Du bist mein Kind und meine Aufgabe ist es, für dich da zu sein. Jane, sprich mit mir!«

»Ich habe solche Angst.«, flüsterte ich dann, damit sie die Trauer und Verzweiflung in meiner Stimme nicht hören konnte.

»Ich habe auch Angst.«, antwortete Mum. »Du kannst dir nicht vorstellen, was für eine große Angst ich habe. Ich habe immer Angst gehabt. Seit dem Tag, an dem ich dich zum ersten Mal in meinen Armen hielt. Ich habe fürchterliche Angst, seitdem ich Phil nicht mehr um mich habe. Ich habe immer Angst, Jane.«

Sie sagte das alles ganz ruhig und nicht vorwurfsvoll. Sie wollte mir bloß das Gefühl geben, dass ich nicht alleine war. Dass es ihr manchmal genauso schlecht ging wie mir.

»Ich bin traurig.«, flüsterte ich dann.

»Ich weiß.« Mum hielt plötzlich für einen Moment inne. »Aber ich werde dich trösten. Ich werde dich immer trösten. Ich werde immer für dich da sein. Solange ich lebe.«

In den nächsten Tagen ging es mir sehr schlecht. Ich konnte nichts essen. Ich wollte nichts sehen. Ich fühlte mich einfach nur elendig. Rob wich natürlich trotzdem nicht von meiner Seite.

Das wollte ich auch nicht. Er war alles für mich. Ich hätte ihn niemals wegschicken können. Er hörte mir zu, wenn ich ihm erzählte, wovor ich Angst hatte. Und er hielt mich fest, wenn ich das Gefühl hatte, nicht mehr weitermachen zu können. Ich erzählte ihm nichts von der Sache mit Paul. Ich hatte ihm auch vorher nie etwas von ihm erzählt, also erwähnte ich ihn auch jetzt nicht. Ich berichtete ihm nur, dass Leslie wütend auf mich war, weil sie glaubte, dass ich mich in denjenigen verliebt hätte, in den sie verliebt war, was ja schließlich der Wahrheit entsprach. Und ich erzählte ihm von Kenix, der es in meiner Gegenwart nicht gut ging.

Rob war besorgt, aber er fragte gar nicht viel weiter nach. Er hörte mir einfach nur zu und dann redete er mit mir. Über alles Mögliche. Es half mir wirklich. Es tat gut, nicht immer an meine Sorgen zu denken. Rob war es auch, der mich überredete, auf die Hochzeit von Josies Vater zu gehen. Eigentlich hatte ich mir schon überlegt, dass ich an dem Tag vorgeben würde, krank zu sein. Ich wollte einfach nicht unter Leute. Dass ich in die Schule gehen musste, reichte mir schon. Gegenüber Josie hatte ich versucht, mir so wenig wie möglich anmerken zu lassen. Und ich gab mir wirklich Mühe. Sie schien nichts zu merken. Ich spürte immer wieder ihre Blicke auf mir und wusste, dass sie mich sehr genau beobachtete, aber ich war mir sicher, dass sie sich nicht erklären konnte, was genau mit mir los war.

»Wir gehen dort hin. Du hast es Josie versprochen.«, meinte Rob.

»Du hast recht.«, stimmte ich ihm zu. »Aber ich habe das Gefühl, dass ich mich gar nicht freuen kann. Mir fällt alles schwer. Ich kann nicht glücklich sein und ich denke, dass sollte man bei so einer Hochzeit doch sein. Mr Shepherd wird nicht erfreut sein, wenn ich dort schlechte Laune verbreite.«

»Das wirst du schon nicht. Hast du etwas anzuziehen?«

»Irgendetwas wird sich schon finden.«, murmelte ich und dachte an meinen vollgestopften Schrank, in dem sich nicht wirklich viel befand, was für eine Hochzeitsfeier geeignet war.

»*Irgendetwas*?« Rob sah mich an. »Wir werden dir etwas *Wunderschönes* kaufen.«

Rob und ich gingen tatsächlich ein Kleid für mich kaufen. Aber es war nicht ganz einfach, ein passendes Kleid für mich zu finden. Jedes noch so schöne Kleid sah an mir nicht wirklich schön aus, weil ich so unglücklich dreinblickte. Ich selbst suchte mir auch kaum ein Kleid aus. Rob machte das und er war darin wirklich gut. Schließlich fand er eins, das einfach nur wunderschön war. Es war apricotfarben und knielang. Unterhalb der Brust befand sich ein Band in einer etwas helleren Farbnuance, das hinter dem Rücken zu einer Schleife gebunden wurde.

»Es passt perfekt zu deiner Haarfarbe.«, meinte Rob und lächelte. »Wenn es dir gefällt, nehmen wir es.«

»Das Kleid ist traumhaft, aber viel zu teuer.«, sagte ich, nachdem ich wieder umgezogen aus der Umkleide kam und einen Blick auf das Etikett geworfen hatte.

»Lass das mal meine Sorge sein.«

Rob nahm das Kleid aus meiner Hand und ehe ich noch etwas sagen konnte, ging er auf eine Verkäuferin zu.

Die Hochzeit von Josies Vater rückte immer näher und langsam fühlte ich mich besser. Ich fing an, nicht mehr jede Sekunde an Kenix, Linda oder Leslie zu denken. Rob kümmerte sich sehr um mich. Jede freie Minute verbrachte er mit mir. Auch Mum war für mich da. Sie machte öfter früher Feierabend. Ich genoss ihre Anwesenheit sehr und wusste diese auch zu schätzen. Ich war mir darüber im Klaren, dass ich nicht mehr all zu viel davon hatte.

Josie besuchte mich auch an einem Nachmittag. Ich gab mir sehr viel Mühe, vor ihr zu verbergen, was ich fühlte. Nach und nach begriff ich, dass sie längst wusste, dass es mir nicht gut ging, sie mich aber nur nicht darauf ansprach. Ich war ihr sehr dankbar dafür, denn das war nicht ihre Art. Josie wollte immer helfen. Sie gab sich sehr viel Mühe, andere glücklich zu machen. Leider vergaß sie dabei oft sich selbst. Sie kannte mich nun schon sehr gut und wusste, dass ich einfach nicht darüber sprechen konnte.

Am Tag der Hochzeit von Mr Shepherd und seiner Partnerin Anna wurde ich früh wach. Ich konnte nicht mehr schlafen, obwohl ich sehr müde war. Ich schob es auf die große Anspannung in letzter Zeit und stand auf. Leise trat ich in den Flur und ging ins Bad. Ich wusch mein Gesicht, um wach zu werden. Anschließend wollte ich die Treppe hinunter gehen, als ich Mum hörte.

»Jane?«

»Ja, Mum?«, antwortete ich und stieg die Treppe wieder hinauf.

»Du bist schon wach.«, stellte Mum fest. Dann sah sie auf die Uhr. »Es ist doch erst Viertel nach fünf.«
Ich nickte.

»Ich kann nicht mehr schlafen.«

»Komm doch zu mir.«, schlug Mum vor und hob ihre Decke hoch.

Ich lächelte ihr zu und legte mich neben sie. Dann deckte sie mich zu, legte den Arm um mich und strich mir durch mein Haar.

»Weißt du, wie lieb ich dich habe?«, fragte sie.

Ich nahm ihre Hand und drückte sie fest.

Ich sah auf die Anzeige von Mums Wecker als ich plötzlich wach wurde. Ich war wohl noch einmal eingeschlafen. Es war nach acht Uhr.

»Mum!«, weckte ich meine Mutter. »Es ist schon nach acht.«

»Ja.«, murmelte Mum und drehte sich wieder um.

Scheinbar hatten wir den Wecker überhört.

»Du musst zur Arbeit, Mum.«

»Nein. Habe ich dir nicht gesagt, dass ich mir ein paar Tage freigenommen habe?«

»Nein.«

»Oh, dann habe ich das vergessen. Sollen wir aufstehen und frühstücken?«, fragte Mum.

»Bleib ruhig liegen, wenn du möchtest. Ich sollte jetzt aber frühstücken, weil ich mich ja auch noch fertig machen muss.«

»Ist schon in Ordnung. Ich stehe mit dir auf.«, sagte Mum und stieg aus dem Bett.

Sie zog sich etwas an und wir gingen nach unten.

»Ich bin froh, dass du dich entschlossen hast, auf diese Feier zu gehen. Es ging dir in letzter Zeit nicht gut und ich freue mich, wenn es dir jetzt scheinbar etwas besser geht.«, meinte Mum, während sie Kaffee kochte.

»Rob hat mich dazu überredet.«, antwortete ich.

Mum nickte leicht enttäuscht. Es hätte sie sicher glücklicher gemacht, wäre ich alleine zu diesem Entschluss gelangt.

»Aber es stimmt, mir geht es schon besser. Ich denke es ist richtig, dort heute hinzugehen. Ich habe es Josie schließlich versprochen.«

»Dann bin ich beruhigt.«, sagte Mum und legte ein paar Scheiben Toast in den Brotkorb. Ich stellte zwei Schachteln Cornflakes auf den Tisch und setzte mich. Nach dem Frühstück duschte ich, zog mich anschließend um und machte meine Haare. Um halb zehn klingelte mein Handy. Es war Rob.

»Muss ich alleine hingehen?«, fragte ich ihn verzweifelt, nachdem er mich begrüßt hatte.

»Was? Nein!«, antwortete er verwirrt. »Obwohl. Hingehen musst du alleine. Wir treffen uns dort. Mein Vater war noch mit mir in der Stadt und fährt mich jetzt bei Josie vorbei.«

»Oh nein.«, raunte ich.

»Ich kann meinem Vater auch sagen, er soll mich bei dir absetzen! Ich dachte bloß, es sei so einfacher...«

»Nein.«, sagte ich leise. »Das ist es nicht. Ich habe gar kein Geschenk für Josies Vater und Anna.«

»Das macht nichts.«, sagte Rob. »Ich habe ja daran gedacht.«

In letzter Zeit hatte ich wirklich an fast nichts anderes als an meine Probleme als Sirene gedacht und dabei die Welt der Menschen, die ich liebte, vergessen. Ich hatte ein schrecklich schlechtes Gewissen.

»Es ist nicht schlimm. Wir gehen zusammen hin und haben ein gemeinsames Geschenk.«, sagte Rob, der meine Gedanken las. »Du solltest gleich los, damit du nicht zu spät kommst.«

»Tschüss mein Liebling.«, verabschiedete sich Mum wenig später und nahm mich in den Arm.

Die Zeremonie war schön. Auch wenn sie es vermutlich nie zugegeben hätte, sah ich wie Josie ein paar Tränen verdrückte, als Anna und ihr Vater zu Mann und Frau erklärt wurden. Ich war mir nicht sicher, ob sie weinte, weil sie so gerührt war, oder weil sie darüber so unglücklich war.

Ich genoss den Abend und hatte viel Zeit, um mit Josie zu reden. Ich hatte mich in den vergangenen Tagen auch ihr gegenüber nicht sonderlich gut verhalten und ich hatte das Gefühl, es auf der Feier wieder gutmachen zu können.

Nachdem bereits ein paar Gäste gegangen waren, verließen auch Rob und ich die Feier. Ich hatte Mum gesagt, dass ich am Abend mit zu Rob gehen würde und sie hatte nichts dagegen gehabt. In letzter Zeit war sie aber auch einfach glücklich, wenn es mir halbwegs gut ging und wenn ich mit Rob zusammen war, ging es mir immer gut.

»Rob, es tut mir leid.«, sagte ich auf dem Heimweg. Rob blieb stehen.

»Was tut dir leid?«

»Es war bestimmt nicht leicht mit mir in den letzten Tagen und ich hätte mich zusammenreißen sollen.«

»Dafür musst du dich nicht entschuldigen. Ich bin gerne für dich da. Ich bewundere dich dafür, dass du versuchst, stark zu bleiben. Für dich ist das alles schon so alltäglich geworden, aber ich weiß, wie schwer es doch für dich sein muss. Du musstest erfahren, dass die Welt, an die du geglaubt hast, gar nicht existiert und dass du kein Mensch bist. Und trotzdem bist du nicht verzweifelt.«

»Aber jetzt...«

»Jetzt geht es dir eben einmal nicht gut, nach all dem, was dir passiert ist. Glaubst du, ich kann das nicht nachvollziehen oder würde deshalb wütend auf dich sein?«

»Nein, aber ich könnte es verstehen und ich wäre auch nicht wütend auf dich. Ich könnte nie wütend auf dich sein.«, sagte ich versöhnlich.

»Gut.«, entgegnete Rob, lächelte mich an und ging weiter.

Ich nahm seine Hand.

»Ich liebe dich.«

»Ich liebe dich auch.«

Am nächsten Morgen frühstückte ich bei den Caristons. Es war sehr schön, mal wieder Zeit mit Rose und Tiffany zu verbringen. Ich hatte nicht wirklich viel Zeit für sie. Wenn ich bei Rob war, nahm ich mir immer Zeit für die beiden, aber es war auch immer schwierig für uns, weil wir uns zusammenreißen und unsere Gefühle unterdrücken mussten.

»Möchtest du noch Milch?«, fragte Rose und lächelte mir zu.

»Nein, danke.«, antwortete ich. »Ich muss jetzt nach Hause. Meine Mutter wartet sicher schon auf mich.«

»Alles klar.«, sagte Rose und stand auf.

Rob und ich standen ebenfalls auf und gingen zur Tür.

Rose umarmte mich lange, als wir uns verabschiedeten und Tiffany nahm mich ebenfalls in den Arm.

Harold winkte mir zu.

»Soll ich dich nach Hause bringen?«, fragte Rob.

»Nein, das brauchst du nicht.«, entgegnete ich und schüttelte den Kopf.

Rob küsste mich und ich ging glücklich nach Hause.

»Mum!«, rief ich, als ich zur Tür hereinkam. »Mum?« Mum antwortete nicht. Sie war bestimmt in ihrem Arbeitszimmer oder unter der Dusche. Ich lief zu ihrem Arbeitszimmer und öffnete die Tür.

»Mum, bist du hier?«

Sie war nicht in ihrem Arbeitszimmer, also ging ich die Treppe hinauf ins Badezimmer, um ihr Bescheid zu sagen, dass ich wieder da war. Ich klopfte an und ging hinein. Doch auch im Badezimmer war niemand. Ich schloss das geöffnete Fenster und rief erneut nach Mum. Wo steckte sie nur? Vielleicht war sie in unserem Keller. Da standen eigentlich nur alte Sachen herum, die wir gar nicht brauchten, aber Mum hatte ein paar Mal erwähnt, dort dringend aufräumen zu müssen. Während ich in den Keller hinunterging, rief ich erneut nach ihr.

»Mum, wo bist du? Ich kann dich nicht hören!« Langsam war ich etwas genervt, sie im ganzen Haus suchen zu müssen. Ich schaltete das Licht an und sah mich um, aber außer Gerümpel war in den paar Räumen nichts.

Wo war Mum bloß? Sie war noch nie einfach weggegangen, ohne mir vorher Bescheid zu geben. Vielleicht hatte sie mir ja eine Nachricht auf dem Esstisch hinterlassen. Ich hatte dort gar nicht nachgesehen. Ich eilte die Treppenstufen hinauf und auf den Glastisch zu. Meine Augen wanderten über die Glasplatte und fanden tatsächlich ein in der Mitte gefaltetes Blatt Papier. Ich beruhigte mich und griff nach dem Papier. Ich faltete es auseinander und las.

Jane,

Paul hat mich entführt.

Ich musste mit ihm kommen.

Um mich zu befreien, musst du ihn aufsuchen und tun, was er sagt. Du darfst niemandem davon erzählen. Andernfalls wird er mich töten.

Ich liebe dich.

Mum

Tiefste Finsternis

Ich begann augenblicklich zu zittern und konnte nicht glauben, was ich gelesen hatte. Paul hatte Mum entführt?

Taubheit machte sich in mir breit. Ich starrte, ohne mich auch nur einen Zentimeter zu bewegen, gerade aus, bis meine Augen so trocken wurden, dass sie zu tränen anfingen. Ich hätte gerne geschrien, aber ich konnte nicht. Warum sollte Paul Mum entführen? Was hatte das für einen Sinn?

Ich musste Mum helfen, aber sie selbst konnte nichts tun. Sie war schwach. Ein einfacher Mensch. Was würde er mit ihr anstellen?

Ich konnte einfach nicht begreifen, was das zu bedeuten hatte. Paul entführte doch keine Menschen! Er könnte so etwas doch niemals Abbie antun. Er war mein Freund. Und dann traf es mich wie einen Schlag: Er *war* mein Freund gewesen. Vielleicht war er wütend, weil ich ihn zurückgewiesen hatte. Aber wieso sollte er deshalb Mum entführen? Ich stand auf und entknitterte das Blatt Papier, das ich noch in meiner Hand hatte.

Was immer Paul von mir wollte, ich würde es tun, um Mum zu retten. Ich liebte sie so sehr.

Am liebsten wäre ich sofort ins Meer gesprungen, aber ich konnte nicht ins Wasser, bevor es tiefe Nacht war. Das Zittern ließ nicht nach und ich versuchte, ruhig zu atmen, um meinen Körper unter Kontrolle zu bekommen. Alles in mir schrie. Tränen liefen mir jetzt über mein Gesicht, aber ich konnte keinen Ton von mir geben. Ich stand bloß da und sah nach draußen in den Regen.

Der Tag schien einfach nicht zu vergehen. Ich wurde immer nervöser und unruhiger. Ich war ganz alleine und wusste nicht, wie weit Paul gehen würde. Meine Familie konnte ich nicht um Hilfe bitten, wenn ich Mums Leben nicht gefährden wollte und außerdem konnte ich sowieso nicht zu ihnen. Das gleiche galt für meine Begleiterinnen. Ich konnte mit niemandem darüber sprechen. Erst recht nicht mit Rob. Ich kannte ihn zu gut. Er würde mich davon abhalten, Paul zu suchen. Er könnte mich nicht gehen lassen. Aber ich musste Mum retten. Ich war die Einzige, die sie retten konnte.

Ich versuchte den ganzen Tag lang, mich auf das Aufeinandertreffen mit Paul vorzubereiten, mir zurechtzulegen, was ich zu ihm sagen würde und wie ich mich am besten verhielt. Aber immer wieder brach ich zusammen und weinte. All das, was mir in letzter Zeit passiert war, war unerträglich gewesen. Ich fühlte mich innerlich zerbrochen und schwach. Wie würde ich in dieser Verfassung Mum befreien können?

Paul war intelligent. Er wusste, was er wollte. Ich hatte ihn scheinbar völlig falsch eingeschätzt. Wie hatte mir das passieren können? Ich hatte ihn meinen Freund genannt und diese Person war in der Lage, meine Mutter zu entführen, weil ich ihn nicht liebte?

Endlich wurde es Nacht. Ich rief mir ein Taxi und ließ mich zum Hafen fahren.

Ich rannte ins Wasser und schwamm so schnell ich konnte zu Pauls Bibliothek. In mir brannte alles darauf, ihn zur Rede zu stellen. Ich sprach mir Mut zu und hielt das *Zeichen des Wassers* ganz fest in meiner Hand. Es würde mir die Kraft verleihen, Paul dazu zu bringen, mir Mum zu übergeben. Das versuchte ich mir zumindest einzureden.

»Paul!«, schrie ich und suchte die Bibliothek nach ihm ab.

Ein paar Sirenen, die sich darin aufhielten, drehten sich nach mir um, sahen dann aber zu Boden, weil sie mich erkannten.

»Paul, ich will mit dir reden!«, schrie ich weiter.

Plötzlich packte mich etwas von hinten und hielt mir den Mund zu. Ich schlug um mich, aber ich konnte mich kaum bewegen.

»Halt still.«, befahl Paul.

Ich hörte auf ihn und bewegte mich nicht weiter.

»Folge mir still nach draußen. Dort können wir reden.«, sagte er und schwamm voran. Ich folgte ihm stumm.

»Warum hast du das getan?«, fragte ich ihn, als wir einen Ort erreicht hatten, von dem aus uns niemand sehen oder hören konnte.

Paul sah mich mit einem furchteinflößenden Blick an.

»Es war so einfach.«, sagte er dann. »So unglaublich einfach. Du hast es mir leicht gemacht. Und doch nicht leicht genug. Das hätte nicht sein müssen, aber du wolltest es nicht anders. Ich habe versucht, es dir so angenehm, wie möglich zu machen. Es lag an dir.«

»Was redest du da? Ich verstehe nicht...«

»Du verstehst so unglaublich wenig von unserer Welt. Du bist ein Mensch, Jane. Was für eine Wächterin bist du? Du weißt fast nichts über uns. Und doch bist *du* die Wächterin des *Zeichens des Wassers*.«

»Was willst du von mir?«, fragte ich ängstlich. »Es tut mir leid. Ich liebe dich nicht. Es tut mir wirklich leid.«

»Glaubst du wirklich, es geht mir darum?«

»Um was geht es dir dann? Du hast gesagt, dass du mich liebst. Du warst wütend, als ich dir sagte, dass ich nicht auch so für dich empfinde.«

»Ich wollte es dir bloß leichter machen. Wenn man verliebt ist, ist alles leicht. Ich bin keine schlechte Sirene. Ich bin nicht böse. Ich bin bloß wütend. Ich habe alles verloren. Meine Familie hat mir so viel bedeutet. Ich habe meine Eltern geliebt und ich konnte sie nicht stolz machen, wie ich es hätte tun sollen.«

»Ich verstehe das nicht. Das mit deinen Eltern ist schrecklich und ich wünschte mir für dich, das alles wäre nie passiert. Aber ich kann nichts dafür. Und meine Mutter erst recht nicht.«, sagte ich und sah in Pauls Augen, die mir Angst machten.

So hatte ich Paul noch nie gesehen. Er sah furchterregend aus. Und er war mächtig. Sehr mächtig und ich kam mir immer schwächer vor.

»Paul, ich glaube nicht, dass meine Liebe zu dir etwas daran hätte ändern können.«

»Denkst du immer noch, es hätte etwas mit Liebe zu tun? Ich liebe dich nicht. Ich habe dich nie geliebt. Es war eine freundliche Geste meinerseits, dir vorzuspielen, ich würde Liebe für dich empfinden. Wie gesagt, ich wollte es dir leicht machen. Du verstehst es wirklich nicht.« Paul schüttelte den Kopf und grinste dabei auf eine komische Art und Weise. Ich wich zurück. »Es gibt immer drei Sirenenneugeborene, die auserwählt sind. Die Eltern spüren das. Aber nur eine Sirene wird Wächter.«

»Du sprichst von dir.«, meinte ich erschrocken.

»Langsam scheinst du zu begreifen. Ich war auch auserwählt. Ich hätte Wächter werden sollen. Aber das ist mir jetzt egal. Ich kann immer noch mächtig werden. Durch dich. Ich kann mir alle Sirenen unterwerfen und meine Eltern stolz machen. Und du warst so leicht zu manipulieren. So durchschaubar. Jetzt habe ich dich da, wo ich dich von Anfang an haben wollte. Wenn du deine Mutter befreien willst, musst du mich heiraten. Wie du weißt, wird durch die Heirat eines Wächters mit einer Sirene die Macht auf beide übertragen.«, erklärte er, betrachtete für einen Moment lang gierig das *Zeichen des Wassers* und fuhr dann fort.

»Du hättest alles viel einfacher haben können. Ich habe so getan, als würde ich dich lieben. Ich hatte gehofft, du würdest dich in mich verlieben. Wir hätten geheiratet und alles wäre gut gewesen. Als ich feststellte, dass du scheinbar keine Gefühle für mich hegst, habe ich rein zufällig bemerkt, dass aber eine deiner Begleiterinnen mehr als angetan von mir ist. Was für ein grandioser Zufall! Ich fing an, mich mit ihr zu treffen, um so einen Keil zwischen euch zu treiben. Denn ich wusste, das würde das Band zwischen euch vieren und insbesondere dich schwächen.«

Paul blickte mir direkt in die Augen. Und ich wich ein Stück zurück. Er schien meine Angst und Hilflosigkeit zu spüren und zu genießen.

»Ich bin stark. Alle auserwählten Sirenen haben besondere Kräfte, auch wenn sie keine Wächter werden. So auch ich. Glaubst du, es ist Zufall, dass Lindas Kind eine Abneigung gegen das *Zeichen des Wassers* hat? Und die Sorgen und Ängste, die du aufgrund dieser Ereignisse hast, machen dich schwach. Du bist nicht in der Lage, gegen mich zu kämpfen, so alleine wie du jetzt bist, Jane. Ich habe dir im letzten Augenblick erneut meine Liebe und die erträglichere Variante angeboten, aber du wolltest sie nicht. Ich weiß, dass du deine Mutter nicht aufgeben

210

wirst. Du liebst sie viel zu sehr, auch wenn sie ein Mensch ist. Das habe ich mit meinen eigenen Augen sehen können. In der Nacht zu Samstag bin ich an Land gegangen und wollte sie abfangen, auf ihrem Weg zur Arbeit, aber sie verließ das Haus nicht. Ihr Auto blieb stehen. Und dann habe ich dich gesehen. Du hast das Haus verlassen. Das war meine Gelegenheit.«

»Bring mich zu ihr!«, schrie ich Paul an.

Ich wollte ihn nicht heiraten. Niemals. Ich liebte Rob. Nie hatte ich jemanden so sehr geliebt wie ihn. Er war die einzige Person, die ich mir vorstellen konnte, jemals zu heiraten.

»Schrei nicht so laut. Ich bringe dich ja zu ihr. Aber du wirst sie nicht befreien können. Wenn du versuchst, gegen mich zu kämpfen, werde ich euch beide töten.«

»Wie hast du sie überhaupt entführen können?«

»Das war ganz einfach. Viel einfacher, als ich es mir vorgestellt hatte. Ich bin so schnell geschwommen, dass sie nur ganz kurz die Luft anhalten musste. Und unterkühlt ist sie auch nicht. Darüber mach dir mal keine Sorgen.«

Paul schwamm voran. Es dauerte eine Weile, bis wir eine Höhle erreichten. Wir schwammen hinein und dann nach oben. Plötzlich konnte ich Sonnenlicht erkennen und wusste, dass Mum, wie auch Dad, in einer Höhle gefangen war, die sich zwar nicht im Wasser befand, aber nur vom Meer aus zu erreichen war. Durch ein paar kleinere Löcher in der Felswand kamen Licht und Sauerstoff hinein.

Ich konnte Mum nicht sehen, weil ich mich sofort aus dem Wasser gezogen hatte. Paul blieb im Wasser und beobachtete meine Verwandlung.

Als ich wieder klar sehen konnte, sah ich Mum, die mit dem Rücken zur Felswand auf dem Boden kauerte.

»Jane, du lebst!«, schrie Mum und umarmte mich. »Paul hat gesagt, dass er dir sofort etwas antut oder dich umbringt, wenn ich nicht mit ihm komme...« Mum stockte und betrachtete mich einen Moment lang ausgiebig. »Geht es dir gut, mein Liebling?«

»Er hat mir nichts getan und er wird dir auch nichts tun. Ich werde tun, was auch immer er von mir fordert. Du brauchst keine Angst zu haben.«

»Nein, Jane. Er hat mich gezwungen, dir diesen Zettel zu schreiben.« Mum sah in Pauls Richtung.
Er war gerade untergetaucht, um Luft zu nehmen.

»Verschwinde von hier!«, flüsterte Mum. »Du brauchst meinetwegen nicht noch einmal ein Leben zu führen, das du nicht willst. Ich wollte dich nur noch einmal wiedersehen, wissen, dass es dir gut geht. Was immer er von dir verlangt, tu es nicht. Ich habe keine Angst vor dem Tod.«

»Was redest du da?« Ich nahm Mums Gesicht in meine Hände und sah ihr tief in die Augen. »Du weißt, dass ich das niemals tun könnte. Ich werde dich, uns beide retten. Ich finde einen Weg.«
Ich richtete mich auf und sah Paul in die Augen. Ich dachte an all die wunderschönen Momente mit Rob und daran, wie sehr ich ihn liebte. Und genau aus diesem Grund nickte ich Paul zu. Robert war die Liebe meines Lebens. Und nicht nur meines vergänglichen Lebens. Ich würde ihn immer lieben. Aber ich wusste, dass er über mich hinwegkommen würde. Irgendwie. Er würde einen Menschen finden, der ihn genauso glücklich macht, wie er es verdiente. Dadurch würde so vieles einfacher für ihn werden.

Ich kannte Rob. Für ihn wäre es unerträglich, mich unglücklich zu wissen. Er würde sich in Gefahr begeben und der Gedanke war für mich schrecklich. Für ihn konnte es auch ohne mich ein Happy End geben. Mum aber würde sterben, wenn ich egoistisch handelte.

»Ich heirate dich. Aber du musst mich zurück an Land lassen.«

Paul sah mich eindringlich an.

»Es ist für dich nur von Vorteil. Ich habe Freunde an Land, die wissen, dass ich Sirene bin, deshalb muss ich das alles langsam angehen. Wenn ich nicht wiederkomme, werden sie sofort wissen, dass ich in Schwierigkeiten bin und glaub mir, sie sind mächtig.«, erklärte ich.

»Mächtige Menschen? Das hört sich sehr widersprüchlich an. Aber ich bin ja nicht herzlos. Ich weiß, dass du deine Mutter nicht hier zurücklassen würdest. Zur Vorsicht wirst du aber bereits deiner Familie und deinen Begleiterinnen mitteilen, dass du dich für mich als deinen Partner entschieden hast und wir heiraten werden.«

»Das geht nicht.«, entgegnete ich. »Linda hat mich gebeten, von Kenix fernzubleiben.«

»Keine Sorge, darum habe ich mich längst gekümmert. Aber wehe, du sagst irgendetwas zu ihnen...«, meinte Paul.

»Ich werde nichts sagen.«, versicherte ich und warf Mum einen letzten Blick zu. Sie sah mich weinend an und ich weinte innerlich.

»Sajara?«, rief ich, als ich die Höhle meiner Familie erreicht hatte.

»Jane?«, hörte ich Sajara meinen Namen rufen.

Sajara kam auf mich zu und umarmte mich lange.

»Ich habe dich so sehr vermisst.«

Dann löste sie sich vorsichtig von mir.

»Linda und Eadoin leben immer noch mit Kenix hier.«, sagte sie, um mich darauf aufmerksam zu machen, dass ich eigentlich immer noch nicht wieder hier sein sollte. Sajara konnte mir das aber nicht ins Gesicht sagen. Sie war zu gutherzig dafür.

»Ich bin bloß hier, um dir zu sagen, dass ich mich verlobt habe.«

»Du hast dich verlobt?« Sajara sah mich an. »Du bist doch noch so jung.«

»Ich habe mich entschieden. Ich werde bald heiraten.« Sajara musterte mich. Irgendetwas gefiel ihr nicht. Sie spürte, dass ich nicht glücklich war, weshalb ich mir viel Mühe gab, um meine Angst und mein Unbehagen zu überspielen.

»Wer ist denn der Glückliche?«, fragte Sajara. »Wir kennen ihn ja noch gar nicht. Du hast ihn uns noch nicht vorgestellt.«

»Nein, wir sind noch nicht sehr lange ein Paar, aber wir lieben uns sehr. Ich möchte mit ihm den Rest meines Lebens verbringen.«

»Jane, weißt du auch, was es für Wächter bedeutet, wenn sie heiraten? Die Macht überträgt sich auch auf den Partner. Bist du dir darüber im Klaren? Viele würden dafür sehr weit gehen. Sei nicht leichtsinnig.«, mahnte Sajara.

»Das bin ich nicht. Keine Sorge. Ich kenne ihn schon längere Zeit. Wir waren schon lange bevor wir uns verliebten Freunde. Ich möchte ihn heiraten. Bitte freu dich für mich.«

»Ich freue mich für dich Jane. Sehr sogar. Aber versteh doch meine Bedenken.«

»Ich verstehe deine Bedenken, aber ich bin mir sicher, dass er der Richtige ist. Ich neige nicht zu naiven Entscheidungen. Wo ist Casy? Ich muss es ihm auch erzählen. Und Linda soll es auch erfahren. Kann ich nicht zu ihr?«, fragte ich und bahnte mir schon den Weg zu ihrem Zimmer.

»Das ist sicher keine gute Idee.«, meinte Sajara und folgte mir.

»Ich habe das Gefühl, dass ich mich jetzt Kenix nähern kann, ohne dass sie Schmerzen verspürt.«

Schon war ich in Lindas Zimmer. Linda war nicht da, aber Kenix lag in ihrer Hängematte und schlief. Mein Herz schlug wie wild, als ich mich ihr näherte. Doch egal, wie nah ich ihr auch kam, Kenix wachte nicht schreiend vor Schmerz auf.

Sajara kam zu mir und konnte es nicht glauben. Ihre Augen strahlten und sie legte mir ihre Hand auf die Schulter. Wenige Augenblicke später waren auch Casy, Linda und Eadoin da. Sajara hatte ihnen über Gedanken mitgeteilt, dass wieder alles gut war. Für einen Moment war ich glücklich, aber nur für einen sehr kurzen Augenblick.

»Du willst heiraten?« Casy sah mich fragend an.

»Ja.«, entgegnete ich.

»Findest du nicht, dass du dafür etwas jung bist?«, fragte Eadoin, nicht ohne ein leichtes Grinsen auf seinen Lippen.

Ich schüttelte den Kopf.

»Das habe ich euch auch gefragt, als ihr mir mitgeteilt hattet, dass ihr heiraten wolltet.«

»Bist du dir denn sicher, dass er der Richtige ist. Du weißt doch, dass durch die Ehe eines Wächters...«

»Ja, ich weiß.«, unterbrach ich Eadoin. »Ich bin nicht naiv und ich weiß, dass er der Richtige ist. Er macht mich glücklich. Ich wünsche mir, ihn zu heiraten. Es ist mir egal, ob ich jung bin oder nicht. Ich bin glücklich und diese Hochzeit bedeutet mir sehr viel.«

»Ich finde, es ist ihre Entscheidung.«, warf Linda plötzlich ein, die sich erst jetzt zu Wort meldete. »Sie ist alt genug. Wenn du dir sicher bist, dann werde ich dich unterstützen.«

Sajara nickte. Casy und Eadoin sahen mich lange und intensiv an. Sie wollten mich vor dem Unheil, das mir bevorstand, beschützen. Und ich musste sie davon abhalten. Es war sehr schwierig, meine Gefühle zu verbergen.

»Ich werde jetzt zu meinen Begleiterinnen gehen und es auch ihnen mitteilen. Morgen stelle ich euch Paul vor.«

»Der Paul?«, fragte Linda.

»Ja, der Paul aus der Bibliothek.«

Linda schien erleichtert.

»Der ist wirklich nett.«

Ich war aufgeregt, als ich mich aufmachte, meinen Begleiterinnen die Neuigkeiten mitzuteilen. Ich wusste nicht, wie sie reagieren würden. Sie kannten mich sehr gut. Ich musste jeden Muskel meines Körpers kontrollieren. Außerdem musste es mir auch bei ihnen gelingen, dass meine Flosse nicht gleich verriet, was ich fühlte. Das würde mir besonders schwer fallen, denn das war es, was ich noch nicht wirklich gut beherrschte. Nur, weil es mir gelungen war, meine Familie zu täuschen, hieß das noch lange nicht, dass auch meine Begleiterinnen nicht bemerken würden, dass ich unehrlich war. Meine Begleiterinnen waren dafür da, um mich zu beschützen, also waren sie die Besten darin, mich zu durchschauen. Es würde sehr schwierig werden, sie zu überzeugen, dessen war ich mir bewusst.

Und auch wegen Leslie machte ich mir Sorgen. Ich wusste nicht, wie sie reagieren würde, wenn ich ihr mitteilte, dass ich vorhatte, Paul zu heiraten.

Ich schwamm in die Höhle meiner Begleiterinnen und ich traf zu allererst auf Leslie.

»Jane!«, rief sie und schwamm auf mich zu. »Was tust du hier?«

»Ich möchte mit Isabella und den anderen reden. Es ist wichtig.«, erklärte ich.

»Wir wollen dich nicht hier haben. Vielleicht werden sie es dir nicht ins Gesicht sagen, aber ich tue es. Verschwinde!«

Ich kämpfte mit mir, denn die Wut und die Trauer stiegen in mir an. Leslie war ungerecht zu mir, aber ich würde stark bleiben.

»Ich bitte darum, dass sie es mir selbst sagen.«, sagte ich.

Leslie kam näher auf mich zu. Wir sahen uns direkt in die Augen und ich konnte ihre Wut und Enttäuschung mir gegenüber sehen. Wie sehr ich mir gewünscht hätte, alles richtig zu stellen. Dass ich Paul nicht liebte und dass das alles sein Plan war. Aber ich wusste, dass es sie noch wütender machen würde.

Leslie starrte mich weiter an. Dann griff sie nach ihrem Dolch, der an ihrem Gürtel hing.

»Das wirst du nicht tun.«, flüsterte ich. »Du bist nicht schlecht und du kannst deine Wut kontrollieren. Du sollst mich beschützen und nicht verletzten.«

»Bist du dir sicher?«, fragte Leslie und spielte ihre Macht, die sie in diesem Moment über mich hatte, aus.

»Du wirst mir nicht wehtun.«, sagte ich bestimmt.

Dann legte sie mir den Dolch an die Kehle. Ich schluckte. Hatte ich sie doch falsch eingeschätzt? Isabella und Sofie hatten mich davor gewarnt. Aber ich hatte es mir nicht vorstellen können.

Ich griff verzweifelt nach dem *Zeichen des Wassers* und ich spürte plötzlich, wie mächtig ich war. Leslie würde mich nicht verletzten können. Ich war stark. Ich hatte Macht über sie. Als sie gerade dazu ansetzen wollte, wieder etwas zu sagen, wurde sie von einer unsichtbaren Macht gepackt und gegen die Wand hinter ihr geschleudert. Sie sank bewusstlos zusammen.

Isabella, Sofie und Caroline waren plötzlich da und schwammen zu mir.

»Was ist passiert?«, fragte mich Sofie.

»Leslie hat mich mit ihrem Dolch bedroht. Doch plötzlich wurde sie von mir weggerissen. Ist sie am Leben?«, fragte ich besorgt.

Caroline schwamm zu Leslie und fühlte ihren Puls.

»Sie ist mit ihrem Kopf gegen die Wand geschlagen und deshalb bewusstlos. Sie wird sicher gleich zu sich kommen. Ich werde mich um die Wunde kümmern.«, erklärte Caroline und brachte Leslie, die noch immer bewusstlos war, in einen der anderen Räume der Höhle.

»Es tut mir leid.«, stammelte ich.

»Was machst du eigentlich hier? Wir hatten dich gebeten, nicht herzukommen. Nun siehst du, was wir bereits prophezeit haben. Leslie hätte dich beinahe getötet. Es ist gut, dass du durch das *Zeichen des Wassers* so mächtig warst, aber es hätte auch anders ausgehen können. Du bist noch eine sehr junge Wächterin. Wer weiß, wie lange es dauert, bis du die völlige Kontrolle über das *Zeichen des Wassers* erlangt hast, wenn es so etwas überhaupt gibt.«, sagte Sofie.

»Ich wollte nicht herkommen. Aber ich muss, denn ich werde heiraten.«, erklärte ich.

Isabella musterte mich. Jetzt musste ich mich konzentrieren.

»Heiraten?«, fragte Isabella. »Du willst wirklich heiraten? Wie kommst du denn auf einmal darauf?«

»Ja, deshalb bin ich hier.«, sagte ich und sah in Isabellas Augen.

Es war schrecklich für mich, ihr das Gefühl zu geben, mit ihren Gefühlen falsch zu liegen, aber ich musste es tun.

»Wen?«

»Paul.«

»Den Paul?«

»Ja, ich werde Paul heiraten. Ich liebe ihn und er bedeutet mir alles.«

»Du bist doch noch so jung.«, meldete sich Sofie zu Wort.

»Warum behaupten alle, ich sei zu jung dafür? Ich bin nicht zu jung dafür. Ich weiß, was ich tue und ich werde ihn heiraten. Es würde mir sehr viel bedeuten, wenn ihr euch für mich freuen könntet. Aber, wie ich sehe, ist das nicht so. Ich werde ihn auch heiraten, wenn ihr damit nicht einverstanden seid.«, sagte ich wütend.

»Wir sind glücklich, solange du glücklich bist.«, erwiderte Isabella beschwichtigend. »Aber du musst verstehen, dass wir dich vor Unheil schützen wollen. Du kennst dich nicht so gut in unserer Welt aus. Wir wollen nicht, dass du ausgenutzt wirst oder dass dir dein Herz gebrochen wird. Du bist sehr zerbrechlich trotz deiner Macht, Jane. Und ich würde es nicht verkraften, wenn ich nicht alles versucht hätte, um dich vor Gefahren zu schützen. Das ist meine Aufgabe. Ich muss sie erfüllen, verstehst du das?«

»Ich verstehe das, aber ich weiß, was ich tue.«, sagte ich und versuchte, mich zu beherrschen.

»Ist er dein Seelenverwandter?«, fragte Sofie und sah mir dabei in die Augen. »Sirenen spüren so etwas. Spürst du das Gefühl der Vertrautheit, wenn du in seine Augen siehst? Kannst du völlig du selbst sein, wenn du bei ihm bist? Versteht ihr einander ohne Worte? Ist er dein Zuhause? Macht er dich vollkommen? Wenn du diese Fragen mit ja beantworten kannst, dann heirate ihn!«

Ich wusste, dass Sofie spüren würde, wenn ich diese Fragen für Paul beantwortete und somit bemerken würde, dass ich log. Deshalb dachte ich an Rob. Und schloss die Augen. Ein aufrichtiges Lächeln legte sich auf meine Lippen bei dem Gedanken an ihn. Ich öffnete die Augen und sah Sofie an.

»Ja.«

Isabella sah mich noch eine ganze Weile an. Sie wusste, dass irgendetwas nicht stimmte. Sie spürte es, aber ich war zu gut. Ich hatte mich vorbereitet. Ich wusste, wie ich meinen Körper kontrollieren würde und es hatte funktioniert. Ich dachte einfach bloß an Rob, wenn ich von Paul sprach. Ich hatte sie alle getäuscht.

»In Ordnung. Es gilt eine Hochzeit vorzubereiten.«, sagte Sofie dann und klatschte aufgeregt in die Hände.

»Was für eine Hochzeit?«, fragte Leslie plötzlich.

Ich hatte sie gar nicht bemerkt.

»Geht es dir besser?«, fragte Isabella.

»Ja, es geht mir gut. Ich bin schließlich Kriegerin.«

Ich wich ihren Blicken aus, denn ich konnte nicht glauben, dass sie versucht hatte, mich zu verletzten. Alle freundschaftlichen Gefühle ihr gegenüber waren fort. Ich konnte sie bloß noch in meiner Nähe dulden. Ich verstand zwar ihre Wut, aber nicht, wie sie wegen Paul mich hatte

220

töten wollen. Ich hatte fürchterliche Angst um mein Leben gehabt und darüber hinwegsehen, konnte ich einfach noch nicht.

»Jane wird heiraten.«, sagte Sofie.

»Wie schön.«, sagte Caroline, die neben Leslie stand.

»Du heiratest Paul?«, fragte Leslie und sah mich an.

»Ja.«, sagte ich ruhig.

»Also hatte ich recht.«, entgegnete sie und sah mich böse an.

Ich antwortete nicht, denn sie hatte nicht recht. Ich musste lügen, aber es änderte nichts an dem, was wirklich geschehen war. Ich wollte sie auch nicht weiter reizen und ließ ihre Schlussfolgerung offen im Raum stehen.

»Reiß dich zusammen, Leslie.«, mahnte Isabella. »Du musst dich nicht mit ihr freuen, das verstehen wir, aber du solltest dich zurücknehmen, schließlich hast du versucht, unsere Wächterin zu töten.«

»Ich wollte sie nicht töten.«, sagte Leslie. »Ich hätte ihr nichts getan.«

»Bist du dir sicher? Du weißt, wie schwer es dir fallen kann, dich zu kontrollieren.«, fragte Sofie und warf Leslie einen wütenden Blick zu.

Leslie ließ diese Bemerkung scheinbar kalt.

»Los, lasst uns die Hochzeit organisieren, es ist noch viel zu tun. Wann soll sie stattfinden?«, fragte Isabella. »Übermorgen.«

»Übermorgen?«

Meine Begleiterinnen einschließlich Leslie sahen mich schockiert an.

»Ist das ein Problem?«, fragte ich, ohne auf die entgeisterten Gesichter meiner Begleiterinnen zu achten.

Sie machten sich Sorgen und ihr Verdacht, dass etwas

nicht stimmte, verschärfte sich.

»Es ist noch viel zu tun. Warum hast du es so eilig?«
Isabella ließ einfach nicht locker.

»Ich liebe ihn. Warum also lange warten? Je eher das geschieht, umso schneller kann sich Leslie daran gewöhnen. Außerdem sollte es eine Überraschung sein. Die Feier wünsche ich mir ganz schlicht und einfach und nur mit euch und meiner Familie.«

Meine Begleiterinnen nickten. Ich hatte es geschafft. Ich war so wütend auf mich selbst. Ich hätte Paul am liebsten schon am nächsten Tag geheiratet. Je eher ich es hinter mir hatte, umso besser. Aber ich musste mich noch von Rob trennen und mich irgendwie verabschieden. Und bei dem Gedanken daran, zerriss es mich. Ich wäre lieber gestorben, als das zu tun, aber ich wusste, dass es in dieser Situation das Beste war.

»Ich schwimme jetzt zurück. Sagt bitte meiner Familie Bescheid. Und danke, dass ihr euch um die Vorbereitungen kümmert.«

Ich duschte und legte mich anschließend in mein Bett, sobald ich Zuhause war. Ich zitterte am ganzen Körper und konnte nicht schlafen und erst recht nicht aufhören zu weinen. Ich dachte nur an Rob. Er hatte mein Leben zu etwas Besonderem gemacht. Ihm verdankte ich so viel. Ich hätte Paul alles gegeben, aber Rob zu verlassen, war das Schlimmste, was er von mir verlangen konnte. Ich versuchte daran zu denken, dass es Rob viel besser gehen würde ohne eine Sirene an seiner Seite. Er würde wieder glücklich werden und jemand anderes so glücklich machen, wie er mich glücklich gemacht hatte. Er würde eines Tages heiraten und vielleicht Kinder haben und nie wieder an mich denken. Ich würde nur noch eine blasse Erinnerung an eine schöne Zeit sein. Mehr nicht.

Voller Angst stand ich am Morgen auf. Ich zog mich an, aß eine Schüssel Cornflakes und wartete auf Rob. Ein letztes Mal würde ich mit ihm Hand in Hand gehen. Ihn ein letztes Mal küssen.

Es klingelte. Langsam ging ich zur Tür. Ich versuchte zu lächeln. Ich öffnete die Tür und umarmte ihn.

»Was ist, Jane?«

»Nichts.«, sagte ich und beruhigte ihn. Ich löste mich von ihm und lächelte ihn an. »Es ist alles in Ordnung. Ich freue mich nur, dich zu sehen.«

Rob sah mich an.

»Können wir los?«, fragte Tiffany.

Ich nickte ihr zu. Dann gingen wir und sprachen kaum ein Wort.

»Ich muss heute etwas mit dir besprechen.«, kündigte ich dann an.

»Worum geht es?«, fragte Rob.

»Es ist wichtig. Kommst du nachher zu mir?« »In Ordnung.«

Als ich später wieder zu Hause war, konnte ich meinen Körper kaum noch kontrollieren und zitterte ununterbrochen. Ich wäre am liebsten einfach bloß gestorben, um diesen Schmerz nicht mehr ertragen zu müssen. Ich wollte Rob nicht ein zweites Mal denselben Schmerz zufügen, aber das Einzige, was es für mich möglich machte, es doch zu tun, war die Gewissheit, dass ich Rob niemals wieder verletzen würde, weil ich nicht wieder zurückkehren könnte und, dass ich Mum damit retten würde.

Irgendwann am Abend klingelte es an der Haustür erneut. Ich ging zur Tür und atmete tief durch.

»Hallo.«, sagte ich kaum hörbar und ließ Rob herein.

»Du wolltest mit mir reden.«

»Ja.«, erwiderte ich und ging voran in mein Zimmer. Mein Herz schlug mir bis zum Hals. Ich musste mich zusammenreißen.

»Was ist los?«, fragte Rob besorgt und griff nach meiner Hand.

Ich wich zurück und wagte es nicht, in sein Gesicht zu sehen. Er wartete auf eine Reaktion von mir und ich konnte seine Sorge förmlich spüren.

»Es geht nicht mehr.«, flüsterte ich beinahe und brach damit die Stille.

»Was geht nicht mehr?«

Rob sah mich irritiert an. Ich konnte in seinem Blick erkennen, dass er ahnte, was ich vorhatte.

»Das mit uns.«

»Was redest du denn da? Wir lieben uns!«, sagte Rob und sah mich fragend an.

»Es tut mir leid.«

Ich fing an zu weinen.

»Aber am Wochenende war doch noch alles in Ordnung zwischen uns...«

»Ich wollte es dir nicht so schwer machen.«

Ich konnte nicht glauben, was ich da sagte, aber es kam einfach aus meinem Mund heraus. Ich wollte all das nicht sagen, aber ich musste es tun.

»Nicht so schwer machen.«, wiederholte Rob.

»Ich habe mich verliebt.«, flüsterte ich kaum hörbar, doch Rob musste es gehört haben, denn seine Hände verkrampften sich. Ich tat ihm schrecklich weh und ich hasste mich dafür.

224

»In wen?«

»In jemanden, der besser zu mir passt. Eine Sirene. Lange habe ich versucht, zu verdrängen, dass ich durch und durch Sirene bin, aber das ist, was ich bin und Menschen und Sirenen sind nicht für einander geschaffen.«

»Jane, ich kann das alles nicht glauben. Wenn ich mir bei einer Sache immer sicher war, dann bei der, dass wir perfekt füreinander sind. Und du weißt das auch. Vielleicht ist das alles nicht ganz einfach, aber wir werden das schaffen.«

Ich sah in Robs Augen.

»Es tut mir leid, Rob. Du hältst mich davon ab, zu sein, wer ich wirklich bin und auch sein sollte. Das ist nicht gut für mich und das habe ich jetzt erkannt. Ich liebe dich nicht mehr.«

Und dann hatte ich es gesagt. Mein Herzschlag setzte für einen Moment aus. Rob sah mich weiter an.

»Es ist besser, du gehst.«, sagte ich.

Rob ging langsam zur Tür. Er öffnete die Tür und drehte sich noch einmal zu mir um.

»Du bist mein Leben.«, sagte er und schloss die Tür hinter sich.

Ich merkte nur noch, wie mein Körper zu Boden fiel. Ich konnte nichts mehr fühlen. Ich sah nur Robs Gesicht. Seine Augen. Seinen Mund. Seinen verletzten Ausdruck.

Ich blieb auf dem Boden liegen. Irgendwann begann ich zu frieren. Ich zitterte am ganzen Körper. Ich setzte mich auf und rieb meine Arme, aber die Kälte verschwand nicht. Ich ging in mein Zimmer und wickelte mich in eine Decke ein. Die Kälte blieb und ich stellte fest, dass es nicht an der Temperatur lag. Es war innere Kälte. Es fühlte sich an, als sei mein Herz erfroren. Und kaltes Blut floss durch meine Adern, meinen ganzen Körper durchströmend und jedes letzte bisschen Wärme auslöschend. Rob war die Sonne, die Wärme in meinem Leben gewesen und ich hatte ihn fortgeschickt.

Ich schloss die Augen. Jetzt, wo ich sowieso nur noch Kälte spürte, würde es mir leichter fallen, Paul zu heiraten. Nichts hatte mehr eine Bedeutung für mich. Und sobald ich Mum befreit hatte, würde ich nicht mehr leben wollen. Ich war mir sicher, dass ich ohne Rob nicht leben wollte. Nicht leben *konnte*. Er aber ohne mich. Meine Mutter würde gerettet sein, ich würde Dad befreien lassen und mich anschließend von meiner Familie und meinen Freunden verabschieden.

Mein Leben lang hatte ich den Tod gefürchtet und mir Gedanken darüber gemacht. Aber jetzt hatte ich davor keine Angst mehr. Ich hatte das verloren, was mir am wichtigsten gewesen war und ich wusste, dass ich es niemals ersetzen könnte. Eine Freundin von Mum hatte mal in der für Mum so schweren Zeit zu ihr gesagt, dass für sie das Leben viel zu schön sei, als es aufzugeben. Wenn ihr Mann sie verlassen würde, wäre sie traurig, aber sie würde immer wieder jemand anderes finden und wieder glücklich werden. Mum hatte sie immer nur angesehen und genickt. Mum sah das anders, aber ihre Freundin hätte das nicht verstanden. Denn, so sagte sie es mir, wer nicht die eine, unendliche Liebe erfährt, wird es nicht verstehen.

Schon damals hatte ich mir geschworen, wenn ich jemanden wie Rob finden würde, ihn nie zu verlassen und bis in alle Ewigkeiten zu lieben. Das klang vielleicht kitschig, aber ich hatte es mir geschworen. Und dann war ich Rob begegnet. Und obwohl er derjenige war, den ich gehofft hatte, irgendwann zu finden, hatte ich meinen Schwur gebrochen. Ich hatte die große Liebe gefunden und sie nun durch mein eigenes Handeln verloren. Wie könnte ich weiterleben? Ich fürchtete nicht länger den Tod, sondern das Leben. Ein Leben ohne Rob.

Der Wecker klingelte und ich stand auf. Ich hatte in dieser Nacht kaum Schlaf gefunden. Ich zog mich an, ging ins Bad und ging dann früher als sonst zur Schule. Ich aß nichts, denn ich konnte nicht essen.

In der Schule konzentrierte ich mich so gut wie lange nicht mehr. Ich versuchte einfach, nicht an Rob zu denken. Es gelang mir natürlich trotzdem nicht.

Josie merkte, dass es mir nicht gut ging. Ich sah sicher schrecklich aus.

»Also stimmt es?«, fragte Josie.

Ich sah sie an.

»Hat Rob dich angerufen?«

Ich fuhr an meinen Hals. Ich trug noch immer die Kette, die Rob mir zu meinem siebzehnten Geburtstag geschenkt hatte. Ich zog sie aus und steckte sie in meine Hosentasche.

»Ja. Was ist denn nur los? Ich weiß so gut wie kein anderer, wie sehr du ihn liebst. Du bist verrückt nach ihm. Wieso hast du dich von ihm getrennt?«

»Es ging nicht mehr.«, sagte ich leise.

»Robert ist völlig fertig, Jane. Er liebt dich so sehr. Ihr seid ein so wunderbares Paar. Bitte gib euch nicht auf. Ihr seid für einander gemacht. Das wusste ich vom ersten Augenblick an.«

»Ich liebe ihn nicht mehr, Josie. Ich kann daran nichts ändern. Es ist nun mal so. Bitte lass uns nicht weiter darüber reden.«

Josie sah mich an. Sie hätte am liebsten tausend Sachen gesagt und mich geschüttelt, um mich zur Vernunft zu bringen, aber sie ließ es. Sie nahm mich einfach in den Arm und ich ließ mich von ihr trösten. Ich konnte nicht weinen. Ich konnte nichts sagen. Ich lag einfach in ihren Armen.

Sternenleere Nacht

»Du hast deiner Familie gesagt, dass wir heiraten?«, fragte Paul, als ich nachts bei ihm war.

»Ja. Wir heiraten morgen.«, antwortete ich und ging, nachdem ich mich verwandelt hatte, auf Mum zu.

»Du scheinst es eilig zu haben.«, stellte Paul fest.

»Ja, ich kann es kaum erwarten.«, sagte ich kalt.

»Geht es dir gut?«, wandte ich mich dann Mum zu.

»Ja, es geht mir gut, aber um dich mache ich mir große Sorgen.«, sagte Mum und strich mir durchs Haar. »Was ist mit Rob?«

Zum Glück wusste Paul nichts von Rob und er war zu weit entfernt, um unser Gespräch mitzuhören.

»Ich habe mich von ihm getrennt. Es ist viel sicherer für ihn, wenn er hiervon nichts weiß. Er würde es nicht ertragen zu wissen, dass ich ihn liebe und Paul gar nicht heiraten will. Er würde versuchen, mir zu helfen und dabei vielleicht sein Leben riskieren.«

»Bereits morgen zu heiraten, ist gar keine so schlechte Idee. Du hast recht. Umso eher kann auch ich endlich über die Macht des *Zeichens des Wassers* verfügen.«, sagte Paul, der sich ebenfalls verwandelt hatte, vorsichtigen Schrittes auf uns zukam und grinste.

»Ich werde dir als deine Partnerin keine Freude bereiten.«, entgegnete ich. »Das solltest du bedenken.«

»Jane, stürz dich nicht ins Unglück. Ich habe keine Angst davor zu sterben, wenn ich weiß, dass du dadurch ein glückliches Leben führen kannst...«

»Mum!«, unterbrach ich sie. »Für dich wäre es vielleicht kein Problem, aber ich könnte damit nicht leben. Und glaubst du nicht, er würde einen anderen Weg finden, zu bekommen, was er möchte? Dein Tod wäre vermutlich völlig sinnlos.«

»Ich brauche dich jetzt.«, sagte ich dann zu Paul. »Ich muss dich meiner Familie und meinen Begleiterinnen vorstellen und du musst ihnen das Gefühl vermitteln, dass du eine liebenswerte Sirene bist und nur das Beste für mich willst. Gib dir bitte Mühe.«

Er nickte.

»Das wird mir nicht schwerfallen.«

***

»Sajara, Casy, das ist Paul.«, stellte ich ihn wenig später meinen Eltern vor. Linda, Eadoin und Kenix waren gerade nicht da.

»Du willst unsere Tochter heiraten?«, fragte Casy und sah sich Paul genau an.

»Ja, ich bitte darum.«

Paul hielt meine Hand und war dicht neben mir. Ich konnte es kaum ertragen.

»Jane scheint dich sehr zu lieben.«, sagte Sajara.

»Und ich liebe sie über alles.«

Dann sprachen sie nicht länger in Englisch miteinander. Ich weiß nicht, was sie Paul alles fragten und wissen wollten. Ich sah die drei etwas hilflos an.

»Keine Sorge, sie mögen mich.«, sagte Paul, als wir einmal unbeobachtet waren.

»Wieso habt ihr nicht weiter Englisch gesprochen?«, fragte ich.

»Sie haben mich ausgefragt und mir mehrmals gedroht. Sie wollten sicher nicht, dass du das mithörst.«

»Was haben sie dich gefragt?«, wollte ich wissen.

»Sie haben mich gefragt, warum ich dich unbedingt so schnell heiraten möchte und ob ich es auf die Macht, die mir dadurch zu Teil wird, abgesehen habe, was ich natürlich von mir gewiesen habe. Und sie wollten wissen, ob wir uns Kinder wünschen.«

»Das ist das Letzte, was ich mir mit dir wünsche.«, sagte ich wütend.

»Ich weiß. Ich habe es auch nur bejaht, damit sie uns glauben, dass wir uns lieben. Ich verlange nur von dir, mich zu ehelichen, mehr nicht.«

»Es ist schön, dass ihr euch gefunden habt.«, sagte Sajara, als sie auf uns zukam. »Wann wirst du morgen hier sein?«

»Um wie viel Uhr wird die Feier stattfinden?«, fragte ich zurück.

»Um drei Uhr eurer Zeit. Das haben deine Begleiterinnen so geplant. Sie wissen ja, dass du nur nachts kommen kannst.«

»Dann werde ich um zwei Uhr hier sein. Ist das früh genug?«

»Ich denke schon. Wir kümmern uns ja um alles.«, antwortete Sajara. »Ich habe dir übrigens ein wunderschönes Gewand besorgt.«

»Danke.«, entgegnete ich. »Langsam muss ich zurück. Richtet bitte Eadoin, Linda und Kenix schöne Grüße aus.«

»Wollt ihr nicht noch bleiben?«, fragte Casy. »Linda und Eadoin sind doch noch gar nicht mit Kenix zurück.«

»Nein, es tut mir leid. Ich muss zurück.«, antwortete ich.

»Jane, wenn du schon heiratest, bedeutet das, dass du bald für immer hierbleiben wirst?«, fragte Sajara. Ich konnte in ihrer Stimme hören, dass sie sich das wünschte. Ich schluckte.

»Wenn ich achtzehn bin. Vorher möchte ich noch regelmäßig an Land. Ich muss mich nach und nach von meinen Freunden dort lösen. Und ich will Abbie noch nicht alleine lassen. Und Paul hat gesagt, er hat absolut nichts dagegen.«

Ich genoss den kleinen Moment, in dem ich Macht über ihn hatte. Er konnte nichts anderes tun, als mir vor meinen Eltern zuzustimmen. Dennoch sah Paul mich eigenartig an. Nicht boshaft, fast so, als würde er mich tatsächlich sehr gut verstehen.

Sajara und Casy nickten.

»Dann bis morgen. Ich freue mich schon.«, sagte Sajara und umarmte mich.

Auch Casy umarmte mich und lächelte mir zu.

»Ich bin stolz auf dich.«, sagte er und mein Magen zog sich zusammen.

Paul und ich verließen gemeinsam die Höhle meiner Familie.

»Ich habe ein paar Freunde von mir eingeladen. Sie wissen auch nichts von der Sache, wie du dir ja vorstellen kannst, also benimm dich ihnen gegenüber ganz normal.«, bat mich Paul.

232

»Okay, stell sie mir aber bitte rechtzeitig vor.«

Später zuhause im Bett fühlte ich mich elendig. Ich konnte mit niemandem über meine Angst reden. Ich dachte stets nur daran, wie ich Paul vor allen Versammelten ewige Liebe schwören und ihn anschließend küssen würde. Irgendwann übermannte mich der Schlaf, weil ich bereits in den vergangenen Nächten kaum geschlafen hatte. Ich hatte mich lange daran gewöhnen müssen, nachts weniger zu schlafen. Mir blieben immer nur ein paar Stunden. Aber nach der Schule entspannte ich mich oder schlief ein wenig. Die Tage zuvor hatte ich aber auch nach der Schule nicht entspannen oder schlafen können. Ich hatte es nicht geschafft, das Gedankenkarussell in meinem Kopf zu stoppen. Zu viele Gedanken, die sich alle nur um Rob drehten.

»Was machst du hier?«, fragte ich völlig erstaunt, als ich die Tür öffnete und Tiffany davor stand.

»Ich wollte dich ein Stück begleiten. So wie wir es immer getan haben.«, erklärte sie.
Rob und Tiffany gingen nicht auf die gleiche Schule wie ich und wir gingen immer nur einen Teil des Schulwegs gemeinsam, ehe sich unsere Wege trennten.

»Das musst du nicht.«, sagte ich.

»Nur, weil du dich von meinem großen Bruder getrennt hast, heißt das nicht, dass wir keine Freunde mehr sind, auch wenn ich dich nicht verstehe. Ich werde trotzdem für dich da sein.«
Ich versuchte ihr zuzulächeln, aber es funktionierte nicht.

»Wo ist Rob?«, fragte ich sie vorsichtig.
Normalerweise gingen Rob und Tiffany immer zusammen zur Schule.

»Dad fährt ihn zur Schule. Gestern hat er uns auch gefahren, aber heute wollte ich mit dir gehen. Sag mir, was los ist. Rob geht es nicht gut. Wieso hast du dich von ihm getrennt?«

»Ich liebe ihn nicht mehr.«, antwortete ich.

»Das glaube ich nicht. Am Samstag hast du noch bei uns übernachtet.«

Tiffany musterte mich ganz genau, während sie das sagte.

»Hör zu, Tiffany. Das Letzte, was ich will, ist deinen Bruder verletzen. Das musst du mir glauben. Aber es ist nun mal so, wie es ist. Ich liebe ihn nicht mehr.«

»Er leidet sehr.«, sagte Tiffany dann.

»Ich weiß.«, entgegnete ich leise. »Aber ich kann nichts tun.«

»Bist du dir sicher, dass du ihn nicht liebst?«

Ich sah Tiffany an. Sie war traurig und machte sich Sorgen um ihren Bruder.

»Ja.«, hauchte ich, denn ich hätte es nicht mit mehr Kraft sagen können.

Josie versuchte mich zu beschäftigen. In jeder freien Minute redete sie mit mir und für wenige Augenblicke schaffte sie es auch, dass ich vergaß, was mir bevorstand.

»Ist es wegen Rob?«, fragte sie einmal, als ich ihr nicht antwortete und einfach nur in die Ferne starrte.

Ich nickte.

»Du denkst immerzu an ihn.«

»Das stimmt.«, antwortete ich. » Ich liebe ihn nicht mehr und doch war und ist er mir wichtig. Ich fühle mich sehr schlecht wegen dem, was ich ihm angetan habe. Ich wünschte, alles wäre anders. Ich wollte ihm nicht wehtun.«

»Das weiß ich doch. Und er weiß es auch. Manchmal lassen sich die Dinge nicht ändern. Und vielleicht gibt es ja für euch doch noch ein Happy End.«

»Für uns beide gibt es kein Happy End.«, sagte ich bestimmt. »Es ist vorbei und es gibt kein Zurück.«
Für uns beide gab es kein Happy End, aber vielleicht für ihn. Ohne mich.

Nach der Schule erledigte ich meine Hausaufgaben und legte mich dann ins Bett. Ich wollte einfach nur schlafen und nicht an all das denken, was ich noch zu überstehen hatte. Ich wusste, dass ich sicher nur schwer einschlafen könnte, aber ich wollte es versuchen. Ich lag lange wach und versuchte an irgendetwas anderes zu denken, aber bei meinem Leben war das schwer. Die meiste Zeit verbrachte ich im Meer, in der Schule und mit Rob.

Plötzlich bemerkte ich, dass ich wieder meine Bauchschmerzen bekam. In letzter Zeit hatte ich kaum noch Bauchschmerzen gehabt. Vielleicht lag es am *Zeichen des Wassers*. Seitdem ich es bei mir trug, hatte ich kaum noch etwas gespürt. Aber jetzt hatte ich große Schmerzen. Trotzdem nahm ich nicht gleich eine meiner Tabletten, denn die Schmerzen lenkten mich von meinen vielen Gedanken ab und irgendwann schlief ich ein.

Ich hatte mir den Wecker auf ein Uhr gestellt und wurde durch das Piepsen abrupt geweckt. Ich ging ins Bad und wusch mir mein Gesicht. Dann zog ich mich an und rief mir ein Taxi.

Sajara war ganz aufgeregt, als sie mich sah. Sie war sehr glücklich und ich musste mir jetzt alle Mühe geben, noch glücklicher auszusehen.

»Komm mit, ich zeige dir, was ich dir zum Anziehen ausgesucht habe.«

Ich folgte Sajara und sie zeigte mir ein wunderschönes Gewand. Es bestand aus ganz vielen unterschiedlichen bunten Muscheln.

»Danke, Sajara.«, sagte ich und umarmte sie. »Es sieht wirklich toll aus. Es passt perfekt.«

»Du solltest es trotzdem erst einmal anprobieren.«, empfahl mir Sajara und ich zog es an.

»Du siehst großartig aus!«, rief sie emotional, als ich mich ihr zeigte. »Ich freue mich so für dich. Ich kann es immer noch nicht glauben, dass auch du schon heiratest.«

»Ich weiß, es kam alles sehr plötzlich, aber ich wünsche mir nichts sehnlicher.«, sagte ich und lächelte.

»Sofie und Isabella werden auch gleich hier sein. Sie wollten dir die Haare machen, wenn du nichts dagegen hast.«

»Nein, das können sie wirklich gut.«, entgegnete ich.

»Was ist eigentlich mit Leslie, Jane? Denkst du, sie wird es verkraften?«

»Es macht mich traurig, was mit ihr ist, aber Paul liebt mich und nicht sie. Ich hoffe für sie, dass sie darüber hinwegkommt und alles wieder so wie vorher wird. Ich habe versucht, mich nicht auch in Paul zu verlieben, aber er hat sich alle Mühe gegeben und er ist meine große Liebe.«

Sajara nickte mir verständnisvoll zu.

»Mach dir keine Sorgen.«, sagte sie dann.

»Jane!«, riefen Isabella und Sofie als sie mich sahen.

»Du siehst toll aus!«

»Es fehlt nur noch die passende Frisur.«

Sofie und Isabella gaben sich alle Mühe und dann waren sie fertig. Ich sah wirklich schön aus. Aber ich fühlte mich schrecklich. Bald würde es so weit sein. Ich konnte den Moment nicht abwarten, in dem alles vorüber sein würde.

»Wir haben uns überlegt, dass die Hochzeit bei uns stattfindet. Wir haben dort ein bisschen dekoriert und wir dachten, dass es der passende Ort ist, weil wir ja nicht viele Sirenen sind.«, erklärte Isabella.

»Danke, ihr beiden.«, sagte ich und umarmte Sofie und Isabella.

»Leslie wird auch da sein, oder?«
Isabella sah Sofie an.

»Nein, wir haben sie gebeten, nicht zu kommen. Das verstehst du doch sicher. Sie braucht noch etwas Zeit, aber dann wird sie dir gegenüber wieder loyal sein können. Ganz sicher.«

»Paul.«, sagte Sofie plötzlich.
Ich sah in die Richtung, in die auch sie blickte.

»Störe ich?«, fragte er.

»Nein.«, erwiderte ich.

»Könnte ich für einen Moment mit Jane alleine sein?«, bat er dann.
Sofie und Isabella lächelten und verließen dann den Raum. Paul sah mich lange an. Ich konnte seine Blicke nicht richtig deuten. Wie wir uns so anschwiegen, wichen die Kälte und das Bedrohliche, die ihn, seitdem er mich erpresste, umgaben, einer plötzlichen Nähe. Ich wusste nicht, was es war. Ich spürte in diesem Moment bloß, dass er von nun an ehrlich mit mir sein würde und dass ich ihn nicht länger fürchten brauchte. Er hatte mir etwas Unersetzliches und das für mich Wichtigste genommen. Er hatte nicht die Macht, mir noch mehr Leid zuzufügen. Und das wusste auch er.

»Wow.«, sagte er dann plötzlich.

»Was ist?«, fragte ich.

»Du siehst... toll aus.«

»Was willst du?«, fragte ich unbeeindruckt. »Du wolltest mich sprechen!«

Paul sah mich wieder eine Weile an, was mich mehr und mehr verunsicherte. Aber ich konnte nichts weiter sagen, um ihn aufzufordern, zu sprechen. Ich schwieg und wartete darauf, dass er endlich die Stille zwischen uns brach.

»Jane, ich weiß, wie schwer das alles für dich sein muss.«, flüsterte er.

Ich sah ihn fragend an.

»Glaubst du das? Glaubst du das wirklich?«

Er nickte.

»Du weißt, dass ich dir das alles gerne erspart hätte. Ich habe lange versucht, es dir so einfach wie möglich zu machen.«

»Was erwartest du von mir? Soll ich dir dafür dankbar sein, Paul?«

»Nein, das ist es nicht. Versteh nur, dass ich am Ende keine andere Wahl hatte.«

»Wir haben immer eine Wahl, Paul. Und ich habe mich entschieden. Ich tue all das aus Liebe. Aus Liebe zu den Personen, die mir alles bedeuten.«

Paul schwieg erneut. Dann sah er mich an.

»Ich verspreche dir, ich werde dich nie anrühren.«

»Das hoffe ich auch für dich.«, sagte ich zornig.

»Weißt du schon, was du während der Zeremonie zu mir sagen wirst?«, fragte er.

»Ja.«, antwortete ich.

Ich hatte nicht viel geschlafen und während ich wach gelegen hatte, hatte ich genügend Zeit gehabt, um mir zu überlegen, was ich Paul versprechen würde.

»Bitte lass mich zu erst sprechen.«, bat ich dann. »Ich will es so schnell wie möglich hinter mich bringen.«

»In Ordnung.«, sagte Paul.

»Ist das alles?«, fragte ich und wandte mich dann ohne ein weiteres Wort von ihm ab.

Paul verließ den Raum und Isabella und Sofie kamen wieder herein.

»Er ist wirklich traumhaft.«, sagte Sofie. »Wenn ich ehrlich bin, kann ich verstehen, dass dich Leslie um ihn beneidet.«

»Hallo.«, sagte Eadoin und kam mit Linda und Kenix herein. »Wie geht es dir?«

»Ich bin sehr aufgeregt.«

Linda legte mir ihre Hand auf die Schulter.

»Das war ich auch. Ich hatte Angst zu vergessen, was ich Eadoin sagen wollte, aber ich habe einfach nur in seine wunderschönen Augen gesehen.« Linda sah Eadoin an. »Und ihm dann gesagt, was ich für ihn fühle.«

»Das ist so romantisch.«, sagte Isabella und sah zu Linda und Eadoin, die sich küssten.

»Kann ich Kenix halten?«, fragte ich Linda, die ihre Tochter auf dem Arm hielt. »Können Sirenenbabys eigentlich auch schon schwimmen?«

»Ja.«, antwortete Linda und ließ Kenix los. »Aber sie kommen immer wieder sofort zu ihren Eltern zurück.«

»Hier, nimm sie.«, meinte Linda und übergab mir Kenix. Es fühlte sich gut an, Kenix im Arm zu halten. Sie sah mich mit ihren schönen Augen an. *Ich tue all das auch für dich.*, sagte ich in Gedanken zu ihr.

»Langsam sollten wir aufbrechen.«, meinte Isabella.

»Es wartet doch niemand auf uns.«, entgegnete Eadoin. »Nur wir und ihr Begleiterinnen seid eingeladen.«

»Nein, es wird wirklich Zeit.«, sagte ich schnell und schwamm zu Sajara und Casy.

»Können wir los?«, fragte Casy.

»Sind Pauls Freunde schon hier?«, fragte ich.

»Ja, sie sind da drüben bei Paul.«, antwortete Casy und zeigte auf Paul, der sich mit drei Sirenen unterhielt.

»Ich bin gleich zurück.«, sagte ich und schwamm auf sie zu.

»Darf ich vorstellen? Das ist meine Jane.«

Pauls Freunde sahen auf zu mir.

»Das ist Wohyo.«, sagte Paul und zeigte auf eine dunkelhaarige, männliche Sirene, deren Augen türkisfarben waren.

Er nickte mir freundlich zu.

»Das ist Camilo.«, stellt er mir die Sirene links neben sich vor. »Wir kennen uns schon seit wir klein sind.«

»Es freut mich, deine Bekanntschaft zu machen.«, sagte Camilo und reichte mir seine Hand.

Ich lächelte ihm zu.

»Und das ist Kless.«, stellte mir Paul seinen dritten Freund, der sich rechts neben ihm befand, vor.

Sie alle schienen nichts von Pauls bösen Absichten zu wissen, zumindest vermittelten sie nicht den Eindruck.

»Ich wünschte, Paul hätte euch mir schon früher vorgestellt.«

Und ich wunderte mich tatsächlich darüber, warum Paul so wenig von seinen Freunden gesprochen hatte. Aber sie lebten nicht in seiner Nähe und so war es wohl nicht einfach für ihn, sie oft zu sehen.

»Paul, es wird Zeit.«, sagte ich dann.

Paul nahm meine Hand und wir schwammen auf Casy und Sajara zu. Ich sah an mir herunter.

»Versprich mir, Paul, dass du ihnen niemals etwas antun

240

wirst.«, flüsterte ich.

»Ich verspreche es dir, Jane. Solange du deinen Teil der Abmachung erfüllst, sehe ich keinen Grund dafür, jemals diejenigen, die du liebst, zu verletzen. Du musst verstehen, dass ich kein Monster bin. Ich nehme mir bloß das, was mir zusteht.«

»Wir sind so weit.«, sagte ich zu Casy und setzte ein Lächeln auf.

Dann schwammen Paul und ich Hand in Hand in Richtung der Höhle meiner Begleiterinnen. Bald würde alles ein Ende haben. Ich versuchte, nur daran zu denken.

Und dann war es so weit und Paul und ich lösten uns von der Gruppe der Sirenen und nahmen jeweils eine Position ein, sodass wir uns dem anderen direkt gegenüber befanden und in die Augen sehen konnten. Ich sah in seine, voller Leid in meinem Blick. Ich konnte es vor den anderen Sirenen verbergen, aber nicht vor ihm. Mein Körper war angespannt und ich fühlte, wie mein Puls raste. Etwas in mir flehte mich an, wegzuschwimmen. Aber ich blieb und sah weiter in Pauls Augen, als könnte ich darin irgendetwas anderes sehen als mein Unglück.

Ich spürte die Blicke der anderen auf uns und Paul griff beinahe etwas forsch nach meinen Händen. Vermutlich war er nervös. Schließlich war sein Ziel für ihn zum Greifen nahe.

»Paul, es bedeutet mir so viel, mein Leben mit dir zu verbringen und ich werde dich nie verlassen, bis ich sterbe. Ich liebe dich und ich verspreche dir, dies zu tun, solange ich lebe.«

Zu Rob hätte ich das nie gesagt. Ihm hätte ich geschworen, ihn auch über den Tod hinaus zu lieben und deshalb tat es nicht ganz so weh, Paul dieses Versprechen zu geben. Und ich hatte sowieso kein langes Leben mehr vor mir, dessen war ich mir sicher.

Paul sah mich an. Es blieb still. Er sagte nichts und starrte nur in meine Augen. Es war totenstill und jeder wartete darauf, dass Paul etwas sagte. Ich betete, dass er endlich beginnen und alles schnell vorüber gehen würde. Dann endlich sprach er los.

»Ich liebe dich, Jane. Ich liebe dich so sehr. Ich will dir nie Leid zufügen und dich glücklich machen. Dir gehört mein Herz und es wird dir immer gehören. Du bist die Einzige, die ich je geliebt habe, und deshalb werde ich dich glücklich machen.«

Ich sah Paul immer noch in die Augen. Er sah mich ebenfalls eindringlich an und es war fast so, als würde er es genauso meinen, wie er es sagte.

»Jane, mir ist klar geworden, dass ich das nicht kann. Ich möchte nicht derjenige sein, der dich quält.«

Alle Sirenen, die sich versammelt hatten, blickten sich an und begannen miteinander zu sprechen.

»Was redest du denn da?«, fragte ich ihn völlig irritiert.

»Du weißt, wovon ich rede. Ich habe dich gebrochen und ich dachte, dass ich durch das *Zeichen des Wassers* mächtig werden würde, aber es hat mich geschwächt, dir so wehzutun. Anfangs habe ich nichts für dich empfunden und ich habe einzig und allein meinen Plan verfolgt, aber ich habe verdrängt, dass ich mich in dich verliebt habe. Hätte ich meine Gefühle zugegeben, wäre alles umsonst gewesen und ich dachte, dass mich die Macht glücklich machen würde, aber ich war nie so glücklich wie in diesem Moment.«

Ich sah, wie Eadoin und Casy auf Paul zustürmten.

»Nein.«, schrie ich.

Eadoin und Casy erstarrten.

»Lasst ihn.«, sagte ich.

»Jane, ich liebe dich. Ich hätte nie gedacht, einmal im Leben so zu fühlen und durch dich habe ich erkannt, was das Leben überhaupt ausmacht. Ich hätte dir das niemals antun dürfen, denn so bin ich überhaupt nicht... Zumindest habe ich das immer geglaubt. Ich war so geblendet. Geblendet von einer Macht, die mich vollkommen verdorben hat und über die ich die einzig wahre Macht, die Liebe, beinahe vergessen hätte. Ich wäre bereit gewesen, darauf zu verzichten, aber das kann ich nicht und ich will sie auch dir nicht vorenthalten. Jane, du bist frei und deine Mutter auch. Du musst mich niemals wiedersehen. Das ist mein Versprechen an dich. Bitte verzeih mir, wenn du kannst.«

»Wieso? Ich verstehe das nicht...«, fragte ich Paul. »Wieso erst jetzt? Und wieso so plötzlich?«

»Es tut mir leid. Ich hätte viel früher auf meine Gefühle hören sollen, aber ich war blind vor Verlangen. Vergib mir.«

Sobald Paul zu Ende gesprochen hatte, warfen sich Casy und Eadoin auf ihn, aber Paul wehrte sich nicht einmal.

Sajara fing mich auf und ich konnte nicht aufhören, zu schluchzen.

»Alles wird gut.«, versicherte mir Sajara und hielt mich. »Du bist so stark, Jane. So unglaublich stark.«

Ich sah nicht, wie Eadoin und Casy Paul wegbrachten. Ich war einfach froh, dass alles vorbei war. Es war ein unbeschreibliches Gefühl. Ich war erleichtert und trotzdem todunglücklich.

»Wieso hast du denn nichts gesagt?«, fragte Isabella und strich mir über den Arm. »Wir hätten ihn überwältigen können. Deine Mum hätten wir auch gefunden und befreit. Wieso hast du dich uns nicht anvertraut?«

»Er ist viel stärker als ihr denkt. Er hat dafür gesorgt, dass Kenix in meiner Nähe so sehr litt und Leslie nicht mehr meine Freundin ist. Ihr hättet ihn vielleicht festnehmen können, aber dann würde es Kenix immer noch schlecht gehen.«

Isabella schien zu verstehen.

»So etwas wird dir nie wieder geschehen. Das verspreche ich dir.«

»Wir müssen Abbie helfen.«, sagte ich.

»Ja, du musst uns sagen, wo er sie versteckt hält. Wir kümmern uns dann so gut es geht um sie.«

»Ich muss an Land.«, sagte ich. »Morgen Nacht bin ich wieder zurück.«

Ich konnte nicht länger im Meer bleiben, ich musste zurück an Land und ohne noch einmal zurückzublicken, schwamm ich in Richtung Meeresoberfläche.

Zuhause konnte ich mich nicht beruhigen. Ich war immer noch angespannt. Ich hätte mit allem gerechnet, aber nicht damit, dass Paul alles zugab und aufgab, so kurz vor seinem Ziel. So ganz konnte ich Pauls Sinneswandel nicht trauen. Hatte das *Zeichen des Wassers* mich doch vor ihm beschützen können? Oder hatte er doch mehr für mich empfunden, als er vielleicht wahrhaben wollte und seine Liebe zu mir ihn tatsächlich dazu bewegt, das Richtige zu tun? War das die Kraft der Liebe? Sollte diese Liebe wirklich so groß gewesen sein, dass er seinen großen Wunsch für mich opferte?

Wie ich so darüber nachdachte, hatte ich das Gefühl, Paul vielleicht sogar einmal vergeben zu können, denn er hatte einen Fehler gemacht. Einen schrecklich großen Fehler, dessen war ich mir völlig bewusst und er hatte nicht nur mein Glück bedroht. Aber, wer war frei von Fehlern? Ich hatte selbst schon so viel falsch gemacht. Ich konnte mir bloß nicht vorwerfen, Fehler aus purer Selbstsucht und Eigennutz begangen zu haben.

Es gingen mir so viele Dinge durch den Kopf und ich dachte an so vieles, an Mum, an Paul, an meine Familie, meine Begleiterinnen und an Rob.

Ich konnte nicht aufhören, an ihn zu denken. Ich wusste, dass ich nicht ohne ihn leben konnte und trotzdem hatte ich mich von ihm getrennt, um Mum zu retten und Kenix von ihren Schmerzen in meiner Nähe zu befreien. Mum würde befreit werden und Kenix würde nie wieder meinetwegen Schmerzen spüren, aber ohne, dass ich dafür Paul würde heiraten müssen.

In gewisser Weise war alles gut ausgegangen, aber nicht für mich. Ich musste mit Rob sprechen. Ich hatte ihn so sehr verletzt und wusste nicht, ob ich die richtigen Worte finden würde. Und dann wusste ich doch, was ich sagen musste: einfach die Wahrheit. Ich musste ihm von all dem erzählen, was passiert war und erklären, weshalb ich mich von ihm getrennt hatte. Am schwersten würde mir fallen, ihm in die Augen zu sehen. Ich hatte ihm so weh getan und ich konnte es nicht verkraften, dass er meinetwegen so sehr gelitten hatte.

Ich legte mich in mein Bett und starrte zur Decke. Es dauerte lange, bis ich einschlief und ich träumte nur von Rob. Von unserer schönen gemeinsamen Zeit.

Ich wachte mit dem Klingeln meines Weckers auf. Ich war sehr nervös und konnte immer noch nicht damit aufhören, nur an Rob zu denken.

Wenig später klingelte es an der Haustür. Tiffany wollte mich abholen.

»Ich muss mit Rob reden.«, sagte ich.

»Jetzt? Wir müssen zur Schule.«, erwiderte Tiffany und sah mich verwundert an.

Ich antwortete nicht und versuchte, mich zu beruhigen. Ich hatte einfach zu wenig Schlaf abbekommen in den letzten Nächten.

»Liebst du ihn etwa doch?«

»Ja, ich habe ihn immer geliebt.«

»Wieso hast du dich dann von ihm getrennt?«, wollte Tiffany wissen.

Ich ging los und Tiffany kam mir hinterher.

»Meine Mum wurde von einer Sirene, die meine Macht wollte, entführt. Und ich war gezwungen, mich von Rob zu trennen, um sie zu retten.«, erklärte ich.

»Warum hast du mir nichts gesagt? Wir hätten deine Mum retten können. Eine einzelne Sirene ist machtlos gegen uns.«

»Ich hatte Angst um euch. Ich wollte nicht, dass ihr euch in Gefahr begebt und ich wollte nicht, dass es zu einem Kampf zwischen Sirenen und Musen nur meinetwegen kommt. Manchmal denke ich, Rob geht es ohne mich viel besser. Er verdient ein normales Leben und nicht eine Freundin, die in einer anderen Welt lebt.«

»Wieso lässt du ihn das nicht selbst entscheiden?«, fragte Tiffany. »Ich habe ihn noch nie so glücklich erlebt, wie in der Zeit, als er mit dir zusammen war und auch noch nie so verzweifelt, wenn er glaubte, dich verloren zu haben.«

Die Schulstunden kamen mir unerträglich lange vor. Ich wollte auch ehrlich zu Josie sein und erzählte ihr, dass ich völlig falsch gelegen hatte und ich ohne Rob nicht leben konnte.

»Ich habe sowieso erst gar nicht verstanden, weshalb du dich von ihm trennen wolltest.«, sagte sie und lächelte erleichtert.

Ich lächelte nicht zurück. Mir war nicht danach.

»Glaubst du...«, stammelte ich. »Glaubst du, er ... er will mich überhaupt noch?«

»Was ist das für eine Frage? Natürlich will er dich noch. Er liebt dich, Jane.«

»Aber ich habe ihm so wehgetan. Ich könnte es verstehen, wenn...«.

»Ich kenne Rob nicht all zu gut, aber ich weiß ganz sicher, dass er niemanden so sehr liebt, wie dich. Du musst mit ihm reden und ehrlich mit ihm sein.«

Weg aus der Dunkelheit

Ich war sehr nervös, als ich nach der Schule zu den Caristons ging. Ich wusste nicht, ob Rob schon von der Schule zurück war oder nicht, aber ich würde bei den Caristons warten. Zu Hause fühlte ich mich erdrückt und dort dachte ich nur an die vielen schlechten Augenblicke, die ich dort in der letzten Zeit erlebt hatte. Ich hatte unser Haus vom ersten Augenblick an gemocht, aber es würde Zeit vergehen, bis ich mich wieder vollkommen wohl dort fühlen könnte.

Ich klingelte und Rose öffnete mir die Tür.

»Jane«, sagte sie. »Tiffany hat mir gerade alles erzählt.« Sie kam auf mich zu und umarmte mich. »Hab keine Angst. Alles wird wieder gut.«

»Ist Rob da?«, fragte ich.

»Nein, aber er kommt bestimmt bald. Was ist jetzt mit deiner Mum?«

»Ich muss heute Nacht wieder zu ihr und sie zurück an Land bringen.«, erklärte ich.

»Du hast Angst.«, sagte Rose dann.

»Ja. Ich habe Angst.«, entgegnete ich.

»Er wird es verstehen.«

»Ich weiß nicht. Ich habe ihm versprochen, immer ehrlich zu ihm zu sein und ich habe ihn so schrecklich verletzt, ein zweites Mal, weil ich nicht ehrlich sein konnte.«

Rose sagte nichts und nahm einfach meine Hand. Ich spürte, wie positive Energie durch meinen Körper strömte. Ich fühlte mich augenblicklich besser.

»Du denkst immer negativ.« Rose sah mich an. »Ich bin mir sicher, er wird dir verzeihen. Rob ging es nicht gut. Ich wusste nicht, was ich tun sollte. Er sprach fast nicht mehr mit uns. Er liebt dich mehr als alles andere, Jane.« Rose machte eine kurze Pause. »Geh am besten in sein Zimmer und warte dort auf ihn.«

Ich ging die Treppe hinauf in Robs Zimmer und berührte mit meinen Händen die Bilder von uns beiden, die er sich an die Wand gehangen hatte. Es waren nicht viele Bilder, weil ich Fotos nicht gerne mochte. Diese Fotos waren wie aus einer anderen Zeit. Ich erkannte die Personen darauf kaum wieder, wie sie mir überglücklich entgegenlächelten. Ich setzte mich auf Robs Bett und versuchte, nicht so angespannt zu sein.

»Jane?«

Ich sah zur Tür. Tiffany lächelte mir zu.

»Ich hoffe, du bist nicht wütend auf mich, weil ich meiner Mum erzählt habe, was passiert ist.«

»Nein, ich bin nicht wütend.«, sagte ich.

»Mum konnte sowieso nicht glauben, dass du Rob freiwillig verlassen hast.«

»Ist schon gut.«

Tiffany lächelte mir noch einmal zu und ging. Ich hörte, wie die Haustür sich öffnete. Rose sagte etwas, aber ich konnte es nicht verstehen. Ich hörte, wie Rob etwas antwortete und dann die Treppe hinauf ging. Er blieb an seiner Zimmertür stehen und sah mich an.

»Jane.«

Ich stand von seinem Bett auf.

»Was willst du hier?«, fragte er ganz ruhig, nicht vorwurfsvoll.

»Ich will dir die Wahrheit sagen.«, entgegnete ich. »Ich liebe dich, Rob. Ich habe nie jemanden so sehr geliebt, wie ich dich liebe und ich werde nie jemand anderes lieben. Aber das ist auch der Grund, warum ich dich verlassen habe. Weil ich immer Angst habe, dich zu verlieren. Ich habe Angst, dass du irgendwann feststellst, dass du ein normales Leben führen willst. Und ich könnte mir nie verzeihen, wenn du durch mich in Gefahr geraten würdest.«, versuchte ich mich ihm zu erklären.

»Meine Mum wurde entführt von einer Sirene und er hat mich gezwungen, ihn zu heiraten. Für den Fall, dass ich nicht einwillige, hat er gedroht, Abbie zu töten. Ich hätte nicht ohne dich leben können, aber ich dachte, dass du ohne mich hättest leben können und deshalb habe ich mich von dir getrennt. Ich habe dich die ganze Zeit über geliebt. Ich habe dir nichts davon gesagt, weil ich wusste, dass du es nicht ertragen könntest. Du hättest versucht, mir zu helfen, aber er hätte dich getötet, Rob, und dieses Risiko konnte ich nicht eingehen. Ich habe geglaubt, dass du, wenn du wüsstest, dass ich dich nicht mehr liebe, mich irgendwann vergessen könntest und jemanden findest, der viel besser zu dir passt. Ich dachte, es wäre besser für dich.«

Rob sah mich immer noch an und es dauerte eine Weile, bis er etwas sagte.

»Wie konntest du nur so etwas glauben? Wie konntest du so über mich denken?«

Rob schwieg einen Moment lang. Dann ging er an mir vorbei zum Fenster. Er war so enttäuscht, es brach mir das Herz.

»Damals, als ich dir zum ersten Mal begegnet bin und von diesem Baum herunterfiel, da habe ich *dich* gesehen.

Verstehst du? *Dich.* Nicht, ob du Mensch oder Sirene bist, nicht dein Äußeres. Ich habe in deine Augen gesehen und dich als Person gesehen.«

Rob kam ganz nah an mich heran und sah mir tief in die Augen. Ich wich seinem Blick nicht aus.

»Ich hatte solche Angst, dich zu verlieren, Rob. Mir ging es damals genauso. Ich hätte nie damit gerechnet. Ich habe dich vielleicht gesucht, aber nicht erwartet, dich jemals zu finden. Du bedeutest mir alles. Du bist mein größtes Geschenk. Du bist mein Leben... Und genau deshalb habe ich dich verlassen. Ich weiß, du hättest das Gleiche getan. Du hättest mich auch verlassen und gehofft, dass ich doch auch ohne dich glücklich werden kann. Aber ich kann es genauso wenig wie du.«, sagte ich leise.

»Jane, ich möchte für immer mit dir zusammen sein. In der Zeit, als ich dachte, dass du mich nicht mehr lieben würdest, konnte ich nicht aufhören, daran zu denken, wie es wäre, wenn ich einfach sterben würde. Mum und Tiffany haben dafür gesorgt, dass ich irgendwie überlebt habe.«

Rob lächelte bitter und ich fühlte mich elendig.

»Es tut mir so leid. Ich werde mir nie verzeihen, was ich dir angetan habe.«

»Du hattest Angst um Abbie, ich verstehe das, aber du hättest mit mir reden sollen. Alles ist erträglicher für mich, als dich zu verlieren und zu glauben, dass du mich nicht mehr liebst.« Er sah mich eindringlich an. »Was ist mit dieser Sirene, warum wollte er dich heiraten? Ich verstehe das nicht.«, wollte er dann wissen.

»Wenn eine Wächterin oder ein Wächter eine Art Ehe mit einer anderen Sirene eingeht, überträgt sich die Macht des *Zeichens des Wassers* auch auf sie.«, erklärte ich. »Ich habe es dir nicht erzählt. Ich wollte nicht über meine Hochzeit nachdenken, denn, wenn ich jemals heiraten würde, dann nur dich und ich wusste, wie schwierig das sein würde.«

»Wie kam es dazu, dass ihr dann doch nicht geheiratet habt?«

»Er liebt mich.«, sagte ich. »Deshalb hat er kurz vor dem Kuss, der unsere Verbindung besiegelt hätte, alles gestanden und mich frei sein lassen.«

»Man kann dich auch nur lieben.«, sagte Rob und lächelte schwach.

»Nein.«, sagte ich und sah zu Boden. »Leslie hatte sich in Paul, so heißt er, verliebt und ich musste sie, wie dich, verletzten, weil ich ihr versprochen hatte, dass ich nur mit Paul befreundet sei und ich mich nicht in ihn verlieben würde. Paul hatte das alles geplant. Er ist auch dafür verantwortlich, dass es Kenix in meiner Nähe so schlecht ging. Er wollte mich von allen isolieren. Leslie hat mich sogar mit ihrem Dolch bedroht. Sie hasst mich jetzt.«

»Sie kann nicht länger wütend auf dich sein, wenn sie erfährt, was passiert ist. Außerdem ist sie doch deine Begleiterin. Sie kann dir sicher nicht lange böse sein.«, sagte Rob.

»Ich hoffe, du hast recht.«

»Ist deine Mum schon wieder zurück?«, fragte er dann.

»Nein, ich muss sie heute Nacht abholen.«

»Bleib heute Nacht hier.«, bat mich Rob und ich sah ihn an. »Auch wenn du Abbie heute Nacht an Land bringst, kannst du hier bleiben. Meine Mum fährt dich später dann zum Hafen und ihr könnt vorher noch bei dir Zuhause Kleidung für Abbie und dich holen.«

»Bist du sicher?«, fragte ich und spürte, wie mir Tränen in die Augen stiegen.

»Absolut.«, entgegnete er, kam auf mich zu und nahm mich dann in seine Arme.

Ich lächelte seit langem wieder aufrichtig und küsste Rob dann leidenschaftlich. Ich war glücklich und mein Verlangen nach ihm war grenzenlos. Rob empfand genauso und wir liebten uns. Es gab nur noch uns beide und diesen so wunderschönen Moment.

Ich fühlte mich seit so langer Zeit endlich wieder vollkommen und vergaß all das Schreckliche, was mir widerfahren war. Ich würde Rob nie wieder verlassen und ich würde nie wieder daran denken, dass ich nicht gut genug für ihn sein könnte. Wir waren füreinander geschaffen und ich könnte nie glücklicher werden, als ich es mit Rob war.

»Hat er dir etwas angetan?«, wollte Rob später wissen und ich spürte seine Besorgnis.

Er schien sich aus irgendeinem Grund schuldig zu fühlen, mich nicht beschützt haben zu können. Ich wusste, dass Rob sich schon des Öfteren schlecht gefühlt hatte, weil er so wenig Teil meines Lebens als Sirene war und mich nicht vor dem Angriff der Musen oder Pauls böser Absichten hatte bewahren können. Ich drehte mich zu ihm und sah ihn an.

»Nein, er hat mich aber einmal geküsst. Das war noch bevor er mich gezwungen hatte, ihn zu heiraten. Ich wollte es nicht und als er feststellte, dass sein Plan nicht aufgegangen war und ich mich nicht in ihn verliebt hatte, entführte er Mum.«

Ich legte Robs Hand auf meine Taille und strich mit meinen Fingern sachte über seine Wange. Dann küsste ich vorsichtig seine Lippen und spürte die Wärme, die von ihm ausging. Ich atmete Robs Duft tief ein.

»Ich kann nicht ohne dich leben!«, sagte ich, während mir Tränen über das Gesicht liefen. »Ich hatte solche Angst.«

Rob zog mich näher an sich heran und wischte meine Tränen ab.

»Ich kann auch nicht ohne dich sein, Jane. Du brauchst keine Angst zu haben. Nichts wird uns trennen können, hörst du? Das weiß ich! Du darfst es mir bloß nie wieder verschweigen, wenn du in Gefahr bist.«

»Ich weiß. Es war nicht richtig von mir.«

»Du brauchst dir keine Sorgen zu machen, du könntest mich in Gefahr bringen. Denn mir geht es so lange gut, wie ich weiß, dass du glücklich bist und ich mit dir zusammen sein kann.«

Es klopfte an der Tür.

»Jane? Wir sollten losfahren.«, sagte Rose. »In Ordnung. Ich komme gleich.«, rief ich.

»Ist es schon so spät? Wo sind die Stunden hin?«, fragte Rob.

Und auch für mich fühlte es sich so an, als wäre nur ein Augenblick vergangen, seitdem ich in seinem Zimmer auf Rob gewartet hatte. Rob richtete sich auf.

»Soll ich mitkommen?«

»Nein, das brauchst du nicht. Schlaf du ruhig. Ich bin bald zurück.«, sagte ich und küsste ihn.

Ich zog mich an und verließ das Zimmer. Rob hatte Rose noch am Vorabend darum gebeten, mich zum Hafen zu fahren und später mich und Mum abzuholen.

»Soll ich hier auf euch warten?«, fragte Rose, als wir am Hafen angekommen waren.

»Wenn es dir nichts ausmacht. Es wird nicht lange dauern.«

»Bis nachher.«, sagte Rose und lächelte mir zu.

Mum schlief als ich ankam.

»Geht es ihr gut?«, fragte ich Caroline, die im Moment auf sie aufpasste.

»Ja, mach dir keine Sorgen, es geht ihr gut.«
Ich verwandelte mich und ging auf Mum zu.

»Jane.«, sagte sie schwach und öffnete die Augen.
Ich schloss Mum in meine Arme.

»Alles ist gut gegangen.«, sagte ich zu ihr.

»Ich weiß, deine Mutter hat es mir gesagt.«, entgegnete Mum.

»Du meinst Sajara?«, fragte ich und war für einen Moment lang irritiert.

»Ja, sie sieht dir sehr ähnlich.«
Ich schüttelte den Kopf.

»Nein, sie ist so unfassbar hübsch, wie alle anderen Sirenen auch.«

»Aber du bist doch wunderschön.«, sagte Mum und strich mir durch mein Haar. »Zuerst dachte ich, sie würde mich vielleicht umbringen, aber sie war nett. Sie wusste, dass es dich verletzen würde, wenn sie es nicht gewesen wäre und sie hat zu mir gesagt, dass sie weiß, dass ich doch ein guter Mensch sein muss, sonst würde dir nicht so viel an mir liegen. Aber sie wird mir nie verzeihen, so wie ich mir nie verzeihen werde, was ich ihr angetan habe.«

»Andernfalls wäre ich dir nie begegnet. Ich liebe dich, Mum. Ich liebe dich wirklich sehr.«, sagte ich.

»Ich liebe dich auch.«

»Sobald ich wieder im Wasser bin und sich die Verwandlung vollzogen hat, musst du mir folgen. Das Wasser wird sehr kalt sein, aber du musst es nur für einen

Moment aushalten. Halte dann die Luft an und ich werde dich, so schnell ich kann, an Land zurückbringen.«

Mum nickte.

»Ich vertraue dir.«

***

»Alles in Ordnung?«, fragte ich sie als wir wieder an Land waren.

»Ja, eigentlich schon.«, sagte Mum. »Aber es ist einfach unbeschreiblich für mich, richtige Sirenen gesehen zu haben. Ich konnte sie mir vorstellen und ich habe ja auch dich als kleines Baby gesehen, aber das war eine unglaubliche Erfahrung für mich.«

»Meine Flosse ist ziemlich gewöhnungsbedürftig, oder?«

»Ich finde, sie passt perfekt zu dir.«

Wir gingen zu Roses Auto, nachdem wir uns trockene Kleidung angezogen hatten.

»Geht es Ihnen gut?«, fragte Rose meine Mutter auf der Fahrt zu uns nach Hause.

»Ja, ich bin einfach bloß froh, dass es vorbei ist.«, gestand Mum.

»Ich, um ehrlich zu sein, auch.«, meinte Rose und lächelte. »Zum Glück ging noch einmal alles gut.«

Wenig später hielten wir vor unserem Haus und Mum stieg aus. Ich ging mit ihr ins Haus und packte schnell noch meine Schultasche für den morgigen Tag, so dass ich vor der Schule nicht wieder nach Hause kommen musste.

»Soll ich lieber bei dir bleiben?«, fragte ich Mum, weil ich sie eigentlich ungern ganz alleine lassen wollte, nachdem was passiert war.

»Nein, ich komme schon zurecht. Rob vermisst dich sicher schon.«

Ich umarmte Mum, verließ das Haus und stieg in Roses Auto ein.

»Danke, Rose, dass du das für uns getan hast.«

»Keine Ursache, Jane. Das habe ich doch gerne gemacht.«, entgegnete sie.

»Ich weiß, wie schwer das für dich sein muss.«

»Nein, es fällt mir nicht mehr so schwer. Ich kann dieses Gefühl in mir gut unterdrücken. Ich will ehrlich mit dir sein. Als Rob mir erzählt hatte, dass ihr nicht mehr zusammen seid, hatte ich ein Gefühl der Erleichterung in mir. Das klingt boshaft, ich weiß, aber ich wusste auch, dass es nur ein Gefühl war und nicht mehr... In Gedanken war ich auch bei dir, weil ich mir Sorgen machte. Und als ich Rob leiden sah, da habe ich mich geschämt dafür, dass ich nicht stärker war als meine Gefühle als Muse. Und augenblicklich war dieses positive Gefühl in mir verschwunden, denn, wie kann ich auch nur ansatzweise glücklich sein, wenn es meinem Sohn so schlecht geht?«

Bei den Caristons stiegen wir aus und gingen leise ins dunkle Haus.

»Ich hoffe, du kannst gut einschlafen.«, sagte Rose als ich die Treppe nach oben ging.

»Ich bin mir sicher.«, antwortete ich und lächelte.

Ich legte mich zu Rob ins warme Bett.

Er schaltete seine Nachttischlampe an und sah zu mir herüber.

»Oh, ich wollte dich nicht wecken.«

»Ist schon okay.«, entgegnete er. »Hast du Abbie sicher zurück an Land gebracht?«,

»Natürlich.«, sagte ich mit einem Lächeln. »Und es geht ihr gut.«

»Dann geht es dir jetzt ja auch besser.«, meinte Rob und sah mich an.

»Ja, ich bin bloß sehr müde.«, gab ich zu und legte mich in Robs Arme.

»Schlaf schön.«, sagte er und küsste mich auf den Kopf.

Am nächsten Morgen wachte ich mit dem Klingeln von Robs Wecker auf und fühlte mich gut.

»Guten Morgen.«, sagte Rob und küsste mich. »Es ist Freitag und nach der Schule beginnt das Wochenende.«

»Ja, ich kann es kaum erwarten, mal wieder auszuschlafen.«

Wir machten uns fertig und gingen frühstücken. Harold und Rose aßen bereits Müsli und Tiffany Cornflakes. Wir setzten uns dazu und gingen später wieder gemeinsam zur Schule. Alles war gut. Ich konnte es kaum glauben, aber ich wusste, dass es wahr war.

Josie war immer noch überglücklich, als sie mich sah.

»Josie, ich bin so froh, dass du so eine tolle Freundin bist.«, sagte ich. »Ich weiß nicht, was ich ohne dich tun würde.«

Josie war etwas verlegen.

»Du bist auch eine tolle Freundin, Jane.«

Nach der Schule ging ich auf direktem Weg nach Hause. Mum war schon wieder arbeiten, was ich nicht wirklich verstehen konnte, aber ich nahm an, dass es sie am besten ablenkte.

Ich hatte mich für später mit Rob verabredet. Ich wollte jede freie Sekunde mit ihm verbringen. Es war ein recht kühler Tag, aber trotzdem schien die Sonne. Es klingelte und ich lief zur Tür. Ich konnte es nicht erwarten, Rob in meine Arme zu schließen.

»Hast du Lust, spazieren zu gehen?«, fragte Rob.

»Ja, es ist tolles Wetter. Es regnet nicht!«, erwiderte ich und zog mir Schuhe und einen Mantel an.

Es war immer wunderschön mit Rob spazieren zu gehen.

»Ich weiß, wo wir jetzt hingehen.«, sagte ich und konnte erahnen, wo Rob hinwollte. Rob lächelte mir zu und wir gingen zu seinem Lieblingsplatz in Edinburgh, Calton Hill.

»Jane?«

Ich sah zu Rob.

»Als ich dachte, dass du mich nicht mehr liebst, war ich in keinem Augenblick wütend auf dich. Ich habe immer nur daran gedacht, dass ich dich verloren hätte und es meine Schuld war. Ich hätte mehr um dich kämpfen müssen, glaubte ich.«

»Das stimmt nicht.«, sagte ich. »Du hast mich nie verloren.«

»Und ich möchte dich nie verlieren.«, fuhr Rob fort. »Ich will für immer mit dir zusammen sein und immer für dich da sein. Ich will nicht, dass du jemals wieder denkst, dass ich ohne dich leben sollte. Denn das kann ich nicht. Wir sind noch jung, aber ich war mir nie in meinem Leben bei etwas so sicher.«

Rob atmete tief ein und nahm aus aus seinem Mantel eine kleine Schachtel. Er kniete vor mir nieder und öffnete sie. Darin befand sich ein goldener Ring mit vielen kleinen und einem großen funkelnden Diamanten.

»Jane, willst du meine Frau werden?«

Ich spürte, wie mir Tränen in die Augen stiegen. Immer wieder hatte ich gedacht, dass es mit Rob und mir nicht gut ausgehen könnte. Ich hatte keinen blassen Schimmer, wie wir in der Zukunft ein gemeinsames Leben haben würden, wo ich doch nach meinem achtzehnten Geburtstag nicht mehr so leben könnte wie bisher. Aber ich war mir bei einer Sache sicher: Ich wusste aus tiefstem Herzen, dass ich unbedingt Robs Frau werden wollte.

»Ja, ich will.«, sagte ich und fiel ihm um den Hals.
Auf dem gesamten Rückweg konnte ich nicht aufhören, den Ring zu betrachten.

»Bist du dir wirklich sicher?«, fragte ich ihn.

»Ja! Ich war mir bei dir von Anfang an sicher. Gestern Abend, als ich einen Moment ohne dich war, habe ich Mum gebeten, genau diesen Ring für dich zu besorgen.«, erklärte Rob. »Es dauert nur noch ein paar Monate bis ich achtzehn werde und an deinem achtzehnten Geburtstag könnten wir heiraten. Du hast gesagt, dass die Verwandlung erst stattfindet, wenn du nach deinem achtzehnten Geburtstag das erste Mal wieder ins Meer gehst.«

»Das stimmt.«, sagte ich. »Es ist sehr wahrscheinlich, dass es so ist, aber das kann natürlich niemand genau sagen.« Dann sah ich zu Rob. »Ich werde dich an meinem achtzehnten Geburtstag heiraten, ich verspreche es dir.«

Ich wusste nicht, was Mum von meiner Verlobung mit Rob halten würde. Wenn ich ehrlich war, hatte ich es mir genau so immer gewünscht. Mir war egal, was die anderen darüber denken würden, dass Rob und ich so jung heirateten. Ich würde ihnen sowieso danach nicht mehr begegnen. Mums Meinung war mir trotzdem nicht egal. Sie war romantisch, aber vielleicht würde sie es trotzdem seltsam finden. Sie und Phil hatten erst geheiratet, nachdem sie schon viele Jahre zusammen gewesen waren.

»Mum?«, rief ich und zog meine Schuhe und meinen Mantel aus.

»Hier bin ich.«, rief Mum.

Ich folgte ihrer Stimme und fand Mum in ihrem Arbeitszimmer am Computer arbeitend. Sie drehte sich zu mir um und ihr Blick fiel auf meine Hand.

»Hat Rob dir den Ring geschenkt?«, fragte sie und nahm meine Hand in ihre. »Der ist wirklich traumhaft.«

Ich lächelte.

»Ja.«, entgegnete ich strahlend. »Rob hat mir einen Heiratsantrag gemacht.«

Mum sah mich ungläubig an.

»Wir werden heiraten.«, sagte ich.

»Und wisst ihr schon wann?«, fragte Mum verwirrt.

»An meinem achtzehnten Geburtstag. Freust du dich nicht?«

»Natürlich freue ich mich für dich, Jane!«, sagte Mum und nahm mich in ihre Arme. »Wie könnte ich mich nicht für dich freuen? Es ist nur... Für mich bist du immer noch mein kleines Mädchen. Und jetzt bist du schon so erwachsen.«

»Ich werde immer deine Tochter bleiben, Mum.«, sagte ich und lächelte.

Mum sah ihren Ehering an und ich wusste, woran sie dachte.

»Mum, ich halte mein Versprechen.«

»Ich weiß, Jane. Mach dir um mich keine Sorgen.«, erwiderte sie. »Es ist in Ordnung, ich kann warten.«

Mum schloss mich erneut in ihre Arme und besah sich dann noch einmal ausgiebig meinen Verlobungsring.

»Wow, der muss ein Vermögen gekostet haben!«

***

Am Samstagmorgen schlief ich mich aus. Als ich auf die Anzeige meines Weckers sah und feststellte, dass es zwölf Uhr war, erschrak ich und stand auf. Nach dem Frühstück rief ich Josie an und fragte sie, ob sie Lust hätte, vorbeizukommen. Sie kam eine halbe Stunde später und das Erste, was ihr auffiel, war natürlich der Verlobungsring.

»Ist es das, was ich denke, was es ist?«, fragte sie erstaunt.

»Ja, Rob hat mich gefragt, ob ich seine Frau werden will.«, sagte ich ruhig.

»Das ist ja so romantisch.«, hauchte Josie. »Und du hättest ihn beinahe verlassen. Ich verstehe immer noch nicht, was dich dazu gebracht hatte.«
Ich nickte.

»Ich weiß auch nicht, was mit mir los war. Es fällt mir schwer, dir das zu erklären. Ich hatte das Gefühl, nicht gut genug für ihn zu sein. Und diese Zweifel in mir wurden immer größer, bis ich es nicht mehr ertragen konnte. Das muss für dich völlig unverständlich klingen, aber ich konnte nicht anders. Ich werde mir nie verzeihen, wie sehr er darunter gelitten hat.«

»Ich wünschte, ich hätte auch solch ein Glück wie du. Versteh mich bitte nicht falsch. Ich gönne es dir von ganzem Herzen, aber ich wünschte, ich würde auch jemanden finden, der mich so liebt wie Rob dich. Was ihr habt, ist wunderschön.«

»Ich weiß, dass du irgendwann auch den Richtigen finden wirst. Das hört sich für dich vermutlich leicht gesagt an, aber ich weiß es. Du bist ein wundervoller Mensch, ein viel besserer als ich es vermutlich bin. Es gibt da draußen jemanden, der perfekt für dich ist und der dich glücklich machen wird.«

»Glaubst du wirklich?«

Josie sah mich ungläubig an.

»Ich weiß es.«

Nachdem Josie gegangen war, kam Rob noch für ein paar Stunden vorbei. Danach hatte ich vor, meine Familie zu besuchen. Was mir zugestoßen war, hatte ihnen sehr viele Sorgen bereitet.

»Wirst du es ihnen sagen?«

»Nein, heute noch nicht. Ich würde gerne, aber diese Sache mit der Heirat... Sie haben kein Vertrauen mehr. Und sie würden dir erst recht nicht trauen. Du bist ein Mensch. Gib mir und ihnen Zeit. Ich werde es ihnen sagen, ich kann es auch kaum zurückhalten, weil ich so glücklich bin und nicht glauben kann, dass ich diejenige bin, die dich als Freund und bald als Ehemann hat. Glaub mir, ich wünsche mir nichts sehnlicher, aber im Moment ist es nicht richtig.«

Rob nickte verständnisvoll.

Als ich schlafen ging, legte ich den Ring auf meinen Nachttisch und betrachtete ihn lange. Später, als ich aufstand, zog ich ihn nicht an, weil ich Angst hatte, ihn im Meer zu verlieren. Ich hätte den Ring gerne angezogen. Sirenen wussten zwar viel über Menschen, aber ich war mir sicher, dass sie beim Anblick des Ringes nicht gleich darauf geschlossen hätten, dass ich mich verlobt hatte.

»Bist du fertig?«, fragte Mum.

Ich lief die Treppe hinunter.

»Ja.«, sagte ich und stieg in Mums Auto ein.

»Hast du Angst?«

»Nein, ich bin nur etwas aufgeregt. Ich habe sie alle angelogen und das tut mir leid.«

»Aber du hattest keine Wahl.«

»Ich weiß, trotzdem fühle ich mich schlecht. Ich bin wütend. Auf Paul, auf mich. Ich weiß auch nicht...«, gab ich ehrlich zu und sah aus dem Fenster.

»Was ist mit Paul? Wo haben sie ihn hingebracht?«, fragte Mum.

»Ich habe keine Ahnung. In dem Moment, als sie ihn mitnahmen, war es mir völlig egal. Ich war einfach nur froh, ihn nicht heiraten zu müssen und dich in Sicherheit zu wissen.«

Ich sah weiter aus dem Fenster in die Dunkelheit.

Meine Familie war überglücklich mich zu sehen. Sie schien sich immer noch Sorgen um mich zu machen.

»Wir haben nichts gemerkt. Wie hast du das nur geschafft, Jane?«, fragte Linda.

»Ich weiß es selbst nicht. Ich habe an Abbie gedacht und an euch. Ich wollte, dass es euch gut geht und plötzlich war alles möglich. Ich konnte meinen Körper kontrollieren.«

»Ich fühle mich schuldig, dass ich dich nicht retten konnte.«, sagte Casy plötzlich.

»Paul, der uns allen so viel Schmerz zugefügt hat, befreit dich, dabei wäre es meine Aufgabe gewesen. Ich kann dich einfach nicht beschützen. Damals konnte ich es nicht und jetzt wieder nicht.«

»Du kannst nichts dafür.«, versicherte ich. »Es ist wirklich nicht deine Schuld. Du warst von Anfang an misstrauisch, aber ich habe euch alle getäuscht. Es tut mir so unendlich leid. Bitte macht euch keine Vorwürfe.«

Ich sah meine Familie an und schwamm auf Casy zu. Er nahm mich in seine Arme.

»Ich liebe dich, Jane. Ich werde dich immer beschützen, das verspreche ich dir.«

Ich hatte nie wirklich einen Vater gehabt und alle anderen darum beneidet, einen Vater zu haben. Phil war mein Dad. Ich hatte ihn immer vor Augen gehabt und immer geliebt. Aber Casy war auch mein Vater. Er war so unglaublich jung, wie alle Sirenen, dass es mir manchmal noch schwer fiel, ihn als meinen Vater zu sehen, aber ich fühlte, dass es so war. Ich hatte mir mein ganzes Leben lang so einen Vater gewünscht und jetzt hatte ich zwei. Das war nicht leicht für mich. Aber ich konnte zwischen meinen richtigen Eltern und den Eltern, die mich zu sich genommen hatten, keine Unterschiede machen. Ich liebte sie alle und daran würde sich nie etwas ändern.

Später schwamm ich zur Höhle meiner Begleiterinnen. Ich schwamm hinein, aber ich konnte sie nicht sehen.

»Jane!«, rief plötzlich jemand.

Ich erschrak und sah plötzlich Leslie auf mich zukommen.

»Jane, bitte hör mir zu.«, bat sie mich aufgeregt. »Ich möchte mich entschuldigen. Für alles, was ich dir angetan habe. Ich war eifersüchtig auf dich. Es tut mir leid. Ich bin doch deine Freundin. Ich hätte mich nicht so verhalten dürfen. Ich war verliebt und so dumm. Ich habe dir die Freundschaft gekündigt und ich bin auf dich losgegangen. Ich wollte das nicht, das musst du mir glauben. Ich weiß nicht, was in mich gefahren ist. Ich verdiene es eigentlich nicht, dass du mir verzeihst, aber ich bitte dich darum und verspreche dir, dass ich so etwas nie wieder tun werde. Bitte verzeih mir!«

Ich sah in Leslies Augen. Sie waren traurig und ängstlich.

»Es stimmt, du hast mir sehr weh getan. Du hast mir nicht vertraut, als ich dir mein Wort gegeben habe. Du kennst mich schon etwas länger als Paul und trotzdem hast du nicht hinterfragt, was er tut, sondern warst davon überzeugt, dass ich mein Versprechen brechen würde. Wir machen alle Fehler. Ich mache besonders viele. Aber jetzt werde ich keinen Fehler machen.«, sagte ich.

Leslie war angespannt und vor allem beschämt, ich konnte es spüren. Ich nahm sie einfach in den Arm.

»Ich verzeihe dir.«

Plötzlich waren auch meine anderen Begleiterinnen da. Sie ermahnten Leslie noch einmal, dass sie sich an ihre Bestimmung halten solle, aber dann waren sie auch einfach bloß glücklich, dass Leslie sich entschuldigte hatte, genau wie ich.

Auf dem Weg zurück nach Hause fühlte ich mich befreit und war überglücklich. Mum schien durch meine gute Stimmung auch gelöster zu sein. Überhaupt ging es mir und auch ihr in den nächsten Wochen wirklich gut. Ich konnte endlich wieder froh sein und lachen.

An einem Sonntag kurz vor Weihnachten wachte ich auf und konnte Schneeflocken sehen. Ich konnte mich gar nicht mehr daran erinnern, wann ich sie zuletzt gesehen hatte.

Mum und ich waren gerade beim Frühstück, als es klingelte. Ich öffnete die Tür und davor stand Rob und etwas weiter von ihm entfernt der Rest der Caristons, dick eingepackt in warme Winterkleidung. Er lächelte.

»Meine Familie und ich wollten einen Spaziergang machen und danach an den Hafen auf unsere Yacht. Hast du Lust mitzukommen? Natürlich nur, wenn deine Mum nichts dagegen hat.«

Rob sah zu Mum.

»Keine Sorge, ich passe darauf auf, dass Jane nicht wieder ins Wasser fällt.«

»Nein, diesmal hab ich nichts dagegen.«, sagte Mum und ging in die Küche.

»Deine Mutter kann natürlich auch mitkommen.«
Ich sah zu Mum.

»Hast du Lust mitzukommen?«

»Ich war noch nie auf einer Yacht.«, antwortete sie.

»Sie kommt auch mit.«, rief ich Rob zu, während ich die Treppe hinauf lief. »Kommt rein, ich muss mich nur noch schnell umziehen.«

»Ich zieh mich dann auch mal um.«, sagte Mum und kam mit mir nach oben.

Wir verbrachten alle einen wunderschönen Tag zusammen und es war schön für mich zu sehen, wie sehr auch Mum es genoss, unter Leuten zu sein. Nach einem köstlichen Essen auf der Yacht gingen Rob und ich noch einmal alleine nach draußen und sahen uns den Sonnenuntergang an. Rob nahm meine Hand.

»Ich liebe das Meer.«, sagte er. »Das Meer hat mir dich geschenkt.«
Ich lehnte mich an ihn und er legte den Arm um mich.

»Ich liebe dich, Rob.«, flüsterte ich.
Rob küsste mich sachte und lächelte.

»Ich kann es nicht erwarten, dich meine Frau zu nennen.«

Danksagung

Ich möchte mich bedanken, für die Unterstützung, die ich auf ganz unterschiedliche Art und Weise erfahren habe.

Zunächst möchte ich denen danken, die *Meeresfunkeln* gelesen, Jane und ihre Geschichte in ihr Herz geschlossen und mich dazu ermutigt haben, weiter zu machen und auch *Tiefseeschwärze* zu veröffentlichen. Ich bin für die vielen netten Worte und die Fragen danach, wie es denn mit Jane weitergeht so unglaublich dankbar. Und auch mit *Tiefseeschwärze* ist Janes Geschichte noch nicht zu Ende erzählt.

Auch meiner Familie, und insbesondere meiner Schwester, möchte ich *Danke* sagen, dafür, dass sie mich immer bei all meinen Vorhaben unterstützt hat und das immer noch tut! Das gibt mir sehr viel Kraft und spornt mich an, nie aufzugeben und immer weiterzumachen.

Ich danke meinen wundervollen Freund:innen. Danke, dass ich immer auf euch zählen kann, egal was ist und egal wo ich bin. Das bedeutet mir unglaublich viel. Ihr seid wundervoll!

Und ich danke der einen Person, die es wie keine andere versteht, mich mit Glück zu erfüllen und, wenn nötig, aus der tiefsten Dunkelheit zu holen. *I love you*.

Ein großer Dank gilt auch all den Menschen, die Musik und Kunst in mein Leben bringen, die diese genauso lieben wie ich und so meine Phantasie und Kreativität anregen.

Zum Schluss möchte ich noch all denen für ihren Zuspruch und ihre Unterstützung danken, von denen ich es nicht unbedingt erwartet hätte. Das war eine großartige Erfahrung, die ich nie vergessen werde. ☺

In Liebe,
Celina ♥ ♥ ♥